Isn't He Wicked
by Emma Wildes

恋はどしゃ降りの夜に

エマ・ワイルズ
大須賀典子・訳

ラズベリーブックス

恋はどしゃ降りの夜に

主な登場人物

チャリティ・シール……………………ストレイト伯爵令嬢。

ジョシュア・デイン……………………スタンフォード公爵家の次男。

エミリー・デイン………………………ジョシュアの妹。

ジョン・デイン…………………………スタンフォード公爵。ジョシュアとエミリーの兄。

キューサック……………………………伯爵。放蕩者の貧乏貴族。

オードラ・マドックス…………………チャリティの従姉。未亡人。

ディードリー・ピットマン……………ワイルハースト侯爵夫人。ジョシュアのもと婚約者。

ジャレド・ピットマン…………………ワイルハースト侯爵。ディードリーの夫。

リアム・グレゴリー……………………子爵。ジョシュアの親友。

マイケル・ヘップバーン………………ロングヘイヴン侯爵。ノースブルック公爵の相続人。ジョシュアの親友。

プロローグ

一八〇九年、ロンドン

地獄の深みに堕ちるのも、なかなか乙《おつ》なものだ。

ここが人生のどん底なのだろうか……ジョシュア・デインは胸のうちでつぶやいた。だとしたら、あとは上向くいっぽうということになる。

もっとも、自分という人間がきのうまでと同じになることは、絶対に、絶対にありえない。

ひときわ深く席に沈みこみ、なかば空になったグラスをもてあそぶ。ぱちぱちと音をたてて燃える暖炉《だんろ》の炎が、会員制クラブの個室に影を落としていた。こんなすさんだ気分のときは、他人から距離をおいたほうが安全だろう。疲労が肩にのしかかり、胸の真ん中には重いかたまりが居座っていた。

けさのできごとは、死ぬまで忘れられそうにない。

〝朝露をおびた青草、さえざえと冷たい空気。地平をゆるやかに染める太陽がやがて顔を現わすと、あたりはにわかに明るくなり、男の人生に終止符を打つ準備がととのう。英国貴族ふたりが武器を手に対峙《たいじ》するという、陰鬱《いんうつ》きわまりない方法で……〟

「何を飲んでいる?」冷静な声が、暗い物思いに割りこんできた。

「ブランデーか? ぶしつけな質問で申しわけない。だが、その瓶《びん》の中身だけでは、三人で飲むにはとうてい足りないと思ってね。新しいのを注文しよう」リアム・グレゴリー子爵がゆったりと手を挙げて近くの給仕に合図してから、向かい側の席に腰を下ろした。

やってきたのはリアムひとりではなかった。ノースブルック公爵家の末息子、マイケル・ヘップバーン卿だ。長い脚を投げ出して座り、いつもの謎めいた表情を向けるなり、さらりと言ってのける。「友が困難にあるとき、泥酔につきあえないようなら、友情などなんの価値がある?」

ジョシュアがすでになかば酩酊《めいてい》していることを考えれば、友の到着はやや遅きに失した感があるが、ひとりで過ごしたこの一時間がひどく荒涼としていたのは確かだ。フランスから密輸入された最高級のブランデーをもってしても、後悔と喪失感を洗いながすのは不可能だった。

「つきあってくれるのはうれしいが、あいにくいまは辛気くさい言葉しか出てこないぞ」

社交界に色男の名をとどろかせる、リアムの端整な顔がわずかにゆがんだ。

「ぼくらは多かれ少なかれ同類さ、ジョシュア。実を言うと、ぼくも似たような経験をしたことがあるんだ」

「婚約を破棄され、不名誉な決闘におよんだあげくにロンドンじゅうから中傷されたとでもいうのか?」ジョシュアは眉根を寄せ、グラスを満たす深い琥珀色《こはくいろ》の液体をくるくると回した。「あいにく、きみについてそんな噂は聞いたことがないな」

「婚約はしなかった」リアムがぶっきらぼうに答える。「決闘もね。きみのように、人目につく苦悩でこそないが、あったのは事実なんだ。嘘じゃない。ぼくには、きみの気持ちがよくわかる」

〝苦悩〟とは言いえて妙だった。だからといってうれしくもないが……もっと悪いのは、失ったのが愛した女性だけではないということだ。自分の一部も失われ、二度と戻ってこないのを、ジョシュアは知っていた。暗澹《あんたん》たる思いで低く言う。「聞いた覚えがないな。なぜだろう?」

「きみだって、もし今回のように公然とことが進まなかったら、秘密にしておきたかっただろう?　わざわざふれ回る必要が、どこにある?」

まったくだ。意気消沈どころの騒ぎではない。ジョシュアは頭を下げた。「もっともだな」

「相手はきみの知らない女性だ」しずしずとテーブルに運ばれてきたグラスに、酒瓶の残りを空けながらリアムが言う。「あらゆる幻想をたたきつぶされた、と言えばわかってもらえるだろう」

マイケル――めったに感情をおもてに出さない――がつぶやく。「かなわぬ恋という経験は、さほど珍しくないようだ」

　まちがっても激情に流されたりしない男だとばかり思っていたが、どうやらマイケルも彼なりの秘密をかかえているらしい。

「ぼくらは、ケンブリッジに入学して以来のつきあいだ」ジョシュアは親友ふたりの顔をかわるがわる見た。顔に浮かべた笑みはほろ苦く、酔いのせいでややひきつっていたかもしれない。「初対面からうまが合ったのは、確かな根拠によるものかもしれないな」

「恋するべき相手をまちがうという性向かい？」リアムが自嘲《じちょう》ぎみの笑い声をあげた。

「もっとましな弱点を共有するわけにいかなかったものかね……賭《か》け事に目がない、とか。どうせなら、もっと楽しい要素で意気投合したいものだが」

「昨今のいきさつをかんがみるに、もっともな指摘と言わざるをえないな」マイケルの表情は静かで謎めいていた。「ワイルハーストは助かるかな？」

苦痛の叫び、ほとばしる鮮血……。「立会人はいなかった。人目を引きたくなかったから」

　何よりジョシュアをさいなむのは罪悪感だった。まだ二十二歳だというのに、十も老けこんだような気がする。「医者は腕がよさそうに見えたし、悲観的なことも言っていなかった。医者が帰るのにあわせて、ぼくも引き上げた」

「きみの銃の腕前は、見たことがある」マイケルの口調はさりげなかったが、澄んだ榛色《はしばみ》の瞳がするどく光っていた。「何があったのかな？」

何があったかだって？　何もかもがギリシア悲劇に転じたようなあの状況に、身をおかずにすめばどんなによかったか。「あの男に責任を押しつけるつもりはない」意気消沈しているいまは、いきさつをこまごまと語る気になれなかった。「ぼくの望まない展開になりはしたが、この手の問題がもちあがったら、男には選択の余地がほとんどないからね」

マイケルが酒を大きくひと口飲み、グラスのふちごしにこちらを見た。「愉快ならざる真実というやつだ」

ジョシュアは本音を短く吐いてすてた。「あんな経験は、二度とごめんだ」

「同感だよ。ぼくらに打てる手はひとつ、最初から女性に近づかないことだ。よほど遊びなれた女性は別にして」リアムがひきしまったあごをなで、青い瞳をすっと細くした。「だが、油断はならない。白状するが、ぼく自身、自分の見こみちがいがもとで不意打ちをくらったからな」

ジョシュアはグラスをかかげてみせた。「それがいちばんさ。話は変わるが、陸軍将校の任命辞令を購入できたんだ。二日後には船出するよ」

1

一八一四年、メイフェア

不安が的中し、雨が降りだした。やさしい霧雨《きりさめ》ではなく、晩春に多い横なぐりの雨が、顔といわず腕といわず襲いかかる。レディ・チャリティ・シールは舞踏会用ドレスの裾《すそ》をたくし上げ、勢いを増しはじめたどしゃ降りの中を走った。たちまち上靴は水びたしになり、絹のスカートもぐっしょりと濡れて重くなった。

弱り目に祟《たた》り目とはこのことだ。

どうか、訪ねていく相手が留守でありませんように……。

夜はふけつつあったが、屋敷街では家々の大部分に明かりがともり、チャリティに、自分が豪雨をついて向かう先を思い出させた。天候がくずれたのは災難だったけれど……息をはずませ、水をはね返して走りながら思う。そもそも今夜は最初から災難だらけだったわ。

遠くで雷鳴がひびき、はげしい雨音に重なった。マセット邸からセント・ジェームズ・ストリートまでは目と鼻の先だとはいえ、裏通りに追いはぎがひそんでいるかもしれない。心臓がどきどきするのは、走ったせいだけではなかった。通りがかりの馬車が泥水をはね上げていく。

ああ、やっと着いた。手入れのゆき届いた優雅な建物。雨のしたたる軒《のき》、閉ざされた真っ暗な窓。チャリティは階段を駆け上がるひょうしにつまずきかけ、はっと息をのみながら手すりにつかまった。ただでさえ乱れていた髪型が手のほどこしようもなくくずれて、ほつれ毛が頬《ほお》にべったりとはりつき、雨つぶが顔をつたって胸の谷間に流れこむ。乱れた服装をできるかぎりととのえてから、チャリティは大きく息を吸いこみ、こぶしを挙げて、力まかせに正面扉をたたいた。

返答なし。ジョシュアが外出中だったらどうしよう……そう思うと目の前が暗くなった。もし、召使いが寝しずまっていて、屋敷の主人がまだ帰宅していなかったら？　とはいえ二、三時間前に見かけたときのジョシュアは、疲れたからパーティはそうそうに切り上げるつもりだと、一同にいとまを告げるところだった。

もう一度、扉をたたく。さっきより強く、切迫の度合いをこめて。その思いにつき動かされて、はなやかな舞踏会をぬけ出し、薄暗いロンドンの街を付添人《シャペロン》もなしにここまで走ってきたのだ。

〝お願いだから……〟

指の節が痛むのをこらえて、もう一度たたこうとしたとき、扉にはめこまれた小さなガラス窓ごしに、ぼんやりとした明かりが見えた。体がぶるっとふるえたのは、五月上旬のまだ冷たい風が、濡れそぼった衣服に吹きつけて鳥肌を立たせたためだ。チャリティはぎゅっと身を縮めて待った。髪やドレスからぽたぽたと水滴が落ち、先ほどの全力疾走による動悸《どうき》がまだおさまらない。必死の行動がむくわれればいいけれど……錠前が回る音を聞きながら、チャリティはそう考えた。

扉をぐいと開けた男性はどこかけわしい表情だった。ひどいありさまで戸口に立つチャリティを見ると、その目がさらにするどくなった。

とたんに安堵《あんど》が押しよせ、チャリティは膝からくずれ落ちそうになった。

よかった、家にいたんだわ。それに、外出用のズボンを穿《は》いているところから見て、まだベッドに入っていなかったらしい。もっとも上着とクラヴァットはつけていないし、亜麻布《リネン》のシャツも途中までボタンをはずしてあるので、むき出しの胸板がちらりと見えるけれど……。くだけた服装でいるところを見るのは初めてではなかったが、いまははっとしてしまった。若い娘が男性と対面するのにふさわしい状況ではないのを、実感させられたからだ。「あ……あの」自分の乱れた服装と、時間の遅さをひしひしと嚙《か》みしめながら、チャリティは言った。「少しだけお話が」

「チャリティ？」表情がやわらいでおどろきへと変わった。親しげな名前の呼びかたは、まだこちらを子どもあつかいしている証拠だ。身動きもせず、ランプを手にして立ちつくすジョシュアが、眉をぴくりと動かした。その漆黒の眉が、ほどなくぎゅっと寄せられる。

「こんな夜遅くに、なんの用事でここへ？」

「その前に、入れていただけたら」玄関の屋根の下に入ってはいたが、はげしく降りしきる雨のせいで、声をはり上げないと会話もままならなかったし、チャリティがもってきた話が、往来とそう変わらない玄関先で打ち明けるような内容ではないのを、相手も察してくれるのではないかと思われた。「寒くてたまらないので」

一瞬、こちらを見つめる端整な顔にためらいがよぎったので、拒否されるのではないかという不安が襲った。けれどジョシュアは無言で一歩室内に入り、ロビーに置かれた優雅なテーブルに大急ぎでランプを乗せた。

あとをついて室内に入ったチャリティは、磨きぬかれた床にぽたぽたと雨水をしたたらせ、ふるえる指であわてて髪をなでつけたが、たいして変わらないどころか、むしろひどくなったにちがいない。ヘアピンが床に落ち、はね返ってどこかへ消えてしまった。それに、濡れたドレスが破廉恥《はれんち》きわまりないありさまで体に張りついているのではないか、というおぞましい予感がしつつあった。チャリティはふたたび身ぶるいに襲われた。

相手も気づいたようで、数歩離れた衣服掛けから黒の外套《がいとう》をとってきて、わななく肩にふわりとかけてくれた。チャリティは布地を握りしめ、感謝のしるしに頭を下げた。

「さて」ぎりぎり礼儀を失しない程度に簡潔な、そっけない調子でジョシュア・デインが言う。「説明してほしい。いったい何ごとかな？　どこかけがでも？　ご両親はどうしシュアの妹でもある人物の名を口にした。「行ってしまったんです」

「エミリーでしょう？」やつぎばやの質問をさえぎって、チャリティは親友でありジョ

た？　それに、うちの……」

「行ってしまった？」

「駆落ちしてしまったんです」

ジョシュアの顔——家柄のよさを示す、すっきりとひいでた目鼻立ち——が一瞬、からっぽになった。しゃがれた声が漏《も》れる。「なんだって？」

「わかっているのはそれだけ。わたしのところに書付けが、わざと時間をあけて届いたんです。舞踏会で従僕から手わたされて」ドレスの胸もとという月並みな隠し場所を、チャリティはぎこちない手つきで探った。正装のドレスにはポケットがついていないので、できるかぎり雨から守りたかったのだが……。小さく折りたたんだ羊皮紙の書付けをとり出しながら、思わず頬が熱くなった。努力むなしく紙片はじっとりと湿っていた。頭のてっぺんからつま先までずぶ濡れなのだから、当然といえば当然だ。ジョシュアが手紙を開き、声なく何かつぶやいてから、にじんだインクに目をこらす。そして、チャリティの肘を指でしっかりとつかんだ。「書斎へ行こう。あそこなら火があるし、照明も多い。ここではまるで読めないから。何が書いてあるか、きみの口からも教えてくれ」

さからえる雰囲気ではなかった。エミリーの兄の手で文字どおり引きずられるようにし

て薄暗く長い廊下を進み、暖炉があかあかと燃える一室へたどり着く。空気中にかすかな煙草《たばこ》の匂いがただよい、雨が窓ガラスをたたいていた。チャリティはあたたかな火の近くに寄り、ジョシュアが散らかった仕事机の上のランプに手紙をかざして読みおわるまで、無言で待った。

〝こんどこそほんとうにやってのけたのね、エミリー〟心の中で親友に語りかけながら、その兄のととのった横顔の輪郭と、固く引きむすばれた口もとを見やる。褐色《かっしょく》に波打つ髪が首すじにこぼれ、ひきつった頰からあごのあたりで揺れている。

やがてジョシュアが顔を上げた。「相手は、どこのどいつだ?」

吐きすてるような言葉にこめられた憤怒《ふんぬ》にチャリティは内心ひるんだが、こういう反応を予期しなかったわけではない。手紙が何を意味するかは明白だった。だからこそ、とるものもとりあえずここへ駆けつけた。一読するなり記憶に焼きついた文面を、彼の目の動きにあわせて暗誦《あんしょう》できるくらいだ。

最愛のCへ

これ以上隠しとおすのはむずかしそう。わたし、承諾したわ。今夜、ふたりでスコットランドへ発ちます。どうか祝福してちょうだい。そして、できるかぎり時間かせぎをしてほしいの。わたしがいないことにヘレン叔母さまが気づいたら、さっき舞踏室のどこかで見かけた、と言っておいて。お願いよ。
愛をこめて
Eより

チャリティはもちろん、親友が少しでも遠くまで逃げのびられるような小細工などはせず、正反対の行動をとった。ふたりの友情にひびが入るのはこわかったが、心の底で、姉妹同然のたいせつな相手に対してはこれが最善の策だと知っていたのだ。エミリーの愚行《ぐこう》を止められるのは、ジョシュアをおいてない。

チャリティは咳払《せきばら》いして心を落ちつけてから、エミリーの恋人の正体を明かした。

「キューサック卿です」

「エミリーのやつ、気でもふれてしまったのか?」しぼり出すような声とともに書付けを机にとり落としたジョシュアが、片手で顔をおおう。「ジョンはあの男との交際を許可しなかったし、ぼくから見てもまったくいいところのない男だ。最初から、あいつには近づくなと言っておいたのに。けさもその件を話しあったばかりだ」

チャリティは口がむずむずした。ジョシュアの言うとおり、エミリーの兄ふたりは幾度となくキューサック卿を批判し、求婚など認められないと告げてきたが、それで片がついたと思いこむのがいかにも男性らしい。エミリーと伯爵が作法どおりにおおやけの場で会うのをやめ、人目を忍んだ逢瀬《おうせ》を重ねるようになったのは、ほかでもない、兄ふたりが口を出したせいなのだ。

実のところチャリティは、今回の騒ぎについて、すべてではないにせよ部分的には、兄たちふたりに責任があると考えていた。

「そもそも、エミリーの気持ちは知っていたんでしょうか？」するどく切りかえす。

ジョシュアの目がじっとチャリティにそそがれた。まるで、向きあっている相手をいま初めてちゃんと見たかのように。数字のうえでこそ十年来の知人だが、この五年ほどはジョシュアはおおかたスペインにおり、数カ月前にチャリティが社交界にお披露目を果たしてようやく顔を合わせることができたものの、通りいっぺんの挨拶《あいさつ》くらいしかできずにいた。

ほかの男性にいくらほめそやされ、熱っぽくせまられても、肝心のジョシュアがまるで関心を見せてくれないのではがっかりだ。雄々しくて精悍《せいかん》なジョシュア・デインにほんの一瞬だけやさしくしてもらい、彼こそは白馬の騎士だと夢見たこともあったけれど、しょせん夢は夢でしかなかったということか……。目の前にいる冷たい目の男性は、子ども時代にあこがれた、さわやかな笑顔の少年とは似ても似つかなかった。

世にも珍しい澄んだ銀灰色の瞳には、心のうちがはっきりと表われる。いまは荒れた冬空にそっくりだった。「知っているつもりだった」苦々しい声が漏れる。

「いいえ、あいにくだけれど。言葉でエミリーを縛れるとお思いになったんでしょう？　それこそ、あなたがたがいちばん望まない方向にエミリーを追いやっただけですわ。わたしとエミリーが、ものごころついて以来の親友なのはご存じでしょう？　エミリーがキューサック伯爵と会うのを禁じられたときから、いずれこうなるんじゃないかと心配していたのに」

「そうなのか？」

チャリティは背すじをぴんとのばした。「そうですとも」


ジョシュア・デインはたじろいだ。まさか、十九歳の娘に叱りつけられるとは。レディ・チャリティは、濡れそぼった華奢《きゃしゃ》な体を男物の外套に——ジョシュアが気に入っている外套だが、いまは見るかげもなくぐしょ濡れだ——包み、つんとあごを上げて、非難がましい視線をこちらに向けている。雨粒がなめらかな頬にきらきらと光り、しなやかな首にまとわりついている。本来つややかな栗色の髪はぽたぽたと水滴をたらし、舞踏会で見かけたときのはなやかなシニョンも、ひしゃげてもはや原形をとどめていない。長い睫《まつ》毛《げ》にふちどられた、茶色と琥珀色をまぜあわせたような瞳が、じっとこちらをにらみつけていた。

濡れねずみでもなお彼女は愛らしく、先ほど外套を与えたときに気づいたことだが、体の曲線もなやましかった。

いまのいままで、彼女をおとなの女性として見ていなかったような気がする。おそらくエミリーに対しても、同じまちがいを犯したのだろう。悪さをして笑いころげていた少女たちは、もうどこにもいない。妹はいまでも助言に従うものと考えていた——あきらかに考えちがいだった——が、駆落ちとはまた、とり返しのつかないたぐいの悪さだ。

キューサックのようなうす汚いごろつきに、かわいい妹の人生をめちゃめちゃにされてたまるものか。自分の命あるかぎり、そんな理不尽を許しはしない。「ぼくのせいで、こうなったというのか？」

「ええ、少なからず」

ジョシュアは机を回りこみ、勢いよく引き出しを開けると、予備の金貨をしまってある小型金庫をとり出した。「キューサックがほんとうはどんな男か、知識をもとに冷静な見解を聞かせてやったのに？」

「じゃあ、ほんとうはどんな人だと？」

この問いには虚をつかれた。ポケットに入れてある鍵の束から一本を選び、金庫を開けて中身を出す。紳士たるもの、お互いのふところぐあいや女性関係のだらしなさには言及しないのが本来の作法だが、キューサックは何年も前に、あらゆる配慮を無効にするような事件を起こしている。ジョシュアも本人も忘れていない。

伯爵が身分の低い愛人を作っては生ませた私生児たちについては言及すまいと決め、そっけなく答える。「道徳の観念にいちじるしく欠けるのはもちろんのこと、いつも金貸しに追いかけられている。世間にはいい顔だけを見せて、現況をひた隠しにしているんだ。すみからすみまで嘘で塗りかためた男さ。財産らしきものといえば、荒れはてた領地と妹がふたり……妹たちをなるべく早く嫁《とつ》がせて、自分の負担を軽くしたくてたまらないらしい。とどのつまりは、どうしようもなく金に困っていて、金を手に入れるためならどんな汚い手でも使うということさ。エミリーにはふんだんな結婚持参金が望めるし、祖母からの遺産もある。まさかあの男の意図を見ぬけないほど、妹の目がくらんでいるとはな」

「わたしだって、伯爵のことは信用していません」書斎の真ん中でふるえながら、娘が同意する。「だからこそ、親友の気持ちを踏みにじってまでここへ来たんです。あの人はやけに……卑屈ですもの。ただ、いま伺ったお話のなかには、初めて聞くこともありましたわ。エミリーにもちゃんと、同じことを言って聞かせたのかしら？」

考えてみると、聞かせていなかった。自分も、兄のジョンもそうだ。父が亡くなりスタンフォード公爵を継いでから、七年にわたってエミリーの保護者を務めてきたジョンだが、ほんの二週間前に妻が第二子を産んだため、まだハンプシャーにいる。いまはジョシュアがエミリーの監督をまかせられている。もうひとり、公式の付添人としてそばに控える叔母は、そろそろ姪の不在に気づいたころかもしれない。

どう見ても、ジョシュアの手に余る一大事だった。

炉棚の時計が重々しく時を告げた。午前三時。夜明けまでは、まだ少しある。

時は金なりだ。

「妹には、キューサックはふさわしくない求婚者だと伝えた」思った以上に苦々しい口調になったのは、実際のところろうしろめたい気分だったし、何よりも妹の将来が心配でたまらなかったからだ。椅子の背にかけてあった上着をとり上げ、すばやく袖を通す。ブランデーを一杯飲んだあと、寝室へ下がらずに書斎でうたた寝をしていたのは不幸中のさいわいだった。少なくとも、ちゃんとした服装をしているから。

レディ・チャリティが首をかしげ、毒のある虫でも見るような目をこちらに向けた。

「いつか、あなたにも理解できる日がくるかしら、それともこないかしら……男性に好意を示されたとき、わたしたち若い娘は、まずもって財産のやりとりのことなんて考えません。わたし自身、自分の持参金がいくらなのかさえ知らないくらい。エミリーは明るい性格だし、頭もいいし、美人だわ。でも、キューサック卿が借金をかかえているのを知らなかったら、疑いの目を向けるはずがないでしょう？　お金ではなく、女性としての自分に惹かれたと思いこんだ……論理的に考えれば、そうなるわ」

〝論理的〟という言葉と〝女性〟という言葉が同じ文脈で使われるのを聞いたジョシュアは、皮肉を言いたくてたまらないのを懸命にこらえた。「すまないが、じっくり議論している時間はない。すぐにあとを追わなくては。ふたりが出発してから、多く見つもっても二時間はたっていないはずだ。ぼくが舞踏会を出るとき、エミリーはまだ会場にいたから」

「正確にはわからないけれど、あなたが帰ったあと三十分から一時間といったところじゃないかしら」チャリティが眉根を寄せる。「わたしはダンスの途中で、エミリーが出ていくのに気づかなかったの。きっとふたりとも気配を消していたんでしょうね」

百戦錬磨《れんま》のキューサックなら、人目につかずエミリーを連れ去るなどお手のものだろう。ジョシュアは苦々しく言った。「だといいが」

「書付けを受けとってすぐに会場を出たし、ここまで来るのにそれほど時間はかからなかったわ。大急ぎで走ってきたから」説明する声にありありと落胆がにじむ。「まさか、雨が降るとは思わなかったけれど。ほんとうは、誰にも気づかれないうちにこっそり舞踏会に戻るつもりだったの。とんでもない災難だわ」

まったく、やっかいな展開になったものだ、とジョシュアは考えた。この姿では、舞踏会に戻ることなどとうてい無理だろう。

まいったな。

彼女がエミリーのためを思って行動したのはわかっているが、付添人もなしで屋敷の扉をたたくとは。ひそかに舞踏会へ戻ることがかなわないからといって、このまま帰宅させるわけにもいかない。

「いっしょに馬車に乗っていこう。きみの屋敷の前で降ろす」ジョシュアは机の引き出しをぴしゃりと閉めた。「家に着いたら、使用人をマセット邸にやって、どんな内容でもいい、舞踏会を退出した理由をご両親に伝えるんだ。こちらは叔母に書付けを届けて、エミリーがいないからと騒ぎたてないよう指示しておく。もしエミリーとあのくそ……いや……キューサックにすぐ追いつくことができたら、妹の評判が泥にまみれるのを防げるかもしれない」少しためらってから続ける。「きみに、嘘をついてくれと頼むつもりはないが、もし可能なら、このことは、ぼくときみだけの秘密にしてもらいたい」

チャリティの母親が有名な噂好きだということを、品よくほのめかす方法は思いあたらなかった。かのご婦人は上流社会のなかでもとりわけたちの悪い、醜聞に生きがいを感じる一派に属している。人生の崖っぷちで体面を保とうともがく人間にとって、彼女は脅威にほかならなかった。

さいわい、チャリティはうなずいてくれた。「ええ」

「馬車の用意をさせてくる。すぐ戻るから」ジョシュアは書斎を離れ、執事を起こしてきびきびと指示を出した。理由については家族の非常事態だ、とだけ告げて……エミリーがキューサックの手中に落ちかけているのだから嘘ではない。ほどなく、まだ濡れねずみのチャリティ・シールを馬車に乗せることができた。雨はだいぶ弱まって小降りになっている。グローヴナー・スクエアをあとにしながら、先ほどの強い雨が、駆落ちした男女の足をにぶらせていることをジョシュアは願った。

昨夜、あんなに飲まなければよかったな……。けさは割れるような頭痛とともに目ざめ、そのあと鈍痛《どんつう》にまでおさまったものの、きょうは大事をとって早めに休むつもりだったのだ。深夜の訪問だの、スコットランドへの逃避行だのが待っているとは思ってもみなかった。

レディ・チャリティは男物の大きすぎる外套にくるまって向かい側の席に腰かけ、両手を品よく膝に重ねていた。ピンからこぼれたまま乾きはじめた髪が、繊細で上品な顔を囲んでいる。人の目を惹きつけずにおかない、唇のすぐ横にある小さなほくろと、つんととがって、ほんの少しだけ上を向いた鼻。いわゆる正統派の美人ではないが、とてもかわいらしい娘なのは確かだ。エミリーとは対照的だった。エミリーは活発で、心配性の兄にとっては困ったことに、たくさんの男を魅了する。いっぽうチャリティは、ジョシュアの見るかぎり、こじゃれた服装や歯の浮くようなくどき文句に動かされるたぐいの娘ではなかった。彼女がただよわせる静かな知性は、社交界受けはしないだろうが、計算ずくの愛嬌をふりまく娘たちよりもはるかに好ましかった。親友ふたりでいるときも、チャリティのほうがずっと静かで、内気でこそないが、むこうみずな妹とちがって大胆で勢いまかせなところはなかった。

「絶交されてもしかたないわね」沈んだ声でチャリティが言った。指先でせわしなく膝をたたいていたジョシュアは、はっとして手を止めた。

「妹のしあわせを願って行動してくれたんだろう。きみを恨んだりするはずがないさ、チャリティ」

トパーズ色の瞳がこちらを向き、唇にほろ苦い笑みが浮かぶと、ジョシュアの目はふたたび、あのかわいらしいほくろに吸いよせられた。「本人は、恋しているつもりなのよ。そういう胸のうちが、おわかりになるかしら？」

〝そういう胸のうちが、おわかりになるかしら？〟

ジョシュアはのろのろと、チャリティが十四歳だったころに起きた醜聞に思いを馳せた。さすがのストレイト伯爵夫人も、うぶなわが娘に喜々として噂話を聞かせたりはしないだろう。恋について言えば……あいにく、ジョシュアには痛いほどそういう胸のうちが理解できた。恋とは、おのれの胸を切りひらいて心臓をとり出し、飢《う》えた狼の群れに投げあたえるようなものだ。

問いかけが呼びさました複雑な思いが、表情に表われたのか表われなかったのか、どちらにせよチャリティは気づかなかったらしく、話を続けた。「あなたがふたりに追いついて、あやまちを止めさせたら、その瞬間にエミリーはわたしの裏切りを知るでしょう。わたしを信じて書付けを届けてくれたのに。つまり、わたしは親友の信頼を踏みにじったことになるんだわ」

〝本人は、恋しているつもりなのよ〟

なんとかふたりに追いつきたい、ジョシュアはそう心から願った。自分と同じあやまちを、妹に犯させるわけにはいかない。「恋など、愚か者の幻想だ」ひと言ひと言を噛みしめながら告げる。「エミリーも、それを早く学んだほうがいいと思う。いずれ結婚するだろうが、そのときは、永遠の愛などというたわごとにふり回されず、理性をもって自分に釣り合いのとれた相手を選んでほしいと願っている」

はげしい口調に、向かいの席の娘はあっけにとられたらしく、可憐な唇を小さく開けた。しばらくして答える。「こう申しあげたら失礼かもしれないけれど、愛に対してずいぶんひややかな感情をもっていらっしゃるのね」

愛に対して自分がどれほどひややかな感情をもっているか、彼女には想像もつかないだろう。ジョシュアは乾いた笑みを浮かべた。「いい機会だから助言しておこう、レディ・チャリティ。〝愛〟というのは、実体のない理想郷に獲物をおびき寄せるための呪文なんだ」

薄暗い車内ではっきりとは見えないものの、相手がすくみあがったような気がした。

「もしエミリーを愛していないのなら、妹のしあわせのためにあれこれ頭を悩ませたりもしないでしょうに」ややあって、静かな声が指摘する。

「なるほど。しかし、いま話題にしているのは、家族や友人とのあいだにかよう情愛ではないだろう？　それとはまったくちがう感情だ。エミリーの現状を見ればはっきりわかるさ。キューサックは金《かね》が必要だったから、ふたりは深い不滅の愛で結ばれていると妹に信じこませた。嘘まみれの誓いに目がくらんだ妹は、一生を棒にふりかねないあやまちを犯してしまった。止めるには、手遅れになる前にぼくが追いつくほかない」

「そのとおりですわ」チャリティがうなずく。「先ほど伯爵についておっしゃったことが事実なら。でも、これがあらゆる男女関係の模範というわけではないはず。あなたは、妻をもちたいと望んでいらっしゃらないの？　誰かと人生を分かちあいたい、誰かにわが子を産んでもらいたいと……」

「思わない」ジョシュアは即座にさえぎった。短い一語から、抑えきれない苦々しさがほとばしった。

チャリティが言葉に詰まった。はげしい答えに愕然《がくぜん》としているのは、繊細な顔に浮かべた表情からもあきらかだ。

さいわい、そのとき馬車が停まった。早く妹を見つけなければという焦燥《しょうそう》のあまり、自分の体が押さえつけられたばねのように感じられる。ジョシュアは勢いよく扉を開けて路上に降りたち、チャリティを馬車からかかえ下ろした。

「すぐ書付けを届けさせるのを忘れずに」早口で念を押す。まだ貴族が寝しずまる時間帯ではないので、濡れた往来には馬車ががたがたと行き来していた。冷たい霧が頬をかすめる。シール家の町屋敷は、一階の窓にいくつか明かりがともるのみで、どうやらチャリティの両親はまだ外出中らしい。「エミリーの愚かな行動のせいで、ご家族にいらぬ心配をかけてはいけないから。きみが姿を消したことに、まだ誰も気づいていなければいいが」

「忘れないようにします」チャリティが横に目をやる。「わたしだって、両親に詮索《せんさく》されたくありませんもの」

さあ、急いで立ち去らなければ。「知らせにきてくれてありがとう。きっとエミリーも感謝すると思う。すぐには無理でも、時間がたてばいずれは」

「そうなればいいいけれど」チャリティが背中を向け、急ぎ足で正面階段をのぼっていく。借り物の外套を肩にかけたままで。

ぶじ邸内に入るのを見とどけてから、ジョシュアは御者に短く告げた。「全速力で北へ」そして馬車に乗りこみ、ぴしゃりと扉を閉ざした。

2

チャリティは黙って座り、膝に乗せた両手をよじりあわせた。

「それで？」ようやく口を開いた母の声は、いつになく甲高くていらだたしげだった。「何か言うことがあるはずよ」

いったい何を言えばいいのだろう。言葉が浮かばなかった。

〝このことは、ぼくときみだけの秘密に……〟

ジョシュアからは、エミリーの駆落ちを誰にもしゃべらないでほしいと頼まれた。チャリティとしても、しゃべる気などさらさらなかった。ただ、そのせいでなおさら立場が苦しくなるのは避けられない。エミリーは親友だ。もしキューサック伯爵の求愛がいつわりだというのなら、結婚などしてほしくなかった。それに、ならず者とふたりで逃げたことがロンドンの上流社会じゅうに知れわたって、エミリーの評判に傷がつくのもいやだった。もしほんとうのことを打ち明けたら、母のことだ、黙っていられるはずがない。だからチャリティとしては、口を閉ざすほかに手段がなかった。

さながら泥沼にはまりこんだ気分だ。

「答えやすいように質問を変えようか、チャリティ」父の顔はいつになく赤らんでいた。

いまにも忍耐が底を尽きそうだ。

もともとチャリティは嘘が得意なたちではない。ジョシュアからも、嘘をつく必要はない、と言われた。せめてものさいわいだ。嘘をついたら顔に出てしまうだろうから。

無言で両親に目をやると、母は身をこわばらせて、濃い葡萄色《ぶどういろ》のヴェルヴェットを張った肘掛け椅子に座っていた。縦長の窓にも同じ布地のカーテンが吊るされ、足もとには複雑な模様を織りこんだ東洋の絨毯《じゅうたん》が敷いてある。室内はあたたかくて居心地がいい。きょうのように荒れた天候ならなおさらだ。暖炉では薪《たきぎ》がぱちぱちとはぜ、炎をあげていた。

なのに、チャリティは体の芯まで凍りつきそうだった。

母の顔を見ただけでは、動揺しているのかおもしろがっているのかわからなかった。あるいは……おかしな話だが、両方がまじりあっているのかもしれない。いっぽう父は、あきらかにいらだち、気をもんでいた。長身にやさしい顔だち、薄くなりかけた茶色の髪、一見ぼんやりしているかに思えるほど、平静を失わないおだやかな性格。とかく社交的で軽薄な母とはちがい、鷹揚《おうよう》な父とチャリティは、とてもうまが合った。

けれど、きょうの父に持ち前のやさしさは見あたらず、珍しく口もとをしかめて、さっきから二度も部屋を行き来している。

「おまえ付きの侍女が」居間を三度めに回りおえた父が、裁判所で証拠品を出すかのような身ぶりで羊皮紙をかかげた。「おまえが衣装棚の底に隠そうとした外套のポケットから、この紙片を見つけた。ジョシュア卿あての実務書簡だ。外套がおまえのでなく、そもそも女物でさえないからには、これは卿の持ち物と見てまちがいないだろう。そこで、もう一度訊こう。何か言うことがあるはずだな？」

チャリティは咳払いをした。「あるわ。侍女を代えてちょうだい」

ゆうべ、上靴からぐちゃっ、ぐちゃっとなさけない音を漏らしながら二階へ駆け上がったチャリティは、寝室へ入る前に、自分がまだジョシュアの優雅な外套をはおっていたことに気づいて呆然とした。なぜそんなものが手もとにあるのか、ちゃんと説明できる自信がなかったので、大急ぎで服を丸め、いちばん安全そうに思われる場所につっこんでから、侍女を呼んで濡れたドレスの着替えを手伝わせたのだ。

「生意気を言うのはおやめなさい」母が怒気をにじませた。「侍女は自分の仕事をしただけですよ」

「そうかしら？　わたしの身辺を嗅ぎまわるのが仕事なの？　わたしはただ、濡れた服と髪をなんとかしてもらいたかっただけなのに」こんな稚拙《ちせつ》な方法で話題をそらせるとは思えなかったが、やらないよりはましだ。それに、ビアンカが両親に告げ口したことを、チャリティは本気で怒っていた。

あいにく、策略はあっさり見やぶられた。

「レディ・ダヴェンポートは」娘の抵抗など気にもとめず、父が続ける。「デイン邸の並びに住んでいて、ちょうど帰宅したところだった。相手かまわず話しているらしいぞ。おまえが、自分の横をすり抜けてまっすぐデイン邸へ向かうのを見た……しかも、熱い抱擁《ほうよう》ののちに中へ入るのを見た、と」

なんて、ひどいことを。

「どうすれば、わたしだとわかるのかしら？ あんなに暗くて雨が降っていたのに」いつしかてのひらが汗ばんでいるのに気づき、スカートにこすりつける。

ジョシュアがランプをかかげたとき、たまたま近くにいれば見えたかもしれない、と思いあたる。そういえば、あの通りにたどり着いたとき、馬車が近くに停まったのだった……。

父がすかさず聞きとがめた。「では、自分だと認めるのだな？」

「別に、そうは言っていないわ。ただ、あれだけ大雨が降っていた夜遅くに、人の顔が見わけられるものかしらと疑問に思っただけよ」

「それだけではない。いつもどおりわたしたちの帰りを待っていたレジナルドから聞いたのだ。おまえが馬車で帰宅して、若い男にかかえ下ろされたと。そして、男のほうは馬車で風のように走り去ったと。執事の説明は、スタンフォード公爵の弟とぴったり合致する。長身に褐色の髪、ひきしまった体つき……」

「そんな外見の人、知り合いに十人以上はいるでしょう」反論としてはあまりにも弱い。

なにしろ、手紙という動かぬ証拠をつかまれているのだから。

「だが、おまえがほかの男の外套を着て帰宅したわけではあるまい」

確かにそのとおりだ。いまでも記憶にしみついている、肩を包みこむぬくもりと、さわやかな男っぽい香り……。

「それに、あなたが舞踏会から姿を消したまま戻ってこないなんて、前代未聞だわ。もし気分が悪いなら、ひと言わたしたちに告げるのが当然でしょう？　従僕が書付けを届けるより先に、わたしたちはあなたが消えたのに気づいて、まわりの人に心あたりを訊いてまわっていたのよ」母が芝居がかったしぐさで言葉を切り、片手で喉《のど》をつかんだ。「ああ、考えただけで気が遠くなりそう。世間ではもう、すっかり噂になっているわ」

「世間はいつでも何かしら噂をしているでしょうに」チャリティは抵抗した。狼狽《ろうばい》のあまり、金縛《かなしば》りに遭ったように体が動かない。「誰よりもお母さまがご存じのはずよ。こと噂話にかけては、誰よりも耳が早いんですもの」

「あいにくだけれど」母が語気も荒く言った。「あなたの噂を耳にすることには慣れていないのよ。きょうは仲よしのお友だちが五人も訪ねてきて、答えにくい質問を浴びせてきたわ」

「なんてすてきな友情かしら」チャリティはつぶやいた。「とにかく、娘のことを信頼していただきたいわ」

母の目がけわしくなった。「いま聞かせた手がかりからすれば、最悪を思いえがいても無理はないでしょう？　ジョシュア卿はパーティの途中で帰った。そのあとあなたが姿を消して、彼の屋敷に入っていくところを人に見られた。噂になって当然だわ。あの男《ひと》は前に騒ぎを起こして、それ以来すっかり道を踏みはずしてしまったの。ついこのあいだだって、ヒンダム公爵夫人の夜会《ソワレ》に、堂々とロシア人の踊り子を連れてきたのよ。最新の恋人を見せびらかすのはあたりまえというような顔をして。名門の血筋と、ワイルハースト卿の寛大なはからいがなければ、この社会に出入りすることさえ認められないでしょうに」

　チャリティも、かつて不祥事があったという噂をぼんやりとなら聞いていたし、エミリーから〝ジョシュアの暗い過去〟についてふた言、三言は聞いた覚えもあるが、くわしいことは知らなかった。ジョシュアがあんなによそよそしくなってしまったのは、その過去のせい？　思わず、好奇心にかられて訊ねる。「どんな騒ぎ？」

「その話はやめましょう」ふだんなら醜聞に目がない母が、きっと唇を引きむすんだ。「話すことを考えただけで、気が遠くなりそう」

　過去の経験からすると、母が失神をほのめかすときはたいてい、注目を集めたいときか同情を引きたいときだった。いま、そんな面倒に巻きこまれたくはなかったので、チャリティは追及をあきらめた。

「それに、おまえはどう見ても体調が悪そうではないな。わたしたちにひと言もなく退席したのは、そういう理由だったろう？　むしろ、あれだけびしょ濡れになったのに風邪ひとつひかないのはおどろきだ」割って入った父の声には、ふだんとちがう厳格なひびきがあった。「おまえはむかしから分別のある娘だったではないか。だが、外見のいい青年がおまえのような若い娘の目を奪うのは、そう珍しい話ではない。もし恋愛が始まっていたのなら、おまえがエミリーに会いにスタンフォード館へ足しげくかようのを、少し控えさせるべきだったかもしれないな」

ずきずきと痛みはじめたこめかみを、チャリティは指先で押さえた。「何をおっしゃるの。ジョシュアはこの数年、出征でほとんど国にいなかったでしょう？　わたしたち、ほとんど顔も合わせていないのよ。向こうもむかしと変わらず、妹の親友だと思っているはず。恋愛なんて、入りこみようがないわ」

かならずしも真実というわけではないが、片想いなのだから似たようなものだ。つややかな褐色の髪と、銀色にかがやく瞳に恵まれたジョシュア・デインは、女性の目を惹きつけずにおかない美青年で、チャリティも例外ではなかった。社交界に出る前、最後に見たのは、彼がイングランドへ帰還を果たしたときだ。赤銅色に日焼けして、髪を流行より長くのばし……スタンフォード館を訪ねていくと、そんな姿の彼が帰ってきていた。すれちがいざまに会釈する程度だったが、チャリティはいつでも、意中の相手が同じ屋根の下に――部屋こそ広大な館のすみとすみに離れていても――いることを意識した。同じ食卓を囲み、屋敷の同じ棟で眠り……。

彼に心を奪われていた。ずっと前から、奪われていたのかもしれない。

親友の兄に寄せていた幼い片想いが、こんなふうに成長し、変化するとは思ってもみなかった。いまでは夢にまでくり返し現われている。社交界で男性にもてはやされても、肝心の相手がこちらに気づいてさえくれないのだから、心は晴れなかった。

昨夜、濡れねずみで玄関の扉をたたいたとき、ある種の驚愕をもって見つめられたことも、さほど意外ではない。ジョシュアはあのとき初めて、チャリティがもはやはにかみ屋の子どもではないことに気づいたのだろう。

反論はよけいだったらしく、父は聞こえないふりをした。「デインには、おまえに秘密の面会をもちかけるような軽はずみなまねはしてほしくなかった。よくない噂はあるが、わたしはあの男を気に入っていたし、父親とは親しかったから」

事態は悪くなるいっぽうだ。チャリティは首をふった。「何ももちかけられていませんわ。わたしたち、何もしていない、いいないのよ」

「いつもならおまえの言葉を信じるところだが、動かしがたい証拠がある。かわいい娘よ、どうかひと言だけ答えておくれ。おまえは、ゆうべジョシュア・デインとふたりきりで会ったのか？」

言葉にされるとしごく単純だった。ほんとうは、単純にはほど遠いのに。

「チャリティ？」

チャリティはあきらめの吐息をつき、小さく答えた。「ええ」

そろそろ日が暮れかけていた。厚くたれこめた雲の奥から、太陽がためらいがちにさしこみ、かたむきかけた光が、古ぼけた馬車の横腹に記された紋章を照らし出す。

やっと見つけたぞ。

ジョシュアがぬかるんだ地面に飛び下りたのはちょうど、馬車から降りたったキューサックがエミリーを助け降ろしたときだった。作法にのっとった通りいっぺんの接触でさえも、いまのジョシュアにはがまんならなかった。

もしエミリーがすでに純潔を奪われていたなら、この卑劣漢と結婚させるほかない。ただし、キューサックが駆落ちにこだわったということは、妹はまだ無垢《むく》なのかもしれない。

どちらにせよ、事実をつきとめるつもりだった。

轍《わだち》をいく筋も残す小さな宿屋の前庭を、水たまりをものともせず大股で横切る。全身ぐしょ濡れになり、疲れはて、空腹で、何よりも死ぬほど機嫌が悪かった。

先に気づいたのはエミリーで、目を大きく見ひらいた驚愕の表情から……あれは、安堵か？　そう願いたかった。もし妹がじゃまをしないでと感情的になったなら、いまのジョシュアに、女性の金切り声につきあう忍耐力は残っていなかったからだ。

「……が、なるべく短時間で切り上げよう。わかるね？」伯爵が何か話している。「キューサック」ジョシュアの放った氷のように冷たい声は、いまの気分を余すところなくあらわしていた。

伯爵が身を固くし、エミリーの腰になれなれしく巻きつけていた手を放して、のろのろとふり向いた。「やあ、デイン」

この瞬間を見はからったかのごとく、小さな村をとり囲む林の上に太陽が顔を覗かせ、ぶきみな赤い光であたりを満たした。ジョシュアは妹を一瞥した。「馬車で待っていなさい、エミリー。伯爵と少し話をしたあとで、ぼくも行くから」

「お兄さま、わ……わたし……」エミリーがいつになくしおらしい顔で話しはじめる。

「議論でも説明でも、好きなだけするといい。ロンドンへ戻る馬車の中で」ジョシュアはさえぎった。「だが、覚えておいてほしい。ぼくはこの二日間ろくに眠っていないし、最後にとった食事といえば、八時間前に口にしたあやしげなスコーンひとつだし、この旅にブランデーを持参するのは思いとどまった。つまるところ、ひどく機嫌が悪い」

おどろいたことに、活発きわまりない妹は抵抗しなかった。それどころか、夫になるはずだった男の横を——まるで止められるのを恐れるかのように——回りこんで、急ぎ足で馬車に歩みより、待っていた御者の手を借りて乗りこんだ。見送るキューサックは顔をひきつらせ、脚をわずかに開いて立ち、両手を握りしめていた。

ジョシュアは眉をつり上げてみせた。「ぼくの心情を要約しようか、キューサック？」開いた右手をさっと挙げて言いつぐ。「答えなくていい。いちばんの懸念はもちろん、妹が穢《けが》されていないかどうかだ」

「よりによって、きさまのような男が」伯爵が吐きすてた。「世間体を気にするとはな」

「ぼくのような男だからこそ、たった一度の挫折がもとで、他人にたえず陰口をたたかれるつらさを理解できるのさ」ジョシュアは食いしばった歯のあいだから言いはなち、相手に一歩近づいた。「エミリーに、同じ苦労を味わわせてたまるものか。今回の暴挙は何もかもおまえのせいだ。ずっと年上で世事にたけた人間が、良識をかなぐり捨ててしまえ、家族の制止などふり切っていっしょに逃げようとそそのかしたんだからな。恥ずべきことだ」

大きな声を聞いた厩番《うまやばん》が数人、何ごとかという顔で出てきたが、さいわいほかに人影は見あたらなかった。対決の目撃者は少なければ少ないほど好都合だ。

「こちらには、恥じるところなどひとつもない」キューサックがいきりたちかけたが、すぐに青ざめた。ジョシュアに負けない長身で、胸板や肩幅などはひと回りたくましく、おそらく五歳ほど年上のはずなのに、抗議の言葉は弱々しく尻すぼみに終わってしまった。

無理もない。ジョシュアは憤怒《ふんぬ》に燃えていたからだ。兄の顔を見たせつなエミリーが浮かべた安堵の表情が、怒りを倍加させていた。もし手遅れだったら、どうなったというんだ？

「恥じるところがない？　ゆうべぼくが舞踏会を早めに退出した隙を見て、妹をたぶらかして逃げたくせに、よくもそんなことが言えるな？　どうやらお互いのいだく〝恥〟の観念がちがうようだ。そっちのねらいが妹の持参金だということはお見通しだ」

「とんでもない。彼女は美人で、明るくて、しかも……」

「金持ちだ。おまえが妹の周辺をうろつきだしたとき、ジョンとぼくが財政状況を調べなかったとでも思うのか？　トランプ賭博に入れあげて、家の資産を使いはたしたそうじゃないか」

キューサックは答えに窮《きゅう》したようすだった。

「問題は、この怒りをどうやっておさめるかだ」ジョシュアはひとりごとのように話しつづけた。実を言えば、ふたたび決闘に臨むことを考えただけで胸が悪くなる。だが、キューサックにそれを知らせる必要はない。「夜明けにピストルで勝負するか？　兄として、当然の権利だと思うがな」

決闘を避けたいのはキューサックも同じのようで、にわかに口が渇いたかのように唇をなめた。「野蛮なやりかたはやめようじゃないか、デイン」泥まみれのヘシアンブーツにかけた重心を、落ちつきなく左右させる。「さっき、エミリーの名前が世間を騒がせるのはいやだと言っていただろう。ぼくを呼び出したりしたら、それこそ大騒ぎになるぞ」

キューサックもまったくのまぬけというわけではないらしい。ジョシュアはきびしいまなざしを浴びせた。「わかっているじゃないか。今回の件がけっして世間に出ることはないと誓えるなら、決闘だけは避けてやってもいい。おまえを無傷で逃がすのは　無念でならないが、いまは復讐《ふくしゅう》よりも、だいじな妹の体面を保つほうが先だ」

わざわざ口に出しはしなかったが、かつて巻きこまれた醜聞の利点をひとつだけ挙げるなら、それはジョシュアのピストルの腕前が世間に知れわたったことだった。

「レディ・エミリーの品位をそこなうようなことを、言うわけがないだろう」

「だといいが。もし噂が広まったら、出どころはすぐにわかるからな」簡潔で的を射たおどし。ジョシュアはきびすを返し、馬車のところへ戻ると扉を開けて乗りこんだ。天井を一度だけたたき、ヘンリーに出発の準備ができたことを知らせてから、妹の正面に腰かけて、まっすぐ目を見つめる。

エミリーは最初こちらを見たが、やがて息を吸いこんで目をそらした。漆黒の髪と、デインの一族に伝わる上品な頬骨。めったに見られない神妙な表情を浮かべている。ジョシュアの瞳は淡い色だが、エミリーの目は長兄と同じく褐色だ。そこに涙の気配を感じて、ジョシュアは動揺した。失踪した夜に着ていた、髪の色と均整のとれた体つきをひきたてる水色のイブニングドレスは、長旅でだいぶくたびれている。「いまは」押しころした声で言う。「お説教はやめてちょうだい、お兄さま」

「お見通しか」一拍おいてジョシュアは答えを返した。「おまえが無傷ですんだ以上、伯爵閣下が犯した最大の罪は、誘拐《ゆうかい》そのものではなく、おまえをたぶらかして善悪の判断を狂わせたことだな」

「誘拐されたわけじゃないわ」妹が、膝に乗せた両手をもみしぼる。「いまとなっては、いっそ誘拐されたと言いたいけれど。ほんとうは、ただわたしが無分別だったの」

チャリティにあてた手紙を見たので、エミリーが自分の意思で逃避行にいたったのはわかっていた。ジョシュアはため息まじりに言った。「無分別に関しては、人のことを言えた義理ではないからな。おまえが分別を失うのはこれが最後だ、とうけあえればいいが。ぼく自身も、二度と同じ轍は踏まないとうけあってもらいたい気分だ」

そっけない見解に、弱々しい笑みが返ってきた。「ロンドンを発ったとたん、あの人の態度ががらりと変わったの。心こまやかでも、愛想よくもなくなって。なんというか……しめしめ、という顔にさえ見えたわ。二時間もすると、とんでもないまちがいを犯したのがわかって。ロンドンへ戻るよう頼もうかと思ったけれど、もしかするともう手遅れで、自分に傷がついてしまったんじゃないかと思ったの」

「傷がつく、などという言葉は聞きたくないな」ジョシュアはクッションにもたれ、心の痛みをやわらげる言葉を探すかたわら、妹が自力でキューサックの正体を見ぬいたことに深い安堵をおぼえていた。「それは、とり返しのつかない痛手をあらわす言葉だ。だが、おまえに傷などつかなかった。ぶじロンドンに戻ってしまえば、姿を消したことさえ誰にも知られずにすむさ。ヘレン叔母さまは口が堅いから秘密を守ってくださる。念のため、出発する前に書付けを送っておいた」

万事うまくいくことを願うほかなかった。妹が伯爵とふたりで舞踏会をぬけ出すところを、誰かに見られていないともかぎらないからだ。

「お兄さまの顔を見て、ほんとにうれしかったわ」頰にかかった漆黒の巻毛をはらいのけるしぐさひとつで、記憶にきざまれた子ども時代のエミリーがよみがえったようだったが、それでいて美しく成長したおとなの女性にも見えるからふしぎなものだった。「追ってきてくれるのを待っていたの。なにかと口実を見つけては馬車を停めてほしいと頼んで、進みをにぶらせてきたのよ。おかげで伯爵の機嫌をすっかりそこねてしまったわ」

「キューサックに同情する気にはまったくなれないね」ふと、これほど迅速《じんそく》に駆けつけられた理由を明かしていいものか、迷いが生じた。チャリティは何よりも親友を裏切って怒りをかうことを恐れていたが、こういう――エミリーが分別をとり戻した――状況ならば、逆に感謝されるにちがいない。

とはいえ、こと女性については熟知している点もあれば、まるきり謎の部分もある……自虐まじりにジョシュアは考えた。女の友情のあやというやつは、ひょっとすると後者に属するかもしれない。チャリティが書付けをジョシュアのもとに届けたことを、自分でエミリーに話したいと望むなら、それがいちばんだ。キューサックの腹黒さをいち早く見ぬいた妹の親友には、尊敬の念をおぼえていた。

実のところ、敬服以外の念もおぼえていた……なみはずれて長い睫毛にふちどられたトパーズ色の瞳と、濡れたドレスをまとわりつかせた体の曲線が記憶によみがえる。ひっこみ思案の少女が、あれほど魅力的な女性に育ったことに、おどろいてもいた。

「ジョン兄さまに、きっと雷を落とされるわね」エミリーが沈んだ声で言ったので、物思いはさえぎられた。「ヘレン叔母さまにも。当然だわ。伯爵に愛されていると勘ちがいしたんですもの。本人からもそう言われたし。未来を自由に選ばせてもらえないことに腹を立てて、もうふたりで逃げるほかないと思いこんだのよ。もっとも、伯爵と馬車に乗りこんだとたん、何が起きているかわかったんだけれど。結婚は永遠のものだわ。もしジョシュア兄さまが見つけてくれなかったら、どうなっていたかしら？」

ジョシュアは妹を見つめ、自分が同じ年齢だったころ――もう少し年上だったが――の日々、そして、いまも夢に出てくるあのおぞましいできごとをありありと思い出した。確かに妹はあやまちを犯したが、自分にはそれをとがめだてする権利などない。ジョシュアはやさしく言った。「いずれ乗りこえられるさ、エミリー。経験を重ねて、少しずつ賢くなっていくのが人間だ」

3

芝居は一流、音楽も非の打ちどころがないのに、なぜこんなに時間の流れを遅く感じるのかしら。

チャリティは桟敷席《さじき》で身じろぎした。扇は使われぬまま、手首に下がっている。目の前で進行中のオペラには、まったく身が入らなかった。出演者の力量になんら不足はないが、どうやら舞台よりも自分のほうが注目を集めていることに気づいてしまったのだ。

こっそり向けられる視線の意味はあきらかだった……なかには、こっそりとはほど遠い視線もあった。何が起きたのか気づいてしまってからは、場内で交わされるささやき、手袋をはめた手の動き、ひとつひとつが神経に突き刺さった。隣に座っている母は、時間がたつにつれて興奮の度合いを高め、いつにもましてにぎやかに、扇をぱたぱたと動かしながら無意味なおしゃべりを続けるので、チャリティの忍耐は限界に達しつつあった。対照的に父は、苦虫を噛みつぶしたような顔で黙りこんでいた。

よくない兆候だ。

「甘くてすてきなテノールね、そう思わなくて？」

目を上げると、従姉が絨毯敷きの階段を上がって桟敷席にやってくるところだったので、チャリティはほっとした。オードラは十歳上の未亡人だ。洗練された美貌には、いつも自分の野暮ったさを意識させられてしまうが、彼女とはとても気が合った。

親しい身内とのおしゃべりは大歓迎だ。こんな夜は特に。チャリティは咳払いをした。

「ええ、ほんとうに。すてきだわ」

「みなさんは」ふり向いた母が、一家専用の桟敷席におさまった来訪者に顔を向け、ずばり訊ねる。「どう言っていて？」

オードラはとぼけるそぶりさえ見せなかった。まばゆい金髪に透きとおるほど白い肌、謎めいた褐色の瞳の美女。今夜はビーズを縫いつけた、見るからに高価そうな薄桃色のドレスをまとい、両手首と喉もとをダイヤモンドで飾っている。美しい弧を描く金褐色の眉が、ぴくりと動いた。「ご存じのとおり、ただでさえジョシュア卿はなにかと世間に取沙汰されやすい人ですわ。その名前が、社交界に出たばかりの令嬢と結びつけられたとなれば、まあ、噂が風のように広まるのは当然でしょうね」

「ええ、あの人の評判なら知っていますとも」ぶつぶつ言いつつも、チャリティの母の声にはどこか浮かれたひびきがあった。心ならずも、このなりゆきを楽しんでいるのだ。

「とてもよく知っているわ」

「冷たい飲み物をとってこよう」立ち上がって桟敷をあとにする父の表情は、女性に囲まれた男性ならではの気まずさをにじませていた。その背中を見送りながら、チャリティは申しわけなく思えばいいのか、腹を立てればいいのかわからなかった。できればいっしょにこの場を離れ、会話を聞かずにすませたかった。

「ばかばかしいわ」思わず強い声が出た。

「ばかばかしかろうと、なかろうと」オードラが気の毒そうな顔で言う。「これが社交界なのよ、かわいいチャリティ」

「なぜみんな、わたしをじろじろ見るの？　時間の無駄だわ」

「ジョシュア・デインとの逢引きにこぎつけた令嬢に、興味をそそられているんでしょう」

「逢引きなんてしていないのに」チャリティはにわかに息苦しくなり、広い劇場の壁がせまってくるような錯覚にめまいをおぼえた。長い休憩時間が終わりに近づいたらしく、オーケストラの持ち場から調弦の音が聞こえはじめた。

母が唇を引きむすび、低く言う。「あなた、そう認めたでしょうに」

「いいえ、あれは逢引きじゃないわ」同じく低い声でチャリティは反論した。「正反対よ。まじめな話があって、会いにいったの」

肉親に対して失礼かもしれないが、友人のあいだで噂話を広げたのは母のように思えてならなかった。できればそんなことはないと信じたい。でも、レディ・ダヴェンポートの話だけで、これほど熱い注目が集まるものだろうか。

わたしはただ、エミリーをとり返しのつかないあやまちから救いたかっただけだ。ジョシュアが首尾よくふたりに追いついて、結婚を阻止していてほしいと願いつつも、しのつく雨の中を走っただけの価値があったのかどうか、チャリティにはわからなかった。いまやロンドンじゅうから好奇の視線を浴びているような気がする。だめになったドレス一着、返しそびれた外套一着、裏切り者の侍女がひとり、おせっかいな隣人ひとりのせいで、ここまで詮索を受けるはめになってしまうなんて。

「でも、会いにいったのは事実なのね？」オードラがまだ、いぶかしげな目をこちらに向けている。しなやかな体を、ゆったりと座席にあずけるようすは、背中をこわばらせたチャリティとは対照的だった。

チャリティは意識して体の力をぬき、笑みをこしらえた。「秘密の色恋なんかじゃないわ。ほんとうよ」

「だったら、あなたを信じるわ」オードラが持ち前のたのもしい笑みを返した。「ジョシュアだって、もし本気で無垢の娘をくどくつもりなら、用心に用心を重ねるでしょう。こんなふうに不注意に人目についたりするへまはしないはずよ」

ジョシュア。

親しげな呼びかたを、チャリティは聞きのがさなかった。「よく知っているの？」

「もちろん、よく知っているわ。何年も前から、同じ上流社会に属しているんですもの」

美貌の従姉がさらりと答える。

ふたりは恋人だったのかしら？　過去につきあっていたの？　なじみのない感情に、胸が苦しくなった。これが嫉妬《しっと》というもの？　そうかもしれない。チャリティにとっては初めての経験だった。しかも、ばかげている。ジョシュアはわたしの存在さえすっかり忘れていたのだから。対抗してもしかたないでしょう？　チャリティは肩をそびやかした。

「だったら、あの人から直接……」

「かわいい従妹さん、さえぎって悪いけれど、彼から何を聞こうが関係ないわ。あなたが真実を語っているかどうかも、関係ないの」

話の腰を折られたチャリティは、黙って相手を見つめた。

「こういうことが起きると」注意深い口調で、オードラが言う。「井戸に石を投げ入れたときみたいに、よからぬ影響が広がるの。波紋はみるみる大きくなっていく。わざと石を投げ入れようと、うっかり落とそうと、水面が乱れるのは同じこと。原因じゃなくて、波そのものが問題なのよ」

「そのとおりだわ」母が扇をせわしなく動かす合間に、場内の喧噪《けんそう》を見わたしながら同意した。「うまいたとえね、オードラ。わたしも、きのうから娘に、ことの重大さを伝えようとしてきたんだけれど」

「だって、ことなんて起きていないんだもの」自分の声に落胆があふれているのがわかった。心は沈むいっぽうだった。

無遠慮な視線と、従姉の懸念を考えあわせるにつけ、両親から聞かされた話はけっして大げさではなかったらしい。深夜、付添人なしでジョシュア・デインの自宅を訪ねたことがこれほどまでに大きな反響を生むとは……しかもジョシュアに馬車で家まで送ってもらったところまで、他人に見られている。だからといって、ほかにどんな方法があっただろう？　チャリティはずぶ濡れで舞踏会へ戻るわけにいかなかったし、ジョシュアも若い娘をひとりで帰らせることはできなかった。

そう思えば、自分は必要なことをやりとげたまでだ。なのに、まるで悪いものを食べたときのように、みぞおちのあたりが重かった。もし空が気まぐれを起こして、突然の大雨を降らせなければ、エミリーの書付けを手に飛び出したときの計画どおり、誰にも気づかれずにパーティ会場へ戻れたかもしれないのに……。

いま申しひらきをしたら、エミリーの名誉を傷つけてしまう。それだけは避けたかった。まして、あがいたとしてもこの苦境からはぬけ出せそうにない。

「こういう苦境を切りぬける方法がふたつあるわ」オードラが考えこむ顔になった。「ひとつめは、とにかく面《つら》の皮を厚くして、何もなかったような顔で耐えぬくこと。いずれ別の誰かが失態を演じれば、そちらに注目が移ってあなたは放免されるでしょう。痛手は最小限ですむわ」

「ほかの人の不幸を祈るなんて、人としてどうかと思うけれど」言っているそばから、レディ・トレヴェナムが何くわぬ顔で双眼鏡をこちらに向けるのが見えた。チャリティはうんざりして訊ねた。「ふたつめの選択肢は？」

「ふたつめの選択肢はね、ジョシュアに協力してもらうことよ」オードラが優雅に眉をつり上げてみせた。「ただ、あの人は前にも醜聞に巻きこまれた経験があるから。二度とあんな思いをしたがらないのは確かね。どんな反応をするか、目に見えるようだわ」

「協力？」チャリティはゆっくりとくり返した。みぞおちの不快感がひときわ強まる。「それはどういう意味？」

母が強く言いきる。「紳士であるならば、自分の責任を受け入れるはずよ」

オードラの顔が曇った。「他人が言うことではないけれど、もし彼がいまでも自分を紳士だと考えているとしたら、かなりひねくれた紳士ということになりますわ」


リアム・グレゴリーは、絹の覆いをかけた枕にもたれ、低く愉悦《ゆえつ》の声を漏らした。広げた脚のあいだにかがみこんだ女性が、いきりたった男性自身を口にふくみ、唇と舌でじわじわ愛撫《あいぶ》すると、全身がふるえだしそうだった。

陰嚢《いんのう》を手でとらえて絶妙な強弱で締めつけられたときには、そろそろ主導権をとり戻さなければという焦りが生じた。「かわいいアデル」できるかぎり落ちついた声で話しかける。「そこまで奉仕しなくてもいいんだよ」

　豊満でみずみずしい、女らしさを凝縮したような熟れた肉体に恵まれた准男爵夫人が頭をもたげ、硬直から口を離した。西日を受けてつやつやとかがやく薄桃色の唇に、じらすような笑みが浮かぶ。「そう？　だったら、どうしたいの？」

　ベッドをともにするようになって二カ月弱のあいだに、相手の好みはすっかり覚えこんでいる。リアムは身を起こして、彼女をあおむけに横たえ、脚のあいだに腰をあてがった。アデルが進んで脚を開く。きつく締めつける熱い潤《うる》みに分身を沈めると、とがった爪が背中をなぞり、奮闘を熱っぽくほめたたえた。

　愛人としては、リアムが求めるすべてをそなえた女性だ。包容力があって、ときにははげしくて、何よりも感情面にはまったく踏みこまない。さながら思想家ルソーが述べた人物像のようだった。知性ではなく、衝動と本能のままに行動する人物。教養はあるが、必要最低限だ。

　アデルが上半身を起こしてリアムの肩を嚙んだ。痛めつけるほどではなく、うっすらと跡を残してリアムの気を惹く程度に強く。豊かな経験を通じて、絶妙なかげんを熟知しているのだ。

　硬直を深く突きたてた状態で、リアムは動きを封じられた。

　すべてが終わり、しどけなく手脚をからみつかせて横たわっているとき、アデルが手の甲にあごを乗せて、猫のようにずる賢い笑みを浮かべた。人さし指がものうげに、リアムの胸板をつたい下りる。「あなたといると、いつも予想どおりの荒波を味わえるわ」

「予想どおり？」リアムは体勢を入れかえた。「それは、ほめ言葉なのかな」

「この場合は、そうよ。あなたみたいな熱いアイルランド男が大好き」

色っぽい猫なで声には、笑みを誘われた。「きみも情熱にことかかない女性だね、と言うつもりだったよ」

「快楽を追いもとめる情熱ということ？」とがった爪でリアムの乳首をつつき、アデルが笑い声をあげた。「女が男と同じように快楽を追いもとめて、何がいけないの？」

「いけない理由なんて、ひとつも見あたらないね」リアムは豊かな髪を指にひと房巻きつけ、ふざけて引っぱった。「さあ、かわいい人。最新のゴシップをぼくに聞かせてくれ。あるいは政治談義をしながら、下半身が元気をとり戻すのを待とうか？」

「政治ですって？」遠慮のない笑い声が返ってきた。「それ以上に退屈な話題ってないわ。でも、近ごろはいくつかおもしろい情報が入ってきてね……」裕福で年の離れた准男爵に嫁ぎ、自由かつ性的にも奔放《ほんぽう》なアデルは、上流社会の噂話に目がない。続く半時間ほどは、全裸を気にもとめずゆったりとベッドに腰かけ、酒を口に運びながら、裕福な貴族たちのいざこざを次から次へとリアムに話してきかせた。リアムも枕に背をあずけ、ブランデーを飲みながらぼんやりと耳をかたむけていたが、ふいに聞きおぼえのある名前が出てきてはっとした。

「ちょっと待ってくれ。いま、ジョシュア・デインと言わなかったか？」

アデルが赤みがかった金髪をわざと恥ずかしげにふりやり、目をかがやかせた。「ええ、言ったわ。あなたのお友だちでしょ、ねえ？」

「そうだ」

「なかなかおいしそうな美男子よね。冷たい灰色の瞳に、乱れた褐色の髪に……」

「きみの好みとはちがうだろうに、かわいいアデル。それより何があった？　もう一度話してくれ」

相手が肩をすくめた。「どうも、青くさい小娘を誘惑したらしいわ。伯爵令嬢ですって」

リアムは仰天して、ブランデーのグラスをもったまま起き上がった。信じがたい思いに、つい語気が強くなる。「まさか。そんなはずがない」

「でも、そうなのよ」アデルがふしぎそうに視線を投げた。「とりあえず、若い娘が両親の目を盗んで社交行事をぬけ出したあと、ジョシュア・デインの街屋敷に入っていくのを見た人間がいるらしいわ。そのあとで、馬車で家まで送られていった娘は、裸も同然の格好だったそうよ」

たとえジョシュアがほんとうに良家の子女を誘惑したにせよ、着衣が乱れたまま家に送りとどけるはずがないと知っているリアムは、前にもまして醜聞のうさんくささに疑念を感じつつあった。「けちをつけるつもりはないが、それほど無思慮な男ではないよ。まして、結婚前の若い娘に手を出すわけがない」

「わたし、聞いたことをそのまま話しているだけよ」

「だが、そのまま信じることはできそうにないな」

ゴシップと同じくらいアデルが中毒しているもの、それは賭博だった。腰のあたりに巻きつけたシーツがずり落ちて、あらわになった豊かな胸が揺れるのも気に留めず、眉をしかめる。「だったら、人目を忍ぶ大急ぎの結婚式がおこなわれるかどうか、賭けましょうか？　聞いたところじゃ、娘の家族はかんかんらしいわよ。そもそもレディ・チャリティの母親自身がたいへんな噂好きだから」

「相手が誰であれ、ジョシュアは結婚なんてしない」リアムはそわそわとあごをこすった。「ついこの間もいっしょに飲んだが、そんな相手がいるような話はまったく出なかった。これからも女に深入りせずに生きていこう、と乾杯したくらいだからね。もしジョシュアが未婚の娘を誘惑するつもりなら、まずロングへイヴンとぼくに打ち明けるだろう。実際は、いかなる罠にもはまらず、気ままな快楽だけを味わえる自由を祝福しあったんだ」

アデルのなめらかな眉が小さくしかめられた。「ずいぶんな言いかたね」

「いや、でも、きみも同じ気持ちだろう？　そもそもまっとうに結婚しているわけだし」

彼女にはほかにも恋人がいることを、リアムは知っていた。当人の口からも何度か、年かさの夫は体面さえつくろっていれば浮気を見のがしてくれる、と聞かされていた。

「まったくだわ」アデルがまた横たわりながら、明るく同意する。「だからこそ、あなたとはこんなにうまくいくんでしょうね。さてと、もしスタンフォード公爵の弟にかぎって結婚するわけがないと、そこまで確信できるのなら、貨幣を何枚か賭けるくらい平気よね？」

「きみの夫君は、小遣いの使いこみが多くなっても許してくれるのかい？」

「あら、わたしが負けてばかりだって言いたいのね」アデルがまたもや起き上がり、身を寄せてきたので、しなやかな乳房が胸板に押しつけられた。「勝つときだってあるのよ」

「ふーん。残念だが、今回はきみの負けだと思うよ。あまねく英国全土を見わたしても、ジョシュア・デインほど結婚を敬遠する男はいないからね。せっかくの小遣いをとりあげるのは申しわけない」

「だったら、別のもので支払ってあげましょうか」アデルがさらに身をのり出し、耳もとでとびきり淫靡《いんび》な提案をささやいた。

そう、とびきり。

一度は試してみたいと思いながらも、大胆な女性を見つけられないままあきらめていた行為だ。

リアムはアデルの肩の曲線をなでてから、臀部《でんぶ》のまるみを両手でとらえた。「その賭け、乗るよ。でも、きょうはそろそろ行かないと」

相手がさも無念そうなふくれっ面をこしらえてみせた。「何をそんなに急ぐの？」

「男同士の約束だ」リアムは答えながら乱れたベッドを降り、脱いだままのズボンに手を伸ばした。「これから友人に会いにいかないと」

「いったい、なんのために？」はじらいなど無縁のアデルがすっくと立ち上がり、こちらを見つめた。裸の胸が重たげに揺れる。「もう夜中だし、あと何時間かは……」

「枕の下をさぐってごらん」ズボンを引き上げながら、リアムはかすかに頬をゆるめた。「急に立ち去る埋めあわせが見つかるかもしれないよ」

アデルが宝石箱を見つけ、そこにおさめられたサファイアのブローチに歓喜の叫びをあげるのを聞いて、リアムは苦笑した。夫にどう説明するのかは知らないが、アデルはまるで鵲《かささぎ》のように、きらきら光るものを喜ぶ。それもまた彼女の、薄っぺらな魅力だった。

何はともあれ、ジョシュアに会っていったい何事かと問いたださなくては。

かつて親友三人で、けっして女性に深入りするまいと誓いあった仲だ。もしかすると、誰かの助けを必要としているかもしれない。

4

優雅な居間は静まりかえっていた。

ジョシュアの祖父がフランス宮廷を訪ねた折りに贈られたという、ルイ十四世時代の小卓。そのかたわらに置かれた絹張りの椅子にかけるヘレン叔母は、いつもどおり悠然としている。きっちり結い上げた白髪まじりの髪、ややふっくらした体をひきたてる最新流行のドレス。隣に座るストレイト伯爵フレデリック・シールは、背すじをぴんとこわばらせ、まるで上半身を固められてしまったかのようだ。部屋の反対側にはスタンフォード公爵が、大理石の暖炉に肩をあずけて立ち、端整な顔をくもらせている。

ジョンときたら、まったく最悪のときにロンドンへ戻ってきたものだ。

ジョシュアはその場に立ちすくみ、現実離れした感覚にさいなまれた。リアムが訪ねてこなかったら、心の準備さえできなかっただろう。いまでも、自分の身に起きたことがまったく信じられない。セント・ジェームズ地区にある、スタンフォード公爵の街屋敷に召集がかかったのは、エミリーをぶじ連れかえったわずか二時間後だった。湯浴みと着替えをすませたばかりのところにリアムが現われ、近ごろこんな噂が流れていると教えてくれた。

そしていま、統一戦線がこちらに押しよせようとしている。

勘弁してくれ。

「おまえが無実だということは、みなじゅうじゅう承知している」重い口を開いたジョンの髪は、わずかに乱れていた。ハンプシャーで領地管理にまつわる用事を終えて帰ってきたばかりだという説明を、やや埃《ほこり》っぽい旅行服が裏づけていた。「少なくとも、レディ・チャリティの純潔をそこなうような行為におよんではいないと、ここにいる全員が考えている」

「兄さん、あいまいな言いかたはやめてくれないか？」ジョシュアはとげとげしさを隠そうともせずに訊ねた。「要は道を踏みはずしたか、踏みはずさなかったかだろう？　中間なんてものは存在しないと思うが」

「はっきり言うならば、おまえの派手な女遊びが事態をややこしくしているのだ。きちんと説明してもらえるだろうな？」

兄のあごに力がこもっているのがわかった。「みなさんがこちらの立場をそこまで理解してくれるのなら言うが、兄さんの言うような派手な女遊びなどしていない。それに、ちまたに流れる噂を思い出してほしいが、ぼくは家でおとなしくしていた。訪ねてきたのは、彼女のほうだ」

「例の件については、チャリティに心から感謝していますよ」子ども時代から聞きおぼえのある非難がましい口調でヘレン叔母が言った。「忘れてはなりません」

「ええ」ジョンがうなずいた。「エミリーはぶじに帰宅し、今後も評判に傷をつけずにすみそうです」

「あいにく」伯爵が重々しい声で割って入った。「うちの娘には、同じことを言えそうにないが。いまや誰も知らぬ者のない事実となってしまったからな。娘は供ひとりつけずにきみの屋敷を訪ね、あっさり迎え入れられ、いくばくかの時間をいっしょに過ごしたのちに、きみの手で馬車に乗せられ、走り去った。ふたりきりで」

「屋敷にいたのは、せいぜい十分やそこらですよ」ジョシュアはつとめて声を荒らげずにたんたんとした口調を心がけたが、なまやさしくはなかった。「それに、馬車に乗せたのはお宅へ送っていくためです。チャリティは雨でずぶ濡れだった。あなたならどうなさいますか、伯爵？　真夜中に、濡れた衣服のまま歩いて帰らせますか？」

「まさか、そんなわけがない」先に答えたのはジョンだった。そわそわと髪をなでつけ、浮かない顔で続ける。「もう一度言っておくが、おまえが騎士道精神にもとる行為におよんだなどと責める者は、ここにはひとりもいない。ぼくが同じ状況に遭ったとしても、おまえとまったく同じ行動に出るだろう。とはいえ、理屈が正しいからといって問題が解決するわけではない」

問題だと？　冗談じゃない。

最初にリアムから噂の件を聞かされたときは、ここまで深刻だと思わず、チャリティの父に事情を――エミリーの駆落ち未遂《みすい》について口外しないよう言いふくめたうえで――説明すればだいじょうぶだと考えていた。チャリティの部屋で自分の外套が見つかり、しかも彼女が屋敷に入るところを他人に目撃されたと知ったのは、そのあとのことだった。

問題どころの話ではない。惨状だった。

ジョシュアは伯爵に目をやり、肩をそびやかした。

「伯爵閣下、お嬢さんはもともと清廉潔白な淑女ですから、ぼくと深い関係だなどと本気で疑う人間はどこにもいないはずです。ぼくの知るかぎり、悪い噂などひとつも流れたことがない。心ないゴシップにさらされるのがどれほど不快かは、ぼくにもよく――人一倍よく――理解できますが、いずれはあの夜の雨のように、通りすぎてしまうものですよ」

「いずれは通りすぎる？　けさがたケインズフィールド侯爵がわが家を訪ねてきて、娘への求婚を正式に取り消したいと申し出てきたが、それを聞いても同じことを言えるかね？」伯爵がうなるような声を出した。

チャリティ・シールほど可憐で家柄のよい娘なら、すでに婚約者がいると聞いても意外ではなかったが、今回の騒動がもとで侯爵が手を引いたというのは手痛い知らせだった。

全員が自分の答えを待っている。わかっていたが、困ったことに、どう答えていいかわからなかった。たったひとつ思いうかぶ言葉を、叔母の前で口にするわけにはいかなかった。

「あなたにできる埋めあわせの選択肢は、限られているように思えるけれど」ヘレン叔母が口調をあらためる。

「どう埋めあわせればいいと？」答えはうすうす予想がつき、重苦しい気分をかきたてた。「彼女には指一本ふれていません。自分の評判がよくないのは百も承知ですが、今回の件に関して恥じるところは何もない。十分間ですよ？　どんなに凄腕《すごうで》の色事師でも、十分間では何もできない」

「そうかもしれないが」ストレイト伯爵が硬い声で言う。「だとしたら、娘ひとりの問題だろうか？　残念ながら、そのとおりだ。娘は非難され、裁きを受けた。きみに会いにいったのは親友の駆落ちを止めてもらいたい一心だった、という事情を白日のもとにさらす手もあるが、そうなればエミリーの評判まで地に落ちるうえ、チャリティが夜遅くにきみとふたりきりで過ごしたという事実は微塵《みじん》も揺るがない」

くやしいが、何から何まで相手の言い分に理があった。

「ばかな」狐が猟犬の群れに追いつめられたときはこんな気分かもしれない。「噂好きの連中がこれ以上ゴシップを広めないように結婚を申し込めだなんて、まさか本気でおっしゃっているわけではないでしょう」

「わたしには」口ぶりこそ厳格だったが、ヘレン叔母の表情にはかすかな同情が感じられた。「しごくもっともな手だてに思えますよ。ストレイト伯爵がお見えになって、ことの重大さを打ち明けられたとき……いずれそうなるのではないかと思っていたけれど……わたしは言ったの。甥は非の打ちどころがない紳士だからご心配なく、とね」

窓辺のテーブルに置かれたブランデーが手まねきしていた。強い酒をあおるなら、いまをおいてない。ジョシュアはチャリティの父親にするどい目を向けた。「ぼくのようにすねに傷もつ男からの結婚申し込みを、歓迎してくださるおつもりですか？」

ふだんは気さくな伯爵の顔が、花崗岩《かこうがん》のようにこわばった。「二、三日前にもちかけられたら、どう答えたかわからない。だが、いまや選択の余地はほとんどないのだ。きみたち一族のむこうみずな性向のせいで、娘が世間からうしろ指をさされるのだけは、断じて認められない」

非難をしりぞけたくとも、ジョシュアは反論を許されない立場だった。そう、自分はかつて、エミリーとキューサック伯爵に負けずおとらず無鉄砲なまねをしでかし、破滅の一歩手前まで行った。事実だとはいえ侮辱《ぶじょく》すれすれの発言を、ジョシュアはしばし歯を食いしばってこらえた。

「お嬢さん自身も」そして、おだやかに反撃をこころみた。「ご両親の許しも得ずに舞踏会をぬけ出して、雨の夜道を走ったりしたのはむこうみずだったとは思われませんか？」

「どうか、娘のせいだなどとは言わないでほしい」ストレイト伯爵が気色ばみ、席から立ち上がった。

「あなたはぼくに責任を引きうけさせたいと思っておいでだ。ちがいますか？」意図したよりも横柄な声が出てしまったが、なにしろことは結婚にかかわるのだ。

結婚など、誰がするものか。

「少しだけ、弟とふたりで話をさせていただけませんか」ジョンが口をはさみ、もたれていた炉棚から身を起こした。反論を許さないきびしい表情だ。「しばらく失礼します」

あとをついて部屋を出ながら、ジョシュアは声なく毒づいた。ジョンの性格は熟知している。曲がったことが大きらいな兄。公爵という立場をさし引いても高潔きわまりない人物だ。もっともジョシュア自身、世間に何を言われようと、その点でひけをとるとは思っていなかった。過去のあやまちは意図せざるものだったし、今回の一件にしたところで、贖罪《しょくざい》や、まして一生にかかわる決断をせまられたりするのは納得がいかない。

「酒をついでやるから、扉を閉めてくれ」ジョンが本棚に隣りあった小さな飾り棚に歩みより、葡萄酒に手を伸ばした。「誰にも盗み聞きをされたくはないだろう」

酒、というひびきの甘美さよ。だが、話しあいのほうは……あまり魅力を感じない。

「兄さんが何を言うつもりなのかはわかっている」思いきり扉をたたきつけたい衝動を、完全には抑えきれなかった。暖炉のそばの椅子を選んで腰を下ろし、いらいらと足を投げ出す。「結婚するつもりはない。理由は、誰よりもよく兄さんが知っているだろう」

近づいてきて、ルビー色の液体を満たしたグラスを手わたすジョンの顔は落ちつきはらっていた。「誰とも結婚しないと誓いを立てたのは知っている。どれほど決意が固いかもわかっているつもりだ。だが、女性とのかかわりを断とうと心に決めたとき、おまえはまだ二十二歳だった。生きかたを一変させるには、少し若すぎたと思わないか、ジョシュア」

「女性とのかかわりを断ったりはしていないさ」ジョシュアは乾いた笑い声をあげた。「心配してくれなくても、それについてはそれなりにいい思いをしているよ」

「どういう意味かはわかっているだろうに」ジョンが机のむこう側に座り、重々しい顔で酒をふくんだ。「ゆきずりの情事は別ものだ、そうだろう？」

甘やかな吐息、熱をおびたまなざし、えもいわれぬ快感をともにして、そっとすがりつく手……。

いまいましいが、兄の言うとおりだった。

「そうかもしれないな」ジョシュアはしぶしぶ答えた。「だが、そのほうがずっと面倒が少ないんだ。いいかげん先延ばしをやめて、はっきり言ってくれないか。兄さんならどうする？　どんな関係であれ、ぼくは永遠に続くなんて考えたくない。今回のことで、自分になんらかの義務が生じたとは思えないし、家族ぐるみのつきあいこそ長くても、ろくに知らない相手なんだ」

「義務はある」椅子の背にもたれながらたしなめるジョンの黒い瞳に、厳粛な光がやどった。「チャリティは、エミリーが誰の目にもあきらかな愚行に走るのを止めたい一心で、みずからの評判に傷をつけたのだから。これから先ずっと、チャリティが悪意に満ちた陰口の餌食《えじき》になって生きるのを見すごしにできるか？　それに、こんなことを言いたくはないが、わが一門の名声をもってしても、こんどばかりはおまえを醜聞からかばいきれないぞ、ジョシュア。婚約者とあんなことになって、そのあと決闘におよんでも、世間にいくらか同情の声があったのは、おまえが捨てられた側だったからだ。貴族の令嬢をたぶらかして、結婚を拒んだとあれば、話は変わってくる」

「やめてくれ。ぼくは誰もたぶらかしてなどいない」

「ああ。だが、世間の目はちがう。ストレイト伯爵の立場を……そして、もしおまえの協力を得られなかった場合の覚悟を考えれば、先方を責める気にはなれないな。なにしろ、渦中にあるのは自分の娘だ。ぼくにも娘が生まれたいま、父親としてかばいだてしたいという伯爵の気持ちは痛いほど理解できる」

　自分にはなんのとがもないのだと、重ねて主張してもよかったが、効果はなさそうだった。ジョシュアはこらえきれず、しゃがれた声でなじった。「世間体を気に病んで結婚に踏み切るなんて、冗談じゃない」

「キューサックに似たり寄ったりの男だと世間に見なされても平気なのか？　おのれの身

勝手で、世間知らずの令嬢を踏みつけにするならず者だと？　純真無垢なレディというチャリティの評判は、今回の件で泥にまみれかけている。それに、エミリーはどうなる？」ジョンの目がするどくなった。「おまえは、妹の愚行を止めるために、スコットランド国境近くまで追いかけていったのだろう？　その妹にこんどは、親友との関係にまつわる醜聞や中傷を聞かせるのか？」

「関係なんてものは何もないんだ」

とげとげしい口調を、兄はさらりと受けながした。「もちろん、おまえに良心的なふるまいを強いることはできないが、わたしは信じている。五年前のレディ・ワイルハーストとの顚末《てんまつ》を経てもなお、おまえには紳士らしく事態をさばく度量が残っていると」

ジョンの言うとおりだ。自分には亡父から分配された財産があり、祖母からゆずり受けた広大な領地がある。財政面で誰にも頼らず、自由に生きられる一人前の男だ。高貴なスタンフォード公爵でさえ、結婚を強いることはできない。

困るのは、兄の見解にも一理あることだった。ヘレン叔母の言い分も心にひっかかる。認めるのはしゃくだが、エミリーは、自分の親友が社会的に抹殺されようというときに兄が打つべき手を渋ったと知ったら、ひどく失望するだろう。それどころか、罪悪感を一身に背負ってしまうかもしれない。

よくもまあ、徹底的に追いつめられたものだ。

「わかった」うなり声にも似た一語が同意のしるしだった。酒の残りを飲みほして立ち上がり、テーブルにグラスをたたきつける。勢いで華奢な脚が折れるのではないかと、内心ひやりとしながら、ジョシュアはそっけない声を発した。「最低最悪の夫になるのはまちがいないが、どうしてもと言うのなら令嬢をもらいうけますと伯爵に伝えてくれ。どんな作法であれ、好きなように手はずをととのえてもらってかまわない。そろそろ失礼させてもらうよ。葡萄酒より強い酒が必要だ。クラブまで足を伸ばせば、酔いつぶれて家にかつぎこまれるだけの量を体に入れられるだろう」

くるりと背を向け、書斎の扉をぞんざいに引き開けて、仰天したおももちの従僕をかすめて通る。おそらく、胸中そのままに凶悪な顔をしているのだろう。

レディ・チャリティに毛の先ほどでも分別があれば、自分から結婚の申し込みを受けるより、むしろ醜聞の嵐にさらされるほうを選ぶだろう。

お互いにとってやっかいなのは、おそらく彼女のほうが、ジョシュアよりもっと切羽詰まっているという事実だった。

もし寝室が二階でなく三階にあったら、窓から飛びおりてあっさり悪夢を終わらせられるのに……。この部屋では、せいぜい骨を何本か折って、痛い思いをするのが関の山だ。

いつの日か教会の祭壇に、ジョシュア・デインと並んで立つという現実離れした夢をはぐくんではきたけれど、こんなふうに下劣な醜聞をてこにして夢をかなえるつもりなど、さらさらなかった。

むかしからよく聞く文句はなんだったかしら？　〝願いをとなえるときは、かなったあとのことまで考えなさい〟だった？

こんなはずではなかったのに。甘くひそやかな夢が、いまは悪夢に転じてしまった。

チャリティはベッドのはしに腰かけ、冷酷非情なおももちの父を見あげた。「あちらが同意したなんて、信じられないわ」

「なぜだ？」ぶっきらぼうな問いが返ってきた。「おまえはきれいだし、頭もいいし、伯爵の娘だ。社交界に出てからの反応も上々で、求婚したいとの申し出もたくさんあった。あの男は果報者だと思うがね。よい組みあわせだ」

「そんなことを言っているんじゃないわ」頭がふらつき、ぎゅっと握りあわせた両手が痛かった。「あの人は結婚を敬遠しているはずよ。本人がきっぱりそう言ったもの」

父の顔に動揺がよぎったのは、同じことをジョシュアから言われたためだろう。あの夜、馬車の道中でチャリティが聞いたのと同じか、あの半分でもはげしい言葉を耳にしたのなら、疑わないはずだ。水色の敷物をつっきって、窓から眼下の庭園をしばし眺めたあと、こちらをふり向いた父は、あきらかに肩をこわばらせていた。「もしほかに解決法があるのなら、なんの迷いもなくそちらを選ぶだろう。ほんとうだ。だが、ジョシュア卿が同意したこと自体が、ほかに選択肢がないという証拠だ。本人も、そこは承知している」

「ごめんなさい、わたしは同意できないわ」いつしか、胃がむかむかしていた。妻や家族がほしくないのかと訊ねたとき、端整な顔に浮かんだひややかな表情。

〝妻をもちたいとは思わない〟

認めたくないのはやまやまだった――まして、いま父に聞かされた話を考えれば――けれど、あれは心からの言葉だ。

「言いにくいことだが、そんな方法ではなんの解決にもならないのだよ」伏し目がちにこちらを見る父の顔が、にわかに疲れて見えた。「わたしにはおまえの父親として、娘の現在だけでなく、未来のしあわせまで考える責任がある。たとえほかの男と結婚したにせよ、今回のできごとはおまえの中にわだかまり、なにかにつけて浮かび上がってくるだろう。デインと結婚すれば、挙式を待ちきれない恋人同士が人目を忍んで会っていたという話にできる。よくあることだ。噂もじきにおさまるだろう」

「だけど、恋人同士じゃないもの、わたしたち」ふくみのある言葉を父の前で口にする恥ずかしさに、チャリティの頰はかっと熱くなった。「そんな気配すらないのよ。わたしは完全に子どもあつかい。エミリーといっしょになってあちこちで悪さをはたらいていた友人としか思われてないわ。結婚なんて無理強いしたら、先方にどれだけいやがられるか。お願いだから、そんなことはしないで」

いくら懇願しても、父が動かされるようすはなかった。「問題は、おまえが子どもではなく、おとなの女性だということだ。若い女性が、品行に関してとかく評判のよくない男と、よりによって相手の自宅でふたりきりになったのだぞ。いったい何があったのかと、長いこと取沙汰されるのは避けられない。おまえたちが結婚しないかぎりはな」

「わたしをなんとも思っていない相手と、どうしても、結婚しろとおっしゃるの？」あまりに理不尽な要求に、めまいをこらえながらチャリティは訊ねた。「明るい未来が待っているとは、とても思えないけれど」

「結婚は、ふたりの人間が作りあげるものだ」

「言うのは簡単よ。でも、そう簡単にいくかしら」

「あすの午後、結婚特別許可証を使っておまえとジョシュア・デインが夫婦になる。それがいちばん簡単な解決法だ。デインからはすべての采配をまかせてもらった。金や手間を惜しんでいる場合ではないから、さっそく教会の主教と話をしてきたよ。それなりの人脈をもつ友人に、最速で手続きを進めるよう便宜もはかってもらった。わかるか？　もはや、おまえが反論してどうにかなる問題ではないのだ。これが最善の策だとわたしは思ったし、スタンフォード公爵も同意見だった。もう、決まったことなのだよ」

父がこれほど硬い声を出すのは、いままでに一度か二度しか聞いた覚えがない。とうてい逆らえない、というあきらめが、透明な外套のようにチャリティに覆いかぶさってきた。

「ところで」たったいま、娘の人生を本人の承諾なしに決めたのが嘘のように、父が話を続ける。「レディ・エミリーがおまえに会いたいと、下で待っているぞ。ここに通してもよければ、その間にわたしは、あちらの叔母上とあしたの相談を進めておくが、どうする？」

チャリティは呆然としたままうなずいた。ほどなくエミリーが寝室に入ってきたときも、同じ姿勢でベッドに腰かけ、喉を締めつける息苦しさをもてあましていた。褐色の髪をあっさりしたシニョンにまとめた親友が、絹のドレスを両手でぎゅっとつかんで戸口に立つ。繊細ななかにも兄の凛々しさをどこかしのばせる顔立ちだ。

「ああ、チャリティ。わたしったら、なんてことを。わたしのせいで、みんなの人生がめちゃめちゃになってしまったのね」痛切な声でエミリーが言った。

チャリティは、うつろな思いでかろうじて弱々しくほほえんだ。「確かに、あざやかなどんでん返しね。駆落ちしたはずのあなたは、結婚せずに戻ってきた。ここで待っていたわたしは、夫を選ぶ気なんてさらさらなかったのに、気がついたら結婚が決まっていた。しかも、挙式はあすですって！」

「ええ、おかしな展開なのは、わたしも身にしみてわかってるわ」エミリーがチャリティの隣に力なく腰を下ろし、大きなため息をついた。「ロンドンに連れもどされたあと、ジョシュア兄さんとは一度も顔を合わせてないの。わたしたちを追ってきたときはかんかんに怒って見えたけど、そのあとは冷静で、きついことも言われなかった。もっとも、次に会ったときは変わっているでしょうね」

「お兄さまは、あなたを責めたりしないわよ」親友の打ちひしがれように、思わず自分の窮状も忘れてチャリティは言った。「わたしだって責めたりしないわ。いろいろあったけど、あなたがキューサック伯爵と夫婦にならなくて、やっぱりよかったと思うの。ジョシュアからいろいろ話を聞いて、前からおかしいと思っていたことが事実だとわかったし」

「いま思うと、秘めた恋っていうロマンティックなひびきに酔っていたのね、わたし」エミリーの唇がほろ苦い笑みを浮かべた。「あんなに意地を張って、ばかみたい。いったん思いこむと、まともな助言が耳に入らなくなってしまう癖があるのよね。兄たちにも言われたし、もちろんあなたも、伯爵は信用ならないって忠告してくれたのに。あげくの果てが、この惨状よ」

惨状。結婚を、こんな言葉でしか形容できないだなんて。

「ジョシュアがわたしとの結婚を承諾したなんて、どうしても信じられないわ」

エミリーが一瞬ためらったのちにうなずいた。「わたしもよ」

「ジョシュアはなぜ、あそこまで……」質問しかけて、チャリティはふと迷った。

あいまいな質問を打ち消そうと話題を変えるよりも早く、エミリーは意図を察したらしい。「なぜ、あそこまで女性に心を許さないか、でしょう？　わたしも、ことの顚末を最初から最後まで聞かせてもらったことはないわ。その話題が出ると、ジョシュアは文字どおり閉じてしまうし。閉じるという以外の表現が思いうかばないわ」ほっそりした両手を打ちあわせて声を低める。「いまのワイルハースト侯爵夫人と、もともと婚約していたのは知ってるけれど。なぜ結婚まで行かなかったのかは、よくわからない。兄と侯爵とは、彼女をめぐって決闘したのよ」

　まるでゴシック小説のように荒々しくロマンティックな展開に聞こえるが、困るのは、雨の昼下がりに読みふける虚構の物語ではなく、チャリティ自身の人生がそこに綴《つづ》られるということだ。チャリティはドレスの裾から覗く上履きのつま先に、暗いまなざしを落とした。「そうだったの。大きな噂になって、でも表立っては誰も口にしない、そういう話題だったんでしょうね」

「それだけじゃないみたいなの」エミリーが肩に手を回し、そっと抱きよせた。「こんなことを言ったら身内びいきに聞こえるかもしれないけど、ジョシュアはほんとうにいい人なのよ。こんなことになるとは思ってもみなかったけれど、あなたと姉妹になれるのは、心からうれしいわ」

　その点だけはチャリティも喜んでいた。ただ、ほかの部分はというと……。

　結婚は、自分を妻にと望んでくれる男性とするものだ。たとえキューサック伯爵のように欲得ずくでも、エミリーになんらかの関心をいだいていたことにまちがいはない。

いっぽう、うしろ暗い過去をもち、結婚になんの希望もいだいていないジョシュアが相手となると……。褐色の髪と吸いこまれそうな銀色の瞳をそなえたジョシュアは、このうえなく魅力的だが、夫として考えるなら、どれほど想像の翼をはばたかせても、理想的とは言いがたかった。

確かに、チャリティは彼に惹かれている。男女を意識する年ごろになってからずっと惹かれてきた。初めは少女っぽいあこがれの君として、やがてよりおとなっぽい刺激的な想いの対象として。

けれど一度として、こんな風に無理やり結婚させられるなどとは想像しなかった。

「わたしも、うれしいわ」消え入りそうな声で、チャリティは答えた。

5

「というわけで、デインもとうとう棺桶《かんおけ》に片足をつっこんだ」

厩舎からパドックへ引き出された馬に熱いまなざしをそそぎつつ、パトリックが言った。

「噂が、山火事もかくやという勢いで広がっているよ。街じゅう、この話題でもちきりだ。ぼく自身はけっしてゴシップ好きではないが、兄さんが知りたいんじゃないかと思ってね。いろいろと」

いろいろと、か。そのひと言で、相手の言いたいことは伝わった。

あたたかなそよ風が木の葉を揺らす。緑萌えたつみずみずしい草地。土の匂いに、かすかにまじり合う堆肥《たいひ》の匂い。ロンドンから馬車を半日走らせただけで、大都会の喧噪が嘘のようにのどかな、牧歌的な風景が目の前に広がっている。

自分はむかしから、めまぐるしい社交界よりも、こういう場所でのんびり暮らしたいと願っていた。妻が同意してくれるかどうかはわからないが。

美しく、不実な妻。

ワイルハースト侯爵ジャレド・ピットマンはパドックの柵にもたれ、弟の言葉を皮肉っぽい気持ちで反芻《はんすう》した。ジョシュア・デインがまたしても醜聞に巻きこまれたからといって、自分ははたして気にかけるだろうか？　今回の相手は、純潔な――少なくともことが起きるまでは純潔だった――伯爵令嬢だという。

ああ、そうだ。確かに気になる。

「ストレイトは、心中おだやかでないだろうな」所有するサラブレッドのために近ごろ造ったばかりの馬場を、賞を獲った牝馬《ひんば》が駆けめぐるのを眺めながら、ジャレドはつぶやいた。

「聞いた話じゃ、かんかんらしいよ。レディ・チャリティはひとり娘だし、社交界では今シーズンの華だったからね。ぼくも紹介してもらったが、すごくきれいだったな」末弟のパトリックは浮かない顔だった。二十二歳で大学を出たばかり、馬が大好きなので、兄としてはその情熱を活かし、領地にある厩舎の拡大をまかせたいと考えていた。

「想像はつく」つとめて平静な声でジャレドは答えた。「デインは、とびきりの美人しか相手にしないことで有名だから」午後の日ざしがぽかぽかと背にあたっていたが、なぜか肩甲骨の間が凝りかたまったようで、窮屈でたまらない。

義姉との一件をほのめかした言葉に、パトリックがぎこちなく身じろぎした。「ああ、そうだろうね」

「年を取って少しは賢くなったかと思ったが、またしても燃えさかる火に飛びこむとはな」無造作に関心なさそうな口ぶりを心がけたのに、ジャレドの口から出てきたのはされげないとは言いがたい、不安定な声だった。

「イベリア半島でつらい経験をしてきたのかもしれないね」

「だが、帰国してまだ間もないのに、この社交界へのとけこみようはさすがだな。異国の女たちに飽きて、清純な英国の薔薇《ばら》が目新しく見えたのかもしれない」ジャレドは馬丁に手をふり、馬を厩舎に戻すよう指示した。「そもそも誰が、あの男に紳士らしいふるまいを期待する？」

「憶測はいろいろ飛んでいるよ」

「だろうな。破廉恥な男女関係は上流社会の大好物だ。相手のレディが気の毒でならないが」

「兄さんはきっと同意しないだろうけど、ぼくが知るかぎりじゃ、デインはいい人間だよ」弟がこちらの反応をうかがうようにちらりと視線を投げた。「ただ、女関係で悪い噂にことかかないだけで」

「知っている」思った以上にきつい声が出てしまった。自分以上に、それを知るものがいるだろうか？

「悪かったよ。こんなこと言わなければよかった」パトリックが頬をこする。「もうずいぶん前の話だから、そろそろ……」

「わたしも忘れて、許しているだろうと？」極力おだやかな口調を心がけつつも、ジャレドは手にしていた杖をぽんと放り上げ、空中で受けとめた。「これがあるかぎり、デインを頭からしめ出すことは永遠にできない」

次に厩舎から引き出されたのは、近ごろ高値で購入したばかりの一頭だった。すらりとした栗毛で、長い脚と力強い後軀《こうく》、つややかな毛並みが目を惹く。

パトリックはたちまち馬に魅入られ、会話のことは忘れてしまった。

だが、ジャレドはそうではなかった。


結婚式が終わり、身内だけのこぢんまりとした晩餐会が開かれ、そしていま、ジョシュアはひどく現実離れした気分で、自宅へ向かう馬車に妻とふたり揺られていた。

みずからが追いこまれた状況に憤慨しつつも、晴れ着姿の花嫁の美しさには、男として目を奪われずにいられなかった。淡青色のドレスが、豊かな金茶色の髪とぬけるように白い肌をひきたてている。

この女性と結婚したのだ、ぼくは。不本意ではあるが、確かに結婚した。

事実がひどく異質に、心もとなく感じられた。

沈黙の中、丸石敷きの地面を走る馬車のごとごとという音だけがひびきわたっていた。

皮肉なものだ。長いつきあいなのに、お互いのことをほとんど知らないのだから。自分は目の前のたおやかな女性と、記憶にあるやんちゃな子どもとを結びつけられずにいるし、チャリティのほうも、清楚な若いレディが望むのとは似ても似つかない夫を押しつけられた経緯に、とまどっているにちがいない。

これで彼女は〝レディ・ジョシュア・デイン〟と呼ばれる身分になった。それを除けば、彼女に与えられるものはほとんどなかった。

「ここ数年の生活に比べると、ロンドンはずいぶん退屈に思えるでしょうね」

月並みな話題をおずおずと切り出された瞬間、ジョシュアはふたつのことに同時に気づいた。ひとつは、自分が最低限の礼儀としての世間話もしてこなかったこと。もうひとつは、チャリティが膝の上に乗せた両手が、指の節が白く浮き出るほどきつく組み合わされていること。

リアムと話したあと、ジョンから書き付けが届いて呼び出され、チャリティが訪ねてきた夜に何があったかを詰問されてからというもの、自分は歯をくいしばり、家族の名誉を守るという義務だけを見すえてきた。いまようやく、チャリティのことに思いが至ったのだ。

若く、純真無垢で……いまや自分の庇護《ひご》下《か》に入った女性に。

ジョシュアは座席に背をあずけ、苦笑まじりに考えこんだ。チャリティの問いかけへの答えを、そして彼女を気楽にさせる方法を。おびえた生娘に向きあうというのは、めったにない経験だった。

過去には一度しかない。その一度が、ひどい結果をもたらしたのだ。

「ひさしぶりのロンドンは、思ったよりはるかに刺激的な場所だったよ」ジョシュアは眉をつり上げてみせた。「妹の駆落ちやら、激怒する父親やら。もし誰かに、おまえはスペインから戻った直後に結婚すると言われたら、悪性の熱病にでもかかったのか、と問いかえしただろうね」

「わたしだって、こんなこと予想もしなかったわ」チャリティが顔をそむけたので、美しい横顔がジョシュアの目を射た。かすかに湾曲したかわいらしい鼻すじ、しなやかな曲線を描く喉もと、長く濃い睫毛。ふたたびこちらを見たとき、こわばった姿勢とはうらはらに、小さなあごがつんと上を向いた。「わたしの気持ちがわかる？　妻なんてほしくないと、あなたに言われたのよ」

あたりさわりのない言いわけがいくつも頭をよぎったが、結局ジョシュアは正直に答えようと決めた。かつて自分とディードリーは、欺瞞《ぎまん》という岩礁《がんしょう》に乗りあげてあとかたもなく沈没した。もう二度と、おぼれるのはごめんだ。チャリティとの結婚は不本意ではあるが、努力すればきっと難は避けられる。たとえ気持ちがつながっていなくても、険悪になる必要はない。

「妻はほしくない」ジョシュアはぶっきらぼうに言った。「だが、それはきみ個人のせいではないから、どうか気にしないでくれ」

チャリティは身じろぎもせず、澄んだ瞳でじっとこちらを見た。「ハンプシャーで夏を過ごしていたころ、スタンフォード館で遊んでくれた友だちのお兄さんと、いまのあなたとはまるで別人だわ」

「完全に」あのころの楽天的な自分を思い出して、ジョシュアはうなずいた。そう、愛に関してもずいぶん楽天的だった。裏切られて心傷つき、不名誉をこうむるとまではいかないが、世間の冷たい目にさらされたことで、明るく快活な面はきれいさっぱり消えてしまった。戦場での五年間が、さらに追いうちをかけた。

にべもない返答のきつさをごまかそうと、ジョシュアはチャリティをしげしげと見つめた。つややかな髪のてっぺんから、ブーツに覆われた自分の足と並んで床をかすめるドレスの裾まで。「きみだって、だいぶ変わったさ。目をまんまるに見ひらいた子ども時代の面影はまるでない。これほどの美女に変身するとは、思ってもみなかったな」

チャリティの頬が上気した。「そこまで見えすいたお世辞は聞いたことがないけれど、ありがとう」

すました口調には笑みを誘われた。この数日で、少しでも楽しい気分になったのは初めてだ。「ぼくの記憶にあるのは、エミリーにそそのかされて無謀な冒険に挑んでは、あちこちすり傷やあざをこしらえていた、不器用な女の子だからな。エミリーとふたり、猛《たけ》りたった雄牛に追いかけられて木に登ったところを、干草用の熊手をふり回して救出にいったのが忘れられないよ。そうそう、鰻《うなぎ》の一件もあったな。なぜ素手であんな生き物をつかまえようと思いたったのか、きょうまでふたりに訊く機会がなかったが」

「アマゾネスのお姫さまごっこをしてたのよ」遠い子ども時代のやんちゃな遊びを説明しながら、チャリティの頰がさらに赤くなった。

そのさまが、はからずもジョシュアには好ましく映った。

「蛮族《ばんぞく》の姫君が、鰻だらけの沼に飛びこむという話は聞いたことがないが」

「わたしたちの想像の世界では、そうだったの」チャリティが恥ずかしげな笑い声とともに、かぶりをふった。「言いだしたのはエミリーよ」

「むこうみずな思いつきは、だいたいあいつだろうな」ジョシュアはそっけなく答えながら、相手のほっそりした肩からいくぶん力が抜けたことに安堵した。「やっかいごとをもちこむ天才なんだ。やっぱり、キューサックと結婚させるべきだったかな。あの悪党には、いい薬になっただろう」

「まさか、本気じゃないわよね」質問ではなく、断定の口調だった。

「もちろんだ。つまらない冗談を言って悪かった。あんな男にエミリーをくれてやるのはもったいない」

「結果として何が起こるか知っていても、やっぱりエミリーを追いかけた？」声こそ小さいが、おそろしく直接的な問いかけだった。

望まない結婚に追いこまれた鬱憤《うっぷん》をもてあましているとはいえ、チャリティの気持ちを平気で踏みにじれるほどジョシュアは非情ではない。長らく結婚を拒んできたわけをチャリティは知らないが、かといって事情を教えるつもりもなかった。あたりさわりのない答えを探しているうちに、チャリティのつぶやきが静寂をやぶった。

「そう」

子ども時代の思い出話でなごんだ空気が、もとどおり凍りつくのがわかった。

ジョシュアはのろのろと口を開いた。「起きてしまったことを仮定で語るのはむずかしいよ、チャリティ。きみだってわかっているだろう。とりあえず、お互いうまく適応していこうじゃないか。結婚式はすんだ。それがいちばんだいじなんだ」

美しい瞳に何かがよぎった。「とてもじゃないけど、同意できないわ。いちばんだいじなのは、これからふたりを待ちうける年月でしょう？　きょうの午後、教会で過ごしたわずかな時間じゃないわ」

以前の――はるかむかしの――ジョシュアなら、一も二もなく賛成しただろう。だが、現在のひねくれた心は、そんな理想を受けつけなくなっていた。「ぼくにしてみれば、悪評をこうむらないよう先手を打つというのが、いちばんの目的だったからな」

「まあ」濃い睫毛がこころもち伏せられた。

ジョシュアは上気した頬と、握りしめられた両手に目をやった。「母上から、何か聞いただろうか?」

「何かですって?」

まったく、はねっ返りの無垢な乙女ほどやっかいなものはない。「今夜のことについてさ」

「今夜のこ……ああ」チャリティが言葉を切り、あわただしくうなずいた。ずばり問われて恥じらっているのはあきらかだった。「聞いたわ」

口もとの色っぽいほくろにジョシュアの目が惹きつけられるのは、これが初めてではなかった。なんて魅惑的な唇なんだ。ふっくらとやわらかそうな、淡い薔薇色の唇。教会で誓いのキスをしたとき、この唇をゆっくり味わうのが待ち遠しくなったのを思い出す。

昨夜クラブで、鬱々《うつうつ》とウイスキーをあおりながら、ジョシュアはふと暗い考えにとりつかれた。床入りによって結婚という手続きを完遂しなければ、いずれ婚姻無効宣告をつきつけることが可能かもしれない、と。

だがいま、清楚なドレスの襟ぐりからうかがえる胸もとのふくらみに目をやりながら、ジョシュアは頭の中で、そういう決断を下した場合の利点と欠点を天秤にかけていた。

もともと結婚などしたくなかった。花嫁をベッドに連れていった瞬間、後戻りは不可能になる。

婚姻無効宣告によって自由を取り戻せるのは魅力だが、数日前までの窮地を考えると、あまり現実的な解決策ではなさそうだった。世間の目はどうあれ、デインの一族はジョシュアに失望するだろう。そもそもチャリティとの結婚を承諾したのも、家族のためを思えばこそだった。

〝どうせ不本意な婚姻を受け入れなければならないなら、少しでも楽しいほうがいいだろう？〟小さな声が頭のすみで聞こえた。紳士の道義にもとる考えかたかもしれないが……。チャリティを甘い恋の夢に酔いしれさせるのは無理だとしても、少なくとも男女の喜びを手ほどきすることはできる。

あれほど結婚に乗り気でなかったはずなのに、チャリティとベッドをともにすると考えただけで、心が躍りはじめた。

それが合図となったかのように、馬車ががたんと揺れて、ジョシュアの街屋敷の前に停まった。

ジョシュアは先に降りてチャリティに手を貸し、ほんの数日前、彼女が駆け上がって扉をたたいた正面階段へとエスコートした。きょうはあの日とちがって雨は降っておらず、夜空に星がかがやいている。階段のいちばん上まで来たとき、ジョシュアは衝動的に立ち止まり、チャリティの顔を見下ろした。「レディ・ダヴェンポートが見ているかもしれない。軽く念押しをしておこうか」

「どういうこと？」チャリティがいぶかしげにこちらを見る。

「ぼくらはこの結婚によって、ふたりがつきあっているという噂を暗黙のうちに認めたことになる。だったらいっそ、あらゆる手を尽くして、噂はほんとうだったと思いこませてやろうじゃないか。あのいまいましい女は、いつもぼくのことを見はっているんだ」

腰に腕を回されて、可憐な新妻がはっと身をこわばらせたが、あらがいはせず、抱擁に身をゆだねた。もっともその瞳は、ういういしい動揺に大きく見ひらかれていたが。ジョシュアはかまわずチャリティのあごに手をかけ、わざと目につくよう大げさな身ぶりで顔をうつむけた。

何が悪い？　どうせ世間には、札つきの女たらしだと思われているんだろう？

ジョシュアは唇と唇をふれ合わせた。正面玄関前というなかば公共の場で行なわれる、おそらくチャリティにとって生まれて初めての本格的なキス。頭上の夜空はおだやかに、あたたかなきらめきをたたえていた。

腕の中の女性が、ふいにとろけた。

ほっそりした両腕がジョシュアの首に巻きつき、胸のふくらみが押しつけられる。ジョシュアが舌先でそっと唇をつついて開かせたときも、ためらうようすはほとんどなかった。ジョシュアは少なからずおどろいていた。うれしい誤算だ。新婚初夜について考えるとき、これほど無垢な情熱に出会えるとは思ってもみなかった。身を離すとき、ジョシュアの呼吸は乱れ、下半身は固くなり、もはやレディ・ダヴェンポートの監視の目などどうでもよくなっていた。

「これぐらいで、窓の外をうかがう野次馬たちも満足するだろう」はずむ息にわれながらたじろぎつつ、声をかける。「さあ、中に入ろうか」

こんなに即座に体が反応するのは予想外だが、初めてのキスとしては悪くない。いっそ、チャリティが身をこわばらせたまま無反応でいてくれればよかったのに……。彼女が冷淡でとりつくしまもなければ、夫婦の営みには進まずにすませられるだろう。だが、いまのようすを見るかぎり、それは無理そうだった。

妻がうなずく。長い睫毛にふちどられたトパーズ色の目がさっと伏せられるのに気づきながら、ジョシュアは扉を開けた。

どうせこの務めを――固い決意にそむいての結婚を――果たさなくてはならないなら、自由を奪われた境遇を、めいっぱい楽しんでやろうじゃないか。

ひとり暮らしの屋敷は簡素な作りだった。年配の執事ブッシュネルは、長年ハンプシャーのスタンフォード館に仕えた人物だが、年齢とともに、広大な領地で三十人あまりの使用人を監督する仕事が負担になりつつあった。そこでジョシュアがいまの仕事を持ちかけると、ブッシュネルはいつもどおり冷静沈着に承諾した。蓋《ふた》を開けてみると、ふたりはとても相性がいいことがわかった。世間の評判とはうらはらに、ジョシュアは静かな毎日を送っていたから。

「おかえりなさいませ。奥さま、ようこそおいでくださいました」顔のしわひとつ動かさずに、ブッシュネルがチャリティの外套を受け取った。「ご結婚、おめでとうございます」

「ありがとう」チャリティの顔はまだ紅潮し、唇はキスのなごりをとどめていた。玄関にともされたほのかな明かりが、つややかな髪に反射する。

「旦那さまも、おめでとうございます」ジョシュアがさし出した外套を受け取りながら、執事が頭を下げる。「勝手ながら、奥さまのお部屋を準備しておきました。お持ち物はすでにご実家から届いております。明朝、専属の侍女からご説明申しあげます」

ジョシュアははっとした。そうか、これからは寝室につらなる続きの間をチャリティが使うことになるのか。彼女がやってきたことで、今後この屋敷にはさまざまな変化が表われるのだろう。

屋敷だけではない。ぼくの人生にもだ。

「いつもながら優秀だな、ブッシュネル」執事の目配りがなかったら、チャリティの部屋にはいまも埃よけの布がかかったままだったろう。「忙しい一日だったから、このまま寝かせてもらうよ。おやすみ」

「おやすみなさいませ、旦那さま」

廊下を進み、階段を上がりながら、腕を差し出した。

ジョシュアは妻に向きなおり、腕を差し出した。

廊下を進み、階段を上がりながら、ジョシュアの袖に添えられた細い指が、かすかにふるえていた。

新婚初夜におじけづく無垢な乙女か……ジョシュアは苦笑まじりに考えた。さっきのキスの半分でも熱く反応してくれれば申し分ない。生まれつきの色香をそなえていて、ベッドで無上の喜びを与えてくれる女性もいれば、そうでない女性もいる。ディードリーも情熱にかけては非の打ちどころがなかったが……。

やめよう。もとフィアンセのことは、できれば考えたくない。せめて今夜だけは。結婚の知らせは彼女の耳にも届いているだろうが、いまの自分には関係ないことだ。

言葉にたがわぬブッシュネルの働きで、ジョシュアの自室につらなる寝室は風を通され、ベッドには真新しいシーツが敷かれ、家具はぴかぴかに磨きあげられ、衣装棚にはチャリティの服がすべておさまっていた。それどころか、随所に置かれたクリスタルガラスの花瓶にはみずみずしい春の花まで活けてあり、部屋じゅうにさわやかな香りが満ちている。彫刻をほどこしたベッドや女性らしい化粧台にチャリティが見入るさまを、ジョシュアは戸枠に寄りかかって見まもった。

「もし気に入らなければ、きみの好きなように模様替えしてかまわない」

チャリティが首をふる。「いいえ、とてもすてきだわ」

きみもだよ。

彼女にこれほど興奮をかきたてられるとは思ってもみなかった。自分は恋していない。

まったく気持ちが動いていないのに、われながらふしぎだった。

まあ、前向きな兆候としておこう。恋愛にわれを忘れたら最後、悲劇に向かって突っ走るしかない。いっぽう、欲望は健全で正常だ。「屋敷を買ったときのまま、手をつけていないんだ。もし変えたい部分があるなら、遠慮せずに言ってくれ」

「ご親切、ありがたいわ」

「近いうちに、衣類やその他もろもろの必需品について相談しよう。屋敷の切り盛りにかけて、ブッシュネルはこのうえなく信頼のおける人物でね。ぼくに指示をあおぐことはほとんどないが、もし相談されたときは、きみに決定をゆだねたいと思う」

「そうなるんでしょうね」チャリティがためらいがちにこちらを見つめ、下唇を軽く噛んだ。ごくさりげないしぐさだが、先ほどキスしたときの甘くやわらかな感触を思い出させるには十分だった。

「ぼくが思うに、結婚というのは交渉の積みかさねだ」ジョシュアはゆっくりとゆがんだ笑みを浮かべた。純真な乙女でも見まちがえようがないように。「手はじめに、どちらの寝室を使うか決めよう。きみのか、それともぼくのか」

単刀直入な問いかけに、美しい瞳が見ひらかれた。ほっそりした手がスカートを握りしめる。「ど……どうかしら」

ジョシュアははたと気づいた。最後に生娘にふれてからどれほどたつだろう？　あのころの自分が、まるで別人のように思えた。

初恋に舞い上がっていた血気さかんな若者は、もうどこにもいない。

いまの自分は、肉体の快楽を知りつくしている。

「ぼくの部屋のほうがいいだろうな。ベッドが大きいから」ジョシュアはもたれていた戸枠から身を起こし、チャリティに一歩近づいた。新たな役割になじめるかわからないが、ひとつだけ確信できることがあった。夫になるのは不本意だ――実のところ、いまでもほんとうの意味で夫になるつもりはなかった――が、この肉体は、チャリティ・シール、いや、レディ・ジョシュア・デインに名が変わったこの女性の裸身を、一刻も早く抱きしめたくてうずうずしている。

「さあ、行こうか」

6

きっとジョシュアには、想像もできないだろう。

チャリティの胸の葛藤《かっとう》にまるで気づいてもらえないことを、喜べばいいのか悲しめばいいのか……。そう、ずっと前から胸に秘めてきたこの想いを、ジョシュアは知るよしもない。当然といえば当然だ。つい先日まで、チャリティはエミリーの友人にすぎなかった。妹といっしょになって、さっき話題に出たたぐいのいたずらに明け暮れるちびっ子が、ジョシュアの目にとまるわけがない。社交界に出ていく年齢になる以前の少女は、おとなの男性にとって存在しないも同然だから。

ある意味で、長年の夢がかなった瞬間だとはいえ、相手の瞳にいままでとちがう光がやどるのを見ると、ものおじせずにいられなかった。

欲望の光だ。

男性経験がなくても、手をさし出してじっと待つジョシュアの顔から、その熱っぽい感情を読みとることができるのが、われながらふしぎだった。

もしかすると、これは幻かもしれない……意識のすみでそんな声がした。ほかでもないジョシュア・デインが目の前に立って手をさしのべ、わたしを寝室へいざなっているだなんて。端整な顔をふちどるわずかに乱れた褐色の髪と、こころもち伏せられた睫毛。口もとには肉食獣めいた男っぽい笑みがただよっている。

もっとも、いままでこういう光景を夢見たときは、体の芯がうずくことも、きびすを返して部屋の外に逃げ出したいという衝動にかられることもなかった。少女の甘い幻想に出てくるジョシュア・デインは、やさしい賛辞をささやき、あるいはひざまずいて永遠の愛を誓い、さっき正面玄関の前で体験したのとは似ても似つかない、つつましやかなキスを何度かするだけだった。

本人にはっきり言われる前から、ジョシュアが結婚を望まないことはわかっていたから、てっきり夫の務めも果たしたがらないかと思っていたのに……。

どうやら、予想ははずれたらしい。

「だいじょうぶ」ジョシュアが、どこかおかしそうな声でうけあう。「きみを頭から食べたりはしない」

「わたしと結婚したくなかったんでしょう」チャリティは口走った。まだ、さし出された手をとる気にはなれなかった。

「そこはもう、話がついたと思っていたが」漆黒の眉が片方、ぴくりとつり上がる。

「だったらなぜ、こんな……ええと……」あたりさわりのない表現が見つからず、チャリティは言葉に詰まった。

「それとこれとは話が別だからね。じきにわかる」なめらかな声でジョシュアが言う。「夫婦になるのと、男と女になるのとでは、本質的にちがうんだ。さてと、新婚初夜を前にした花嫁が緊張するのは世の常だが、ぼくが害をなそうとしているわけじゃないということだけは、わかってくれ。これからふたりのあいだで起こることは、人としてごく自然ななりゆきなんだ」

ジョシュアは、わたしの体にふれるつもりなんだわ。母から聞かされた説明がおそろしくあいまいだったので、チャリティはオードラにも質問してみた。従姉はおおまかに、けれど包みかくさず、男女の営みの一部始終を教えてくれたのちに、謎めいた笑みと、ジョシュアみたいな男性が相手ならきっと楽しめるわよ、という、声に出すとひどく破廉恥に感じられる言葉で、話を締めくくった。

ジョシュアみたいな男性が相手なら。つまり、女たらしで名高い彼は、寝室での経験と技量では右に出る者がない、ということだ。

〝男と女になる〟……。

「恐れを知らないアマゾネスの姫君は、どこに行った?」ほのかに笑いをふくんだ、ジョシュアの低い声。頬骨が蠟燭《ろうそく》に照らされて影を落とす。「信じてくれ。ぬるぬるする水中生物をつかまえるより、こちらのほうがはるかに楽しいから」

「もう十歳の子どもじゃないのよ」チャリティは弁解がましく言い返した。

ジョシュアがチャリティの手にそっと指をからめ、抱きよせた。「気づいていたさ」銀灰色の瞳がじっとこちらを見つめてから伏せられ、唇が重なった。

さっきよりも余裕のある、強気のキス。舌先がゆるやかにチャリティの唇をなぞって開かせ、口の中を探る。正面階段で感じたのと同じおののきがチャリティを襲った。近くに体を寄せてふれられるだけで心臓が高鳴るのに、彼の味わいを舌先に感じると、膝がくたくたとくずれそうになり、たくましい肩につかまらずにはいられなかった。

夫婦の誓いを交わしたばかりの相手が、女性の衣服の作りに精通しているのはまちがいない。唇の戯れでまどわせながら、ドレスのボタンをはずしていく手順はあまりにあざやかで、服を脱がされていることにすぐには気づかないほどだった。

とはいえ、チャリティもそういう噂はさんざん耳にしていた。あっという間にドレスの襟もとは開かれ、肩からすべり落とされた。

しなやかで指の長い両手が、むき出しの両腕を、ふれるかふれないかの絶妙な感触で愛撫する。シュミーズを取り去るつもりはないらしい。それ以外にチャリティが身につけているのは、いまや靴下留め《ガーター》とストッキング、上履きだけだった。ドレスを脱がせたときと同じ熟練の手さばきで、ジョシュアがヘアピンを引きぬくと、シニョンにまとめた豊かな髪が肩から背中に流れ落ちた。

長い髪をひとつかみ手にとったジョシュアが、顔に近づけて目をこらす。「きみの瞳と同じで、ほんとうに珍しい色合いだ。茶色でもなく金色でもなく、ふたつの色が絶妙にまざり合っている」

「ブロンドならいいのにって、ずっと思っていたわ」考えるより先に言葉が口をついて出た。実のところ、いまは何も考えられなかった。

「なぜ？」ジョシュアが身をかがめたので、熱い息がチャリティのうなじをくすぐり、ふるえを引きおこした。「ぼくは、どしゃぶりの夜に訪ねてくる、ほっそりしたブルネットの娘が大好物なんだ。知らなかったのか？」

教会の祭壇から並んで外に歩み出た、冷淡な瞳の見知らぬ男性は、どこに行ったのだろう？　あのとき横にいた男性は、あきらかに結婚をいやがる夫だった。でも、いまここにいるのは、恋人だ。

彼の男らしさは圧倒的だった。背の高さやたくましさだけのせいではない。ブランデーと、針葉樹のようにさわやかな男っぽい香りもそうだ。チャリティの二倍はあろうかというほど大きくて力強い両手もそうだ。こんなにも繊細でかろやかに、強弱を心得た動きをするのに……。耳のすぐ下の感じやすい箇所に顔をすりつけるいっぽうで、何か固い感触が、薄い下着ごしにチャリティの下腹部を押していた。

未経験とはいえ、ズボンの布に包まれたふくらみが何なのかは察しがついた。舞い上がっていいのか警戒していいのかわからないまま、チャリティは懸命に全身のおののきと戦っていた。

「座ってごらん。先に進もう」

耳たぶに軽く歯を立てられて動揺していたチャリティは、言葉の意味をとらえかねて目をしばたたかせた。ジョシュアにうながされるまま、巧緻《こうち》な装飾をほどこした化粧台の前に移動する。さっきこの部屋をほめたのはお世辞ではなかった。すぐれた審美眼をもつ人物が手がけたと一目でわかる、趣味のよい調度の数々。美しい彫刻をほどこしたスツールにおさまったとたん、夫が脚のあいだにかがみこんだので、チャリティは仰天した。

まず右、そして左と靴を脱がせてから、ジョシュアが指先でふくらはぎをなぞり上げ、膝のうしろをくすぐったので、チャリティはこらえきれずに小さな声をたてた。ジョシュアが太ももに手を乗せる。「次は、ストッキングだ」不敵な笑みを浮かべ、双眸《そうぼう》をきらめかせながらささやく。「薄絹が肌をすべる感触は、とても色っぽいと思わないか？　じょうずにやれば、ストッキングを脱がせるという作業は、男女のどちらにとっても刺激的な体験になりうるんだよ」

何が色っぽいかといって、豊かな闇色《やみいろ》の髪と危険な銀色の瞳で、こちらの言葉を失わせる目の前の男性だ。自分が誘惑されていることに、チャリティは気づいていたが、ただじっと座って相手の好きにさせるほかに、なすすべがなかった。

夫の手にすべてをゆだねる。考えてみれば、それが妻の務めなのだ。

でも、母に教わったのとはまるでちがっていた。

「先に、これをはずしてしまおう」右側の靴下留めを、ジョシュアが思わせぶりに引っぱった。「ぼくは女性の太ももに目がないんだ。どこまでもやわらかくて、なめらかで。その合わせ目にはかならず楽園が待っていると教えてくれる」

なにもそんな、破廉恥なことを言わなくてもいいのに……。チャリティはとまどったが、正解はわからなかった。いま自分が立っているのは、規則も戦法も何ひとつ知らない競技場だ。

反対側の靴下留めも、そっとはずされた。「ここに楽園があることを、きみは知っていたかい？」

指先がそろそろと這い上がり、いちばん敏感な場所をかすめると、チャリティはするどく息をのんだ。「だめ」

「その件に関して、男の意見を述べさせてもらおうかな」ジョシュアがゆっくりと、片方のストッキングを引き下ろす。「きみを生まれたままの姿にしたあとで」

「でも……」チャリティは最後まで言いおえられなかった。ジョシュアが脱がせ、無造作に投げたストッキングが、彼の寝室のどこかにふわりと舞いおりた。

「でも？」ジョシュアが眉をぴくりとさせ、もう片方のストッキングを脱がせにかかる。

言うべき言葉を見失ったチャリティは、夫の手が薄い肌着の内側にもぐり込むのを、まじまじと眺めるほかなかった。

彼のすることに、ほんとうにおどろかされたのはその直後だ。脚の付け根を、親指の腹でくるりとなぞられた瞬間、全身に稲妻が走り、チャリティはこらえきれずにびくんと動いたあとでささやいた。「わからないけれど」

「きみを濡れさせたいんだ」ジョシュアが膝をつき、まぶたをなかば閉じてこちらを見た。「妻になったからとおとなしく従う姿なんて、見てもしかたない。きみが息をはずませるところが見たいんだ。ぼくのために」

チャリティの理解を超えた言葉だということに、相手は気づいているだろうか？　もしかすると、気づいているのかもしれない。ジョシュアの親指が、えもいわれぬ愛撫を続けるいっぽうで、やわらかな襞《ひだ》をかき分けると、チャリティは背すじに甘やかなうずきを感じた。たまらずに頭をのけぞらせ、両手で椅子の両端を握りしめる。

「もう少しだけ、開いてごらん」ジョシュアは外套を脱いだきりで正装のままだった。かっちりと締めたクラヴァットが、ランプの明かりを受けて白く光り、漆黒と銀灰色の絹に刺繡《ししゆう》をほどこした胴着は、髪と瞳の色にみごとに映え、ぴったりにあつらえたズボンが、長い脚を包んでいる。わずかに乱れているのは、彼の声だった。「脚を広げるんだ」

太ももをわずかに開いたとたん、チャリティの全身はかっと熱くなった。ジョシュアの愛撫は止まらない。あらぬところをまさぐり、なぶる動きにとまどいつつも、そこからもたらされる甘い懊悩《おうのう》が快楽のうねりを生み出すにつれ、恥ずかしさも忘れてしまいそうだった。

母から伝え聞いた夫婦の営みとはまったくちがっているが、ジョシュアに関して、オードラの予言は当たっていたのかもしれない。息をはずませ、みずから進んで脚を開きながら、チャリティは思った。奇妙だけど、なんて……すてきなの。

「もっとよくなるよ」とろけそうにやさしい声で、ジョシュアが言った。「ここからもっと、もっとよくなって、最後にはすてきなおどろきが待っている。期待していいよ」

チャリティはその言葉を信じた。腰が勝手に浮き上がり、体を支える両腕がぶるぶるとふるえる。ジョシュアの指が自在に動いて官能をたかぶらせ、やがてチャリティは焼けつくような熱さと凍りつくような冷たさを同時に味わいながら肉体をこわばらせ、高く、高く昇りつめた。

そして、さらに高く。

星に手が届きそうだわ。息もできないほどの衝撃に、思わず甲高い声が漏れた。恍惚の脈動が体の中心部に押しよせ、神経のすみずみまでをふるわせる。自分ががっくりと前のめりに倒れたことに気づいたのは、ジョシュアの力強い腕に抱きとめられ、そのままかかえ上げられて、彼の寝室へ連れていかれる途中だった。

ジョシュア自身も言ったとおり、ベッドこそはるかに大きいが、全体的な構造はさっきまでいた自室とさほど変わらない部屋。だが、それに気づいたのはしばらくあと……冷静になってからのことだ。いまのチャリティは朦朧《もうろう》として、ジョシュアがベッドの覆いをはがしても、シュミーズのリボンをほどいて脱がされても、抵抗ひとつできなかった。

「よし、これできみの準備はできた」天蓋《てんがい》付き寝台の横に立ったジョシュアがクラヴァットをはずし、チャリティの裸身をじっくりと眺める。「しっとり濡れて、息が乱れている。あえぎ、と解釈してもいいだろうな。まずまずのすべり出しだ、そう思わないか？」

7

未経験の乙女というのは、誰でもこんなにたかぶりやすいものなのか？

腰かけてブーツを脱ぎながら、ともすればジョシュアの目は花嫁に吸いよせられていた。ああ、認めたくないがそのとおりだ。つややかな頭のてっぺんから、きゃしゃな脚の先まで、チャリティはうるわしい。なぜブロンドをうらやんだりするのか、まったく理解できなかった。滝のようにきらきらと流れおち、ほっそりした体になやましくまとわりつく金茶色の髪。暖かな色合いが、象牙《ぞうげ》色《いろ》の肌にどれほど映えることか。肉感的とは言いがたい体つきながら、形よく盛り上がった胸は、先ほど頂点をきわめたしるしにぴんと張りつめている。そそり立つピンク色のいただきが、唇と手の愛撫を待ちうけるかのようだった。

　ズボンを引き下ろしながら、ジョシュアは自分の準備がすっかりととのっていることに気づいた。スペインから戻ったあとにチャリティとちらりと顔を合わせたとき、きれいではあっても美女とまではいかないと思ったものだが、いまとなっては、その感想を真っ向から否定せざるをえない。なによりもまず、珍しいトパーズ色の瞳が放つえもいわれぬ魅力だ。いまは、初めて知った頂点の余韻にぼうっと煙っている。ジョシュアのねらいどおりだ。自分だけが欲望を満たすのではなく、チャリティにも快楽を味わってもらうこと。

どうせ新婚初夜を迎えるのなら、忘れがたい一夜にしたかった。

手をとり合って人生を歩むのは無理だとしても、閉ざされた寝室の中でくらいは、お互いに尽くしてもいいだろう？

「楽しめたかい？」服をすべて脱ぎすててベッドに歩みよりながら、ジョシュアは相手の気をそらすために話しかけた。「答えてくれ」

チャリティがはっとわれに返り、いきりたったものから目を上げる。唇が小さく開いて、小さな声が出た。「ええ」

ジョシュアは妻の横に腰かけ、相手の頰をなでて、できるだけ相手をくつろがせる笑みを浮かべた。「まだ、さっきと同じくらいこわいかな？」

「最初から、こわがってなんていないわ」

「ほんとうに？」ジョシュアの視線が相手の口もとに吸いよせられた。例のほくろだ。この数日、何度も頭をよぎった、唇のすみの小さな黒点。「ぼくには、ひどく緊張しているように見えるが」

「ええ。でも、こわいわけじゃないわ。不安と恐怖とは別でしょう、旦那さま？　あなたがわたしに害をなしたりしないのは、わかっているから」

ジョシュアはチャリティと並んで横たわり、片肘をついて妻の顔を眺めた。手をふれはしない。相手の確信に満ちた口調に、好奇心をそそられたからだ。「確かにそのとおりだが、なぜそこまできっぱり言いきれる？」

「あなたが妹をだいじにする人だからよ。妹を悪評から守るため、自分の生きかたをがらりと変えることも辞さないほどに」静かでやさしい声だった。「しかも、わたしの評判まで守ってくださったわ。あなた自身にはなんの落ち度もなかったのに。そんな人が、残酷だったり冷淡だったりするわけがないわ。それに……」チャリティの笑みが深くなった。さっきより女らしく、魅惑的な笑みだ。「ご自分でも言ったとおり、いたずらざかりだったわたしとエミリーに辛抱づよくつきあってくれて、誰にも秘密を漏らさなかったわ。もうひとつ、こわがりの子どもに乗馬を教えてくれたわ」

熱をおびた美しい裸身が、目の前で誘っている。こちらの肉体もたけりたって限界すれすれだというのに、ジョシュアは聞きかえさずにいられなかった。「なんだって？」

「あのときのこと、覚えているでしょう？　覚えていないの？」

「ああ」ジョシュアは白状した。

「じゃあ、そのうち話すわ。ひとつだけ言っておくと、あなたは、馬を見るだけでしりごみしてしまう九歳の女の子に、とても親切にしてくれた。まだ十八歳にもなっていないだなんて思えないくらい。あの年ごろの男の人って、とにかく利己的なのに、あなたは自分のことそっちのけでわたしを助けてくれた」

聞くうちに、ジョシュアは何年も前のことをありありと思い出した。ポニーにまたがるチャリティの、青ざめひきつった顔。乗馬はエミリーお気に入りの遊びだった。臀部のなやましい曲線を手でたどりながら、ジョシュアは言った。「こわがっていることを誰にも知られたくないというから、朝一番で乗馬を教えたんだったな」

「ええ」チャリティが愛撫に身をふるわせる。

「思い出したよ」ジョシュアはかがみこみ、唇と唇をふれ合わせながらささやいた。

「おかげで、すっかり乗馬が得意になったわ」

「ほんとうに？　じゃあ、きょうは新しい授業を始めようか？　おとなの女性にふさわしい……男女の営みの授業はどうだろう？」

チャリティが答えるより早く、ジョシュアは熱いキスで口をふさぎ、硬直を相手の腰に押しつけた。ゆったりと舌をからめ、なめらかな歯の表面をなぞり、やわらかい唇のすみをつつく。はじめは黙ってなされるがままになっていたチャリティが、ほどなくためらいがちに指をうなじに添えたのを感じて、ジョシュアはほくそえんだ。唇もやわらかくほどけ、小さな舌がそっと愛撫に応えてきたときは、思わずうめき声が漏れそうだった。

チャリティをこわがらせないように、そろそろと体を移動させて彼女に覆いかぶさり、ひざを使って脚を開かせる。下方にすべらせた手で脚の付け根にふれたとき、チャリティはするどく深く息を吸いこんだだけで抵抗しなかった。指を一本、内部にさし入れると、ぎゅっと押しもどす感触があった。いまだ誰にも破られていない壁、乙女の純潔のあかしだ。

「できるだけ、痛くないようにするよ」指を引きぬき、敏感な耳の下にキスしながら、ジョシュアはささやいた。「だが、方法はひとつしかないんだ」

「知っているわ」

ジョシュアは顔をあげ、相手の目をじっと覗きこんで視線を合わせた。硬直の先がほてる入口をつつき、押し広げ、中に入ろうとする。チャリティの小さな手がジョシュアの腕に伸び、ぎゅっとつかんだ。

「力を抜いて」ジョシュアはうながした。処女を奪うのには慣れていないが、言葉をかけたほうがいいと思われたからだ。結婚すれば誰しも避けては通れない道だし、もし苦痛しかないのなら、もっと取沙汰されるはずだ、そう言いたかった。だが、ジョシュア自身が苦痛を味わうわけではない。正反対だ。あたたかくなめらかな内部にきつく締めつけられる快楽で、ジョシュアはいまにも天に舞い上がりそうだった。

急いで入るか、ゆっくり入るか？　進み具合を確かめながら自問自答する。とはいえ、強烈に分身を締めつけられながら、どれほど理性的な思考ができるものかはわからなかったが。自分がもし逆の立場だったら、さっさと終わらせてほしいと願うだろう。どうか、この予測が、一刻も早く彼女とひとつになりたいという欲望からくるものでありませんように……。

腰を前に進めると、チャリティが小さく息をのみ、目を閉じて、いきりたったものを受け入れた。

「これですんだよ」安心させようと、ジョシュアは彼女の肩を抱き、やさしく声をかけた。腰を挟みつけるなめらかな内ももがふるえているのがわかる。「つらい思いをさせて悪かった。痛みはじきに治まるはずだ」

「もし治まらないのだとしたら」チャリティが、思いがけず茶目っ気を覗かせた。「この行為はもてはやされすぎよ」

ジョシュアはこらえきれずに押しころした笑いを漏らした。こんな体勢で笑いたくなるのが、自分でもふしぎだった。

チャリティの睫毛がゆっくりと上がる。さいわいそこに涙はなかった。トパーズ色の瞳が、懇願をたたえてこちらを見る。「もういっぺん、キスして」

さまざまな女性とベッドをともにしたなかで、赤裸々な挑発や熱い吐息、たくみな愛撫はいくらでも体験してきたが、純潔を失ったばかりの女性から、こんなふうにかわいらしくキスをねだられるのは初めてだった。言われるままにジョシュアはそっとくちづけ、ととのったあごの輪郭やまっすぐな鼻すじ、脈打つ喉もとに唇をあてた。チャリティがため息をつき——女性が快楽にとらわれたときに漏らすため息だ、とすぐわかった——、ほっそりした四肢からようやく力が抜けた。

ジョシュアは相手の顔を見つめたまま、いったん腰を引いてから、ゆっくりと深く沈みこませた。「よくなったかい？」

「ええ」チャリティが答え、両手で肩につかまる。「ああ」

それがほんとうだということを、ジョシュアは早くも悟っていた。小さな手にこもる力と彼女の表情が、どんな言葉よりも真実を語っている。次に突き入れたとき、チャリティが身をそらせたので、ジョシュアはほほえんだ。「いいぞ」とつぶやくうちにも、悦楽の波が打ち寄せ、手まねきして絶頂へといざなう。「いっしょに動いてごらん」

「どうすればいいのか、わからないわ」チャリティの声もさっきまでとはちがっていた。ふだんよりも低く、欲望にとがった声。

「こうやるんだ」ジョシュアは片手を臀部に添えて浮かせ、突き入れる動きに合わせて引きよせた。「何も考えないで、感覚に身をまかせればいい」


何も考えないで、感覚に身をまかせればいい……。

ジョシュアに言われるまでもなかった。いまここで起きていることを分析したいと思っても、とうてい無理だろうから。男女の営みについて誰に訊いても、あいまいな答えしか返ってこないわけを、チャリティはようやく理解した。言葉では説明しきれないからだ。化粧台の前に座り、ジョシュアの手でストッキングを脱がされたあとに体験した、あまりに濃密な愛撫も。もちろんいまベッドで体験している、これも。

「ああ、そうだ。それでいい」できるだけ深く硬直を受け入れられるよう、本能のままに腰を浮かせると、ジョシュアがつぶやいた。

ジョシュアが、侵入してはしりぞく動きをくり返す。甘やかでありながら強烈な摩擦《まさつ》が、チャリティをとりこにした。にぶい痛みがいくぶん残っていたが、もはや気にはならなかった。ひとつには、体の奥でふしぎな緊張感がうず巻きはじめていたから。そして、ジョシュアの表情から目を離せなくなったから。大粒の汗がひたいに浮かび、波打つ褐色の髪を濡らしている。こめかみや、すっきりしたあごの輪郭が目に見えてこわばっている。すがりついた肩の筋肉が、まるで岩のごとく盛り上がり、肉体を深く突き入れるたびに、もどかしげなうめきが漏れた。

「これ以上がまんできない」食いしばった歯のあいだから漏らしたとおぼしきつぶやき。

「申しわけない」

どういう意味かわからず、めんくらっているうちに、何度か低いうめきが聞こえたかと思うと、たくましい四肢がこわばった。瞬時に硬直が引きぬかれ、熱い液体がチャリティの腹部に飛び散った。枕の上に広がった長い髪にジョシュアが顔を埋め、体をふるわせる。彼の重みを一身に受けたチャリティは、上質のシーツに釘付けにされ、身動きがとれなくなった。

すべてが終わったあと、寝室は沈黙に包まれ、ジョシュアの荒い息だけがひびいていた。すがりついたチャリティの手の下で、肩の筋肉からしだいに力がぬけていくのがわかった。かなり長い時間が過ぎてから、ジョシュアが顔を上げ、そっと体を離した。

「布を持ってこよう」ベッドを降り、裸を恥じるようすもなく堂々と部屋を横切る。小卓の上に置かれた洗面器の水を使うようすを、チャリティはじっと見まもった。さっきまでふたりをつないでいた器官は、なかば力を失ったいまでもおどろくほど隆々としている。

ほどなく、かがみこんで手布を取ったジョシュアが、こちらに戻ってきた。

「さあ、きみも」ジョシュアがベッドに腰かけ、チャリティのみぞおちからわき腹に飛び散った欲望のしるしを拭きとってくれたあと、どこか子どもっぽい笑みを投げた。もっとも、顔の表情を除けば、子どもっぽいところはひとつもなかったけれど。「もう気づいたかもしれないが、男女の営みはあまり、こざっぱりとはしていなくてね」

「どう感想を言うべきか、まだ考えをとりまとめているところよ」シーツをつかんで裸を隠したい衝動と戦いながら、チャリティは答えた。ジョシュアは生まれたままの姿で歩きまわっても平気のようだが、チャリティは他人に肌をさらすことには慣れていなかった。

ジョシュアが、布を持ったまま手を止め、かすかに眉根を寄せた。「次はもっとよくなるよ。痛みがないはずだから」

さっきのだって、悪くはなかったわ……。純潔を失う前に、彼が与えてくれた快楽はすばらしかった。それだけで、次に期待する気持ちが湧いてくる。「がっかりしたわけじゃないわ、旦那さま」

銀色の瞳がするどく光り、ジョシュアがぶっきらぼうに言った。「最高のほめ言葉とは言えないね。だが、安心していい。その挑戦にはみごと応えてみせる」

チャリティは目をしばたたいた。「挑戦のつもりはなかったのよ」

「そうかな？」漆黒の眉がぴくりと上がり、目もとに笑みが戻ってきた。ごくさりげなく、ジョシュアが濡れたタオルをチャリティの下半身に当て、内ももにつたう血の跡を拭きとった。「悪かったね。ぼくは生まれつき、競争心が強いんだ」

じっと横たわって奉仕を受けるのは恥ずかしかったが、チャリティは必死で自分を抑え、生娘からおとなの女性に生まれかわった証拠がぬぐい去られるのを待った。

「だが、今夜はここまでにしておこう」ジョシュアがベッドに横たわり、枕に頭をあずけてシーツを腰まで引き上げてから、頬づえをついてこちらを見る。「あすの朝には体じゅうが痛くなってしまうだろうから。ぼくは欠点だらけの人間だが、少なくとも自分勝手ではないと考えたいからね」

気づかいを示してもらって、感謝するべきなのだろうか？　チャリティにはわからなかった。ひとつわかるのは、自分がまったく眠くないということだ。このあと、どうすればいいのかしら？　自室へ戻る？　みずからの無知をつきつけられるのは、くやしかった。

「こういうことが終わったあと、わたしは部屋に引っこんだほうがいいの？」

「きみの好きにするといい」ジョシュアが目を伏せると、ひいでた頬骨に睫毛の影が落ちた。

自分の寝室へ戻るには、一糸まとわぬ姿で部屋を横切らなければいけない。ここにとどまれば、ジョシュアと並んで裸でシーツにくるまって眠ることになる。どちらがいいのかはわからない。でも、さっきふたりがしたことの親密さから考えれば、朝まで同じベッドで眠るのはさほどおかしくないように思われた。ふと思いたって、チャリティは訊ねた。

「ふつうは、どうするものなの？」

「見当がつかないな」ジョシュアの口もとにうっすらと笑みが浮かんだ。「ぼくにとっても、初めての新婚初夜だから」

「わたしが言ったのは、あなたがふだん……その……」チャリティは言葉に詰まった。自分の未熟さがひしひしと身にしみる。こんなの不公平だわ。ジョシュアはわざと、助け船を出さずにわたしを恥ずかしがらせようとしている。「言いたいことはわかるでしょ」なじるような口調になるのを、自分でも止められなかった。


返答のかわりに、ジョシュアがふいに寝返りを打ってこちらを向き、チャリティの腰に腕を回して引きよせた。背中が彼の胸板にぴったりと重なる。「細かい取り決めは、あしたにしよう」あたたかな息が、チャリティの頬をくすぐった。「とりあえず、眠ろうじゃないか。もう、くたくただ。昨夜も遅くまで、クラブで飲んでいたから」

きっと、翌日の結婚式がいやでたまらなかったせいね。不愉快な憶測が、ふと頭に浮かんだ。

そもそも、こんな格好で眠れるわけがない。生まれたままの姿で、うしろ向きに彼にかかえられて横たわるだなんて。

けれど数分が過ぎ、ジョシュアのゆっくりとした規則正しい呼吸に耳をかたむけるうち、予想とはうらはらにけだるい眠気がさし、手足から力がぬけるのを感じた。

いやな感じではない。それどころか、すてきな気分だった。この体勢になったとたん、夫がすやすやと寝入ったことが、妙にうれしかった。

わたしは、彼にとって最初の女性ではない。そこから目をそらしてもしかたない。

はたして、最後の女性になれるだろうか？　意地悪な問いかけを頭のすみに残したまま、チャリティは眠りに落ちた。

8

「ああ、確かに結果はひどいものになったさ。だがぼくなりに、できることはしたんだ」

さわやかに晴れわたる春の朝。手入れの行きとどいた芝生を歩きながら、リアムが足もとに目をやると、靴先が朝露で濡れていた。「策略家のミス・トレマッデンがきみにねらいを定めたときよりも、ずっと悪い。あのときはあらかじめ危険を察知していたから、相手の矛先《ほこさき》をかわすことができた。あのご婦人が服を脱いできみの寝室で待ちぶせしても、たくさんの目撃者を用意しておいたから、問題はなかった」

ノースブルック公爵の相続人として、近ごろロングへイヴン侯爵の称号を名乗るようになったマイケル・ヘップバーンが眉根を寄せた。「危険な任務なら、いくらでも冷静にさばける自信があるが、さすがのぼくでも、もしきみがいなかったら罠にかかったかもしれないな。さすがに相手の娘と結婚まではできないから、かわりにひどい醜聞に巻きこまれただろう」

「それはそれで見ものだったろうな」リアムはにやりとしたが、結婚式のあいだじゅう苦虫を噛みつぶしたような顔をしていた親友のことを思い出すと、おのずと笑みは薄れた。

「望まない結婚をジョシュアが受け入れるとは意外だったよ。断固たる態度でつっぱねてもいいところだったのに。何か、ぼくらの知らない事情があるのかもしれないな。うるわしのストレイト伯爵令嬢は、ジョシュアの妹と仲がいいから、ジョシュアにとって見ず知らずの他人というわけではないだろうが、奴はこの数年イングランドを留守にしていた。先方と顔を合わせる機会は、まったくなかったはずだ。令嬢のほうも、今シーズン社交界にお目見えしたばかりだろう？」

「どうも解せないな。やりかけの任務を片づけるためにぼくがロンドンを空けたほんの数日のあいだに、こんな大騒動が起きるとは。あれほどかたくなに生涯独身をつらぬくと言いはなった男が、なぜがらりと心変わりした？　本人の話は何か聞けたかい？」

やりかけの任務？　リアムはおおいに興味をそそられたが、追及するのはやめておいた。マイケルが英国王室の命を受けたとある秘密機関で働いていることは知っている。前ぶれもなく数日にわたって姿をくらますことも、珍しくなかった。

「おかしな噂が立ちはじめていると警告しに屋敷を訪ねたとき以来、一対一では話せていないんだ」リアムは苦笑まじりに答えた。「ジョシュアは噂の件をまったく知らなくてね。最初こそうろたえたが、そのあとは、絞首刑を告げられた男のような顔で、いっさいの釈明をしなかったよ。おそらく、周囲からなんらかの圧力をかけられて決断したんだろう。ゴシップだけが原因とは思えない。ストレイト伯爵に何か弱みでも握られたのか。あるいは、さすがのジョシュアもふと気がゆるんで、禁じられた火遊びにふけってしまったか。確かに、ぬけるような白い肌に金褐色の髪の美女だが、それ以上の魅力を秘めていたのかもしれない」

朝日に照らされた小道の反対側から、乳母車を押した女性がやってきたので、ふたりはいんぎんに会釈した。公園はさほど混みあっていないとはいえ、うららかな陽気に誘われて散歩に出てくる人々が、彼らのほかにもちらほら見うけられた。

マイケルが感慨深げに言った。「くだんの伯爵令嬢に紹介された覚えはないが、あれだけ警戒心の強いジョシュアをみごと射止めたのなら、さぞや頭の切れる策略家なんだろう。ほんのしばらく前、ぼくら三人で、結婚のくびきにとらわれずに生きられる幸運に乾杯したばかりだというのに」

気のおけない間柄ならではのふざけた物言いではあったが、マイケルの榛色の瞳は翳《かげ》っていた。彼もまた、親友を案じているのだ。もし結婚を無理強いされたのだとしたら、ジョシュアの今後はあまり明るいものではないだろう。もし、性懲《しょうこ》りもなくロマンティックな情熱を燃やして結婚に踏みきったというなら――いくら相手が美人でも、考えにくいことだったが――まだ希望がある。だが、無理強いとなると……。

リアムはため息をついた。「どうなろうと、ジョシュアはたいせつな仲間だ。今後は夫人を地方の領地に住まわせて、自分はロンドンに残るつもりかもしれないしな。あまり仲のよくない夫婦には、よくあることだ」

おだやかな表情、一流の仕立屋であつらえた上着になめし革のズボン、磨きぬかれたブーツというういでたちで、両手をうしろで組んで歩くマイケルは、いかにもゆったりとくつろいで見えるが、その物腰にはどこか謎めいた隙のなさがある。うまく隠してはいても、何かのひょうしにちらりと顔を出すのだ。「それでは、あまり花嫁によく思われないだろうな」

「まったくだ」答えながら、リアムの頭には、黄金のつやめきをおびた栗色の髪と、しみひとつない白い肌がよぎった。たぐいまれなるトパーズ色の瞳は言うまでもない。「本人の名誉のために一応つけ加えておくが、急な結婚式を挙げることになった花嫁のほうも、花婿に負けず劣らず浮かない顔だったよ。結果的にジョシュアを罠にはめてしまったにせよ、計画的ではなかったような気がするな。もともと令嬢には熱心な崇拝者がひとりいたんだが、今回の噂がもちあがったとたん、しっぽを巻いて逃げ出したらしい」

「精気のない新郎と、同じくらい腰のひけた新婦だって？　どう考えても、明るい未来につながる組み合わせとは思えないが」

「ああ」リアムは小川の土手をよちよちと進む二羽の鴨をぼんやりと眺めながら、結婚式のようすを思いおこした。誰もがこわばったおももちで、喜びよりもぎこちなさに満ちた儀式。花嫁の従姉、オードラ・マドックスがその場にいたからといって、埋めあわせになるわけもない。

　オードラは例によって目もくらむほどの美しさだった。まじりけなしのブロンドに、異国の趣《おもむき》がただよう黒い瞳。

　こんなふうに黙って思いこがれるのは不健康だし、相手に喜んでもらえるわけでもないというのに。

　うだるように暑い夏の夜、指先に吸いつくなめらかな肌、シーツに広がる金色の髪……。オードラに近づき、ベッドに誘ったあげく、冷たく離れたのは大きなあやまちだった。いまごろ彼女はリアムを忌みきらっていることだろう。責められた義理はない。だが、それはまた別の話だ。結婚式とはなんの関係もない。

　マイケルの声が、リアムを物思いから引きもどした。「運命の女神の気まぐれには、まったくもって度肝を抜かれるね」

　リアムはうなずいた。「一歩先は闇というが、ほんとうだな。人生、思わぬきっかけで運命が変わるものだ」

「ぼくの場合、兄の死がまさにそれだったよ。生まれてこのかた、爵位をほしがったことなどなかったのに。むしろ、その反対だ」

「そうだったな」

　マイケルが兄の話をするのは珍しいので、リアムは思わず横目で親友を見た。「それでスペインから戻ってきたんだから」

「皮肉な話だと思わないか？　兄がこの世を去ったことで、ぼくは命拾いしたかもしれないんだ」マイケルの声が、ほとんど聞こえないほど小さくなった。「もし自分で選べるなら、逆の運命を願っただろうに」

　返答に困る言葉だったが、相手が本心から言っていることだけはひしひしと伝わった。かねてからリアムは、マイケルがスペイン戦線におもむいたのは、ナポレオンの野望から祖国イングランドを守るという以外にも目的があったのではないか、といぶかしんでいた。わざわざ危険に飛びこみたいと願ったわけでもないだろうが、少なくともイングランドからは逃げ出したがっていたのではないか？

「自分で道を選べない場合も、人生にはたくさんあるじゃないか。ジョシュアがいい例だ。あれほどいやがっていたのに、結婚のくびきにつながれてしまった。あいつが花嫁にどんなふうに接するか、見ものだな」

「まあ、確かにそうだ」マイケルがゆがんだ笑みをこぼしながら同意した。「あれほど独身生活のすばらしさを熱弁していた男が、あれよあれよという間に世間知らずの純潔な令嬢と結婚させられたんだからね。さぞあわてふためいているにちがいない」

「花嫁のほうだってそうさ」ちょっとしたことで顔を赤らめる、うぶな風情のレディ・チャリティを思いうかべながらリアムは言った。「ジョシュアが殻《から》にこもることは想像していないだろうから」

「ひょっとすると、奥方のおかげでようやく過去の傷から立ちなおれるかもしれないよ、ジョシュアは」

リアムは鼻であしらった。「まさかほんとうに、そうなると思うか？」

マイケルが、しばらく考えたのちに低く答えた。「残念だが、思えないな」


置き時計が重々しく時を告げたので、ジョシュアは盤面に目をやった。最後の音が消えるのと同時に、書斎の扉を控えめにノックする音がした。ジョシュアは秘書のヒルトンにうなずいてみせ、扉を開けさせた。

なるほど、新婚の妻は時間に正確なたちと見える。

作法どおりに立ち上がって待っていると、ヒルトンが開けた戸口からチャリティが、おずおずと、けれど好奇心をただよわせて入ってきた。薄緑のこざっぱりしたデイドレスというでたちで、やわらかい素材の胴着が胸もとの盛り上がりを強調している。同色のリボンで髪を軽くゆわえたところは、さながら女性らしさと無垢な魅力の化身だ。

もっとも昨夜のあとだから、まったくの無垢というわけではないが、清純なたたずまいは変わらなかった。

「わたしに何かお話があると伺ったけれど」チャリティが、まだ若い補佐役からジョシュアへと視線を移した。

ごく自然なしぐさだが、困るのは小さな舌が覗いて唇をなめたことだ。ほとんど目につかないほどかすかに……けれどジョシュアは見のがさなかった。いまいましい。この唇でふれたときの感触が、ひとりでによみがえる。

昨夜は、われながらあっけにとられるほどあっという間に果ててしまった。予想外にがっついていた自分が腹立たしかったし、チャリティの純潔を奪う直前に、生まれて初めての恍惚を味わわせたからといって、その後の粗野きわまりないふるまいが帳消しになるはずもなかった。いつもなら、ベッドの相手を何度も頂点に導き、たっぷり満足したのを見とどけたうえで達することができるのに。しかも、自制を失っただけでは不足とばかりに、いったんは部屋を去りかけたチャリティを引き止め、同じベッドで眠ってしまった。

どう見ても、一定の距離をおくとは言いがたいふるまいだ。

なぜあんなふうになってしまったのか、自分でもさだかでなかった。思いのほか消耗した一日の最後、あたたかくやわらかい肢体に吸いよせられてしまったのだろうか。美しい女性を腕に抱いて眠る以上の疲労回復薬はない。まして、その女性のせいで人生の大転換を強いられたのだから。

「座ってくれ」ジョシュアは慇懃《いんぎん》に、書き物机に面した椅子のひとつをさし示した。「昨夜も話したとおり、今後の生活について細かな取り決めをしたいと思う。ほかの予定はあらかじめ終わらせておいた」

「一日の予定に組みこんでいただけてうれしいですわ、旦那さま」

いまのは、さりげないあてこすりだろうか？　測りかねたジョシュアは、軽く眉をつり上げるにとどめた。「きょうはずっと外に出ていてすまなかった。人と会う予定を入れたときには、自分が結婚するなんて夢にも思わなかったものでね。外出ついでに銀行家と会って、これから話す事柄を相談しておいた」

あらかじめ指示しておいたとおり、ヒルトンが静かに部屋を立ち去り、うしろ手にドアを閉めた。

「ええ、わかったわ」ふわりとスカートをさばいて腰かけたチャリティが、しおらしく目を伏せる。「もっとも、毎日のおこづかいだとか雑費について、わざわざ話しあいたいとは思わないけれど。正直なところ、そういう問題には興味がないの。わたしたちの結婚は、事業契約とはちがうのよ。夕食のテーブルで簡単に話せばすむんじゃないかしら？」

この機会に、立ち位置をはっきりさせておかなくては。今夜ぼくが、夕食のテーブルに自分がいるかどうかはさだかでない、と。ジョシュアは夕食をクラブでとることが多い。チャリティをことさらに幻滅させるつもりはなかったが、夫婦の日常生活について誤解を与えたままでいるのも、同じくらい無配慮に思えた。長らく慣れしたしんできた生活習慣を、結婚したからといって変えるつもりはない。

ジョシュアは椅子に深く腰かけ、机の上で両手を組んだ。「あいにくだが、これは商談と同じだ」皮肉めかしてほほえみながら告げる。「そこに同意できないなら、きみはぼくが思った以上に世間知らずということになる。ぼくらのような身分の人間にとって、結婚とは互いの損得勘定でしかないんだよ」

チャリティがじっとこちらを見た。大きく息を吸いこんだひょうしに、ほっそりした喉の筋肉がぴくぴくと動くのがわかった。「ずいぶんと、冷淡なものの見かたをなさるのね」

「そうだろうか？　ぼくは、きみのほしがるものをなんであれ、惜しみなく与えるつもりだよ。住居も、衣服も、食事も。かわりにきみは、いつなりと求めに応じて体をさし出してほしい。俗に言う〝夫婦の権利〟だ。単純明快な仕組みだろう？　ぼくが最初に思いついたわけじゃない」

チャリティが目をしばたたいた。少しずつ顔が紅潮したのは、ジョシュアが口にした内容だけでなく、冷たい口調のせいもあるだろう。「あなたの言いかただと、妻というのはまるで……娼婦みたいだわ」

「そんな意味じゃない。ぼくはただ、女性はおおむね、夫の庇護なり財力をあてにして結婚すると言いたかっただけさ。男のほうだって、おおむねは家を切りまわし、そう……ベッドをあたためてくれる相手を求めて結婚するんだ」

おおむねはそうだが、全員ではない……ジョシュアは内心でつけ加えた。兄のジョンと美貌の奥方とは、熱烈な愛で結ばれている。初対面のときから一目瞭然だった。両親もまた、ほかに類を見ないほど仲のよい夫婦だった。彼らを見て育ったジョシュアは、ロマンティックな理想をいだいたままディードリーと出会い、身の破滅へと至った。

だが、あだっぽいもとフィアンセとチャリティはちがうし、ジョシュア自身が結婚に消極的だからといって、チャリティを攻撃するのは理不尽というものだろう。もし彼女が策を弄してジョシュアを窮地に追いこんだのなら、家族に何を言われようと、絶対に娶《めと》ったりしなかっただろう。恥知らずの策略家には、もううんざりだ。

もう少し機転をきかせたほうがいいだろうか？　純潔を失ったとはいえ、なにしろチャリティは若い。夫婦のありかたについて、ロマンティックな夢を捨てきれずにいるのかもしれない。だが彼女も、社交界で経験を積んでいくにつれて、貴族社会における貞節の観念がいかに薄っぺらで、たいていの結婚が、心の絆よりも野望と金銭欲によって成立していることを知るだろう。

チャリティが静かな声で言いはなった。「でも、わたしたちの場合はどうかしら？　わたしが財力につられて結婚したわけじゃないことを、あなたは知っている。それに、わたしがわざわざあなたのベッドをあたためる必要もない。だって、世間の噂がほんとうなら、その役目を果たしたがる女性はほかにいくらでもいるはずだから」そして、簡潔な言葉で締めくくった。「いままでも、これからも」

過去の女性関係にはっきりと言及されて、ジョシュアは目をまるくした。つんと上げたあごと、トパーズ色の瞳のどこか挑戦的なかがやきに、はからずも賞賛をおぼえつつ、笑いをふくんだ声で答える。「〝いくらでも〟という言葉がどれくらいの数を指すかは、使う人間によって変わる、それが世の常だ」

チャリティが、こちらが当惑するほど強いまなざしを向けた。「これからも囲っておきたい愛人がいるのかしら？　わたしに話す義務がないのはわかっているけれど、できればほんとうのことを教えていただきたいわ。あらかじめ知っておけば、母やそのまわりの〝善意〟あふれるご婦人がたからあれこれ聞かされて、うわべだけの同情を示されたときも、動じずにいられるでしょうから」

さすがのジョシュアも、そこまでは考えが至っていなかった。このところ、ものごとの流れが早すぎる。自分の私生活をほかの人間の都合に合わせて変えるというのは、なじみのない体験だった。

くそっ。〝不自由〟という言葉が、目の前に大きくせまってきた。

「愛人？　いないさ」ジョシュアは正直に答えた。「世間の連中とちがって、愛人を囲ったことは一度もない」

「だけど、あなたは……」チャリティが言いよどんだのは、うまい言葉が見つからなかったためにちがいない。なめらかな頰にあざやかな血の気がのぼり、こういう話題に慣れていないことを実感させた。

ジョシュアはふいにチャリティがかわいそうになった。「いままでいろいろな女性と遊んできただろう、と言いたいのか？　ああ、そうだ」

「今後も、そういう遊びを続けるおつもり？」問いかけ同様に、まっすぐなまなざし。

さっきチャリティも言ったとおり、答える必要はないとわかっていた。自分は世間で取沙汰されるほど遊び人ではないが、かといって聖人でもない。チャリティを地方の領地に押しこめてしまったら——今後そうする可能性もおおいにある——、自分は禁欲をつらぬくか、あるいは結婚の誓いを破るたびに良心の呵責を受けなくてはならない。

もともと、立てたくもなかった結婚の誓いだ。守る義務があるだろうか？

〝当然だ〟頭の中で声がひびいた。

〝とんでもない〟また別の声が反論した。〝いまの状況は、おまえが望んだものか？　ちがうだろう？　おまえはあらかじめ、はっきり告げたはずだ。結婚などしたくないと〟

いまからこの調子では、先行きが思いやられる。チャリティが男を罠にはめて平気な欲得ずくの娘なら、こちらも好きなようにふるまえただろう。だが、チャリティにそんなところは皆無だ。彼女が傷つくと考えただけで、いらぬ騎士道精神が頭をもたげそうになる。

「どうだろう」ひとまず直答は避けた。永遠の貞節などという考えは、五年前に捨ててしまったのに……。

ジョシュアは文鎮《ぶんちん》を手にとり、指先でそわそわところがした。傾きかけた午後の日ざしが、妻のつややかな髪に金色のかがやきを添える。「場合によるかな」

チャリティが下唇――あのふっくらした色っぽい曲線――をわずかにふるわせ、身じろぎもせずに、ただ目を光らせた。「どういう意味？」

「きみしだいという意味さ。ぼくたちしだい、と言うべきか」

「わたしに満足できれば、とおっしゃるの？」

あまりに直接的な物言いに、ジョシュアはしばし絶句し、文鎮を机に戻した。

いったいぜんたい、どうしてこういう話になったんだ？　妻を書斎に呼びつけたとき、こんな展開は予想もしなかった。ドレス代や家の雑費について話しあい、きみが出かけるときに必要だろうから、専用の馬車を手配するつもりだ、と伝えるだけですんだはずだった。なのに自分たちはいつの間にか、こんな人目をはばかるような話題を論じあっている。しかも感情的に……チャリティの愛らしい顔にみなぎるきびしい表情を見れば、それはあきらかだった。ジョシュアは狼狽のすえに言った。「ものごとを単純に切り取りすぎだよ」

「ゆうべは、あなたを満足させられた？」口調こそおだやかだが、赤裸々な問いかけ。椅子にかけたチャリティの肩がぴんとこわばっている。

ああ、と答えてしまえばいいのに、すぐ肯定するのはためらわれた。満足どころか、興奮しすぎてわれを忘れた、というのが正直なところだったから。わざわざ質問して確かめるところが、チャリティの純真さと未経験さのあらわれといえた。

どう応じればいい？　いつもなら、あんなにすぐ達したりはしないと説明するか？　だが、男の自尊心がじゃまをして、そこまでは認められなかったが、せめて嘘はつくまいとジョシュアは答えた。「ふたりとも満足できたならいいと思うよ」

チャリティが下唇を噛んだ。白くてまっすぐな歯。こんなところまで美しいのか、とジョシュアはしばし見とれた。

しばらく考えこんでから、チャリティが口を開いた。「楽しかったわ。あんな経験をしたのは生まれて初めて。きっと、練習を積めばもっとよくなるんでしょうね」

ジョシュアは笑いを噛みころそうとしたが、無理だった。自分が男の本能をどれほど刺激するかわかっているのだろうか、といぶかしみながら、初々しい妻を観察する。こちらに返ってきた痛々しいほど純粋なまなざしを見るかぎり、おそらく自覚はないと思われたが、はたしてそうだろうか？　いますぐ二階へさらってゆき、本人の言うとおり〝練習〟を積んでみるのも、なかなか楽しそうだった。

なかなかどころか、とても楽しそうだった。

いいじゃないか。チャリティはぼくの妻なんだから。

いや、いいわけがない！　まだ夕方だぞ。窓からさし込む夕日に包まれ、大きなベッドで愛しあったら、さぞやごきげんな休憩時間を過ごせるだろうが、ここで誘惑に負けてはいけない。結婚生活において、寝室の楽しみと社会的な役割とのあいだにはきっぱり線を引く、と心に決めたはずだ。

そのかわり、今夜は埋め合わせをさせてもらう……ジョシュアはひそかに誓った。一日の予定を終えて寝室に下がったあとは、夫婦の時間だ。

「さて、本来の議題に戻ろうか？」できるだけきびきびと事務的に告げる。「こちらからは、きみが何ひとつ不自由を感じないだけの物資を提供するつもりだ。きみの要求はすべて満たされると考えていい」

「満たされる？　ええ、そうね」

もしや、いまの言葉にも二重の意味をこめているのだろうか？　昨夜のベッドでぼくが果たした貢献に？　ジョシュアはいつになく不安になった。ふだんなら、なんの苦もなく女性と軽口をやりとりできるのに……。チャリティを前にすると、まるで口が回らず、ぎこちなさが消えなかった。

三十分後、結婚生活においてチャリティにまかせる分野について冷静に話しあいを終えたジョシュアは、きわめて丁重に、退出させてもらうむねを告げた。

チャリティが屋敷でいっしょに夕食をとるつもりでいたのなら、おあいにくさまだ。

9

だまされてたまるものか。

ジャレド・ピットマンは、テーブルごしに妻を見やった。蠟燭の光が、豊かな金髪をふんわりと照らし、浮世離れした美貌をきわだたせる。今夜のディードリーはサファイアブルーのドレスをまとっていた。深い襟ぐりからクリーム色の肩があらわになり、いつにもまして豊満な体つきが強調されている。首もとと手首には宝石がかがやき、たおやかさと色香の化身のような姿だった。

色香。そうだ。女の色香にかけて、ディードリーの右に出るものはない。

自分が吸いよせられたのも当然だ。彼女をめぐってふたりの男が血なまぐさい戦いをくり広げたのも当然なら、社交界に初めて出た年に〝黄金の女神〟と呼ばれたのも、しごく当然だ。ひと目見たとたん、ジャレドはとりこになった。世界が動きを止めたような強烈な衝撃を、いまもはっきり覚えている。

結婚して五年。ふたりの関係はすっかり様変わりしてしまったが、あの瞬間だけは色あせずに残っている。ディードリーに寄せるジャレドの想いは、すべてを……そう、名誉さえも凌駕《りょうが》するほど強い。何にもまして強かった。

「いまのところは、一週間ほどで戻るつもりでいるけれど、もし母に引き止められたら、二週間になってしまうかも」葡萄酒を数杯重ねてからようやくメイン料理に手をつけたディードリーが、さらなる一杯を求めてグラスをさし示す。

「わたしもいっしょに行こう」

一切の感情を排した声に、ディードリーがはっと視線を上げ、一瞬ひどく無防備な顔になった。弟のパトリックでさえ、ローストビーフの大きなひときれをフォークに突き刺したまま、皿から目を上げた。

しあわせのきわみだな……ジャレドは鬱々と考えた。五年も連れそった妻から、旅への同行をことわられるとは。頭のいいディードリーのこと、声に出して言ったりはしないが、美しい顔がさっと翳るのを見ればはっきりわかる。自分も以前のようなだまされやすいお人よしではない、そうジャレドは考えていた。だから、たいていのことは言葉に出さなくてもわかる。

たとえば、ディードリーがいまだにジョシュア・デインへの想いを引きずっていることも、すべてお見通しだ。

あの男め、地獄の底にたたき落としても飽きたらない。

静寂のなか、葡萄酒がつがれる音がやけに大きくひびく。従僕が一礼して下がったあと、ジャレドはフォークをもてあそびながら、暗い顔で妻を見つめ、そして待った。パトリックはふたたび皿の料理に意識を向け、熱心に食べはじめた。会話に参加する気は、まったくなさそうだった。

「もちろんよ。あなたがお望みなら、どうぞいらして」ディードリーが小声で答える。黙従か。ジャレドが寝室をおとずれたときと同じだ。ディードリーはいつでも、夫の言うがままになる。いままでに一度も、夫婦の営みを拒んだことがない。そして、一度も……ただの一度も、熱く燃えたことがない。

「あちらでいくつか用事があるから、きみが楽しく……母上と過ごしているあいだに、うまく時間を使えそうだと思ってね」ジャレドは愛想よく言った。「母上に会いにいくんだったね、そうだろう？」

ワイングラスの脚をつまんだ細い指に力がこもる。数フィート離れたところからでも、両肩がにわかにこわばるのがわかった。「もちろん、そうよ」

「急にロンドンの社交界が恋しくなったのは、《タイムズ》に出ていたジョシュア・デインの結婚発表のせいではないだろうね？　あの新聞は一日前のものだ。結婚式は、きのう終わったはずだよ」

グラスがぐらりとかしいで中の液体が飛び散り、純白のテーブルクロスを汚したが、ディードリーは動じず、肩をすくめてみせた。「あら、あの人、結婚したの？　そろそろ潮時だと思っていたわ」

「姉さんからの手紙には、近ごろデインとストレイト伯爵令嬢とがくり広げた大騒動について、何も書いていなかったのかな？」

「そうね、読んだ覚えがないわ」

嘘をつくな。

「パトリックから聞いたぞ。あの男とのいきさつを知っている姉さんなら、きみへの手紙に書かないわけがないだろうに」

いきさつ。われながら、ずいぶん遠回しな言いかただ。ディードリーがおぼつかない手つきで葡萄酒を口に運んでから、クリスタルの杯をそっと置いた。「わたしが人妻で三人の子持ちだということを、姉も承知しているのよ。それに、ジョシュアが何をしようと、何をしまいと、いまのわたしには関係ないわ」

「ダーリン」砂漠の砂もかくやという乾いた声で、ジャレドは言った。「とぼけるのもいいかげんにしてくれ。宝石箱に、小さく折りたたんだ手紙が隠してあったのを見つけたんだ。きみの姉さんはすべて知っていた。衣服の乱れた若い娘が、ジョシュア・デインの外套をはおって帰宅したこともふくめて。さすがのぼくも、話を聞いたときは耳を疑ったよ。あの男をお世辞にも好きではないが、少なくとも愚かではないと思っていたのでね。伯爵令嬢を誘惑しておいて、衣服もととのえずに家に帰すなど言語道断だ」

妻がこちらをまじまじと見た。「あなた、わたしの持ち物を調べたの？」低く耳ざわりな声は、はっきりと非難の調子をおびていた。かろうじて自制しているのは、給仕をする従僕ふたりの目を気にしてのことだろう。

パトリックが、ナプキンですばやく口をぬぐって立ち上がり、厩舎がどうこうとつぶやきながらテーブルをあとにした。ジャレドは弟の退出を目で追いさえせず、テーブルの向かい側にかけた女性を見すえた。

妻の頬骨あたりに血の気がさしたのは、憤慨ゆえか、あるいは図々しい嘘が見つかった気恥ずかしさゆえか？　どちらにせよ、ジャレドは私物をあさったことを後悔していなかった。世の中には、たとえ汚い手を使ってでも捨てておけない問題がいくつかあり、ジョシュア・デインはそのひとつだ。あの男とディードリーの関係のせいで、自分たちの結婚は最初からけちがついてしまった。原因をとり除いて、きちんと仕切りなおさなければならない。

何があろうと。

「厳密に区分するなら、この家にあるものはすべてわたしに帰属する」ジャレドは自分のグラスを手にとり、皮肉めかしてつけ加えた。「そう、きみもだ。急に肉親を訪ねたいなどと言いだしたのが、もと婚約者と少しでも関係あるのなら……ロンドン行きの計画をいますぐ考えなおしたほうがいい」

青い瞳が、暗い沼を思わせる藍色に変わり、口もとは引きむすばれて一本の直線と化した。やがて話しはじめたディードリーの声からぬくもりは消えていた。「よく考えてみて。この五年間ひとりだった男性が、近ごろ結婚したからといって、なぜわたしがロンドンに行かなくてはならないの？　意味がわからないわ」

「心の動きというのは、ときに理屈を超えるものだ」

「姉からの手紙のことを伏せておいたのはね、あなたがこういう反応を示すとわかっていたからよ」

「こういう反応とは？」ジャレドは単調な声で問い返し、相手の表情を見のがすまいと目をこらした。「わたしもロンドンに用事があるのだから、同行してなんの不都合もないと思うがね。夫がついてくると困る理由が、きみにあるというのなら別だが」

蠟燭の明かりを象牙色の肩に反射させながら、ディードリーが大きく息を吸いこんだので、胴着の胸もとが盛り上がった。「見当ちがいの嫉妬心をどうしても捨てられないのね、ジャレド。あなたを伴侶に選んだ時点で、ジョシュアとの関係は完全に切れたのよ」

物理的には切れても、心の糸は細く長くつながり続ける……それが情事の常というものではないか？

「きみがわたしを選んだのはまちがいない。この脚にはまだ傷が残っている」ジャレドは椅子の背にもたれ、妻をじっと見すえてから、声にすごみをきかせて警告した。「忘れないでくれ、奥さん。それだけがぼくの望みだ」

〝ふたりとも満足できたならいいと思うよ〟

チャリティは化粧台の前に座り――ゆうべ、夫の愛撫で恍惚へといざなわれたのと同じ椅子だ――、鏡をしげしげと覗きこんだ。

満足できたかという問いへの答えは、あいまいにはぐらかされてしまったが、ジョシュアが明言しなかったのは、自分たちふたりがどうこうというよりも、過去の傷によるものではないかと思えてならなかった。チャリティが恋愛経験にとぼしいのは事実だが、男女関係のほのかな押し引きは感じとることができる。あのときのジョシュアは、ふいにゆるんだ防御を立て直すために、あわてて話題を変えたように見えた。書斎に呼ばれて入っていったときは、堅苦しくはあっても落ちついていたのに。チャリティが、結婚生活における男と女の感情のくいちがいに言及したとたん、ジョシュアはよそよそしく、とっつきにくくなってしまった。

話が終わると、夫はそのまま外出し、チャリティの知るかぎりではまだ戻っていない。

少女時代にあこがれた、やさしい笑顔で茶目っ気のある青年と、磨きこんだ書き物机の上で両手を組みあわせ、赤の他人のようにこちらを見つめた、冷たい灰色の瞳の紳士は、とても同一人物に思えなかった。

いまのジョシュアは優雅であか抜けていて、隙がない。持ち前の荒々しさ、奔放な男っぽさを、自制心ですっぽりと覆っている。

チャリティは社交界に出たばかりだ。去年までは温室育ちで、男女の駆け引きなど何も知らなかったのが、いきなり結婚という戦場に放り出されたのだ。そんな立場だから、楽観的すぎるのかもしれない。夫となった男性が、もともとは非情でもなければ無神経でもないのはわかっている。それがいまのチャリティには頼みの綱だった。

「何かほかにご入り用のものはありませんか、奥さま？」身の回りの世話をまかされた、チャリティと同じくらい若い痩せぎすの侍女が、おずおずとほほえみながら、衣装室の扉を閉めた。

同時に、チャリティの部屋と隣室をへだてる扉が開き、ジョシュアが顔を覗かせた。

「やあ、ただいま」

夫の帰宅を知らされず、こうやって不意打ちをくらうこと。ここは自分の屋敷だから、妻の寝室でもノックひとつせずに入るのがあたりまえだと夫が考えていること。どちらの事実に、わたしはより衝撃を受けているのだろう？

とはいえ、動揺するほうがおかしいのは、少し考えればわかった。ジョシュアはわたしの夫だ。わざわざノックなどせずとも、好きなときに入ってくることができる。

チャリティは必死で声を落ちつかせた。「おかえりなさい」

指示されるまでもなく、侍女が静かに部屋を出ていった。

ジョシュアは外套を脱いでクラヴァットを外し、シャツの襟をくつろげて日に焼けた喉もとをあらわにしていた。凛々しい顔に浮かぶ意味ありげな笑みは、昼間に書斎で話したときとは似ても似つかない。たとえるなら、いったん退却した軍勢が、兵力を強化してふたたび偵察にやってきたような雰囲気だった。

つまり――チャリティははっと気づいた――、これからふたりは戦闘態勢に入るということだ。どんな戦いか、わたしには見当もつかないのに。

夕食をひとりでとらせたことへの謝罪はまったくなかった。「まだ起きていてくれて、よかったよ」

チャリティは、平静をよそおって眉をつり上げてみせた。でも、彼はだまされないような気がした。「もし、もう寝てしまっていたらどうしたの？」

「申しわけないと思いながら、起こしただろうな」ジョシュアが首をめぐらせ、きっちりと折り返されたベッドの覆いや、化粧台にずらりと並んだ香水の瓶やヘアブラシ、読みかけのまま窓辺のテーブルに伏せてある本に目をやった。「見たかぎりでは、この屋敷になんとかなじめたようだ」

結婚してわずか一日で夫から放ったらかしにされたことを除けば、そのとおりだった。ブッシュネルはとても謙虚な執事だが、その知識と見識の豊かさは、チャリティの経験不足をおぎなって余りある。おかげでなんの不自由も感じずにすんだ。必要なものや困ったことがあれば、なんなりと申しつけてほしい、という老執事の言葉に、チャリティは早くも全幅の信頼をおいていた。

「おかげさまで」チャリティは手短に答えた。

「よかった」室内に二歩ほど入ったところでたたずんでいたジョシュアが、まっすぐチャリティのほうへ向かってきた。「昼間話したことが、ずっと頭を離れなくてね」

心強い言葉だった……ちがうのかしら？

「あら、ほんとうに？」チャリティはおそるおそる答えた。あっという間に目の前まで来たジョシュアから、飛びすさって離れたかった。床まで届く部屋着の裾を、いまにもブーツのつま先がかすめそうだ。

「昨夜はあまり楽しんでもらえなかったような気がしてね」

ジョシュアが寝室に足を踏み入れたときから、チャリティは気づいていた。〝結婚生活にうしろ向きな夫〟を絵に描いたようなよそよそしさが、あとかたもなく消え、情熱的な恋人が現われたことを。「べ……別にそんなことは言ってないわ。とても勉強になったわ。新しい体験って、そういうものでしょう？」

ジョシュアがゆったりと唇の片隅をつり上げると、すっかり見なれてしまった用心深い表情がほぐれ、あやういほどの魅力があふれ出した。

「きみが心の開けた女性で、よかったよ」

経験にとぼしいチャリティでも、ふたりのあいだで交わされる会話が、手のこんだ微妙な駆け引きだということは理解できた。「そうあろうと努力してるの。偏見でこり固まった心じゃ、新しい学びは得られないもの」

「すばらしい」チャリティの頬にそっとふれた指先が、そのまま下唇の曲線をなぞった。

手をさしのべられると、こみあげる期待にみぞおちがぎゅっと苦しくなった。ごく紳士的なしぐさなのに、ゆうべ彼の寝室へといざなわれたときのことを思い出さずにいられない。それに、ジョシュアの目にやどる独特の光……。あまりの豹変ぶりにとまどい、躊躇しながらも、おとなしく夫の手をとり、椅子から立ち上がるほかに、チャリティにはなすすべがなかった。

ジョシュアがかがみこみ、耳もとに熱い息を吹きこんだ。「きみの心がどこまで開けて、い、る、か、知っておきたいものだな」

首すじに唇がふれる。かすかに肌をかすめただけなのに、チャリティは大きく身をふるわせずにいられなかった。

「ちょうどいいから、この機会に確かめてみよう」なおも肌をついばみながら、ジョシュアが片腕をチャリティの腰に回した。「どう思う？」

どう思うかと訊かれても、いまは頭が回らず、言葉が出てこなかった。耳のすぐ下のくぼみが、こんなに敏感だったなんて……。チャリティはやっとのことで小さくうなずいた。

「ベッドを使ったほうがいいだろうな」夫のつぶやきが聞こえた。「暖炉の前の敷物は、ちょっと寝心地が悪いから。もっとも、雪の夜などはなかなか趣のあるものだよ。暖炉の炎に照らされた女性の体は、凹凸《おうとつ》が強調されてとても美しい」

それを知っているのは、つまり……。

もうしばらくたったら腹が立つかもしれないが、彼の両手にウエストをとらえられたいまは、破廉恥な物言いにくってかかる余裕などあろうはずがなかった。片方の手が這い上がり、部屋着とナイトドレスの上から胸のふくらみを包むと、チャリティはするどく息をのんだ。五指でやわらかく揉まれると、いただきに甘いうずきが呼びさまされた。

「あまり大きな胸は得意でなくてね。きみのは理想的だ」ジョシュアの手がためらいなく部屋着の前を開き、ナイトドレスの薄布ごしにふくらみをなぞりながら、乳首をもてあそぶ。「ベッドに運んだら、じかにかわいがってあげよう。覚悟しておいたほうがいい」

いまからする行為をこんなにはっきり口に出すなんて、はしたないにもほどがあるわ……。チャリティは愕然としたが、あけすけな表現のしかたを責めたところで、笑いとばされそうな気がした。

どういう答えが正しいのかしら？　迷ったすえに、チャリティはつぶやいた。

「あなたの好きになさって」

「いや」ジョシュアの手がぴたりと止まり、色っぽくかすれていた声が、ふいに事務的になった。「だめだ。昼間の話では、一般的な結婚生活についてあれこれ言ったが、ぼく自身は、乗り気でない女性をベッドに押したおしたりは絶対にしない。もしきみに拒まれたら、どこかよそに行くかもしれないが、いつでも選択権があるということを、きみも知っておいてほしい」

さっきのきわどい言葉を指しているのはあきらかだった。やっぱり、心強いと思ってよかったのかしら?

「あなたを拒むわけがないでしょう」答えながら、チャリティは自分の声がおかしいことに気づいた。いつもよりぐっと低く、少しかすれているような……咳払いして話を続ける。「あなたをよそに行かせたいとも思わないわ。絶対に」

昼間話したことが頭を離れなかったのは、チャリティも同じだった。考えずにいられるわけがない。いままでぼんやりと思いえがいていた結婚生活の、なんと現実とかけ離れていたことか。夕食のテーブルごしに交わす笑み、馬車での外出、ぽちゃぽちゃした幼児が駆けまわる子ども部屋……どれもこれも、いまではおとぎ話のように感じられる。ひとり目ざめた夫のベッドで乱れたシーツにくるまりながら、あるいは大きなテーブルにぽつんと座って昼食をとりながら、あるいは読みかけの本を手に庭へ出て、午後の日ざしを浴びながら、つくづくと考えた。結婚とは、ひとつずつピースをはめていくしかないパズルのようなものだ。たとえば、ジョシュアが一日じゅう……午後四時ぴったりに書斎に来るようにという書きつけをよこしたのを除いて、チャリティを無視しつづけた理由はなんだろう？　日々の生活において、チャリティがいかにとるにたらない存在であるかを示したかったのか、あるいは本人の言うとおり、単に忙しかったのか？

　でもいま、目の前にいる夫は、わたしを無視していない。

　興味深かった。

　ジョシュアが一歩離れ、開いたままになっていた扉を手で示した。「いいだろう。さあ、お先にどうぞ」

　すました顔を必死でこしらえ、チャリティは夫の横をすり抜けて戸口へ向かった。熟練の指先と唇。ほんの少し愛撫されただけなのに、もう動悸がはげしくなっている。うしろからついてくる夫の足音は、高級な敷物に吸いこまれてほとんど聞こえなかった。全身のほてりを意識したチャリティは、あわてて部屋着の帯を結びなおした。

「けさ起きたとき、体はどうだった？」ジョシュアが問いかける。夫の寝室はランプがいくつもともされて明るく、空気は暖かく、彼のコロンがほのかに香っていた。「痛みはなかったか？」

　けさ湯浴みをしたとき、体の奥にわずかな違和感をおぼえたが、さほどひどくはなかった。立ち入った質問に赤面しながらも、チャリティはすなおに答えた。「ほんの少しだけ」

　視線を合わせたまま、ジョシュアがシャツのボタンを外しはじめる。「もっとよくなる方法を、これから教えてあげよう」

銀灰色の瞳が放つ官能の光に射すくめられたチャリティは、彼がシャツの裾をゆっくりとズボンから引き出し、袖を引きぬくさまを見まもった。くっきりと筋肉が盛り上がったたくましい胸板は、まるで古代ギリシアの彫刻だ。男性美のすべてがそそぎこまれたように、いきいきとした強靱《きょうじん》な肉体だった。褐色の胸毛と銀色の瞳というふしぎな組み合わせが、異教の神めいた趣を添える。

下着一枚になったジョシュアが、チャリティの手をとり、そっと口へもっていった。指先に軽くくちづけてから、すぐ近くまで引きよせる。チャリティよりもずっと背が高いので、顔を見るにはのけぞるしかなかった。「きみの香水は」顔をうつむけたジョシュアがささやく。「なんの香りだ?」

キスするつもりなんだわ。昨夜はさまざまな体験をしたが、なかでも唇が重なりあったときの感触は、まるで魔法のようだった。

ぼうっとするあまり、チャリティはあやうく返事するのを忘れかけた。「マグノリアの花よ。アメリカから帰ったばかりの従姉が、お土産にくれたの」

「いい香りだ。ふんわりと甘くて、春の朝を思わせる」軽くふれ合ったのちに、ジョシュアがぴったりと口を重ねた。昨夜のキスとはちがう。もっと確信的で、勢いまかせではない余裕のあるキスだ。

書き物机を挟んで凍てつくまなざしを投げてきたのと同じ男性が、これほどやさしいキスをできるなんて。驚愕するひまもなく、チャリティの意識はとぎれとぎれになり、かすかにくすぶっていた憤りも、キスが深まるにつれて消え失せた。

深く、もっと深く。

そのまま、チャリティはキスにおぼれ、押しながされた。

10

まったく同じ恋人というのはひとりとして存在しない。どの女性にも、めいめい異なる感じかたがある。ジョシュアはそれを見つけ出す名人だった。

うるわしい妻――まだ、そう呼ぶことには慣れていないが――の弱点は、早くもわかりかけていた。ロマンティックなキスだ。

せっかく見つけた攻めどころを、活かさない手はない。

いましているキスが気に入ったのなら、この次にするつもりでいる行為は、チャリティを熱狂させるはずだ。賭けてもいい。

ふと、ゆうべの自分が思い出された。全身が砕けちるかと思うほど荒々しい絶頂。あまりの快感に、硬直を引きぬくのがためらわれ、あやうく彼女のなかに放出してしまいそうだった。

今夜こそ、力を証明してみせる。チャリティにではなく、おのれに対してだ。うぶな妻は、昨夜の夫がいつになく切羽詰まっていたことなど知るよしもない。

自分は結婚した。妻を迎え、責任を引き受け、社会における立場も変わった。だからといって、いままでの自分が消えてなくなるわけではない。ジョシュア・デイン卿ではなく、スタンフォード公爵の弟でもなく、裕福な名家の一員でもなく、肩書きをすべてとり払ったところにいる自分自身……五年前、ひどい裏切りにあって心を打ちくだかれ、深い絶望の淵で、二度と女性に心をあずけるまいと誓った自分は、いまも変わらない。

だが、五年前の件に関して、チャリティになんら非がないのも事実だ。

だとすれば……チャリティから満足を得るだけでなく、同じだけ満足を与えるのが、自分の務めというものだろう。彼女の魅力を無視できないことは、すでにわかっていた。

というわけで、ジョシュアはキスをした。ありったけの技巧をこらし、官能のうずへと彼女をいざなった。舌先で何度もなぶられて、チャリティの口は半開きになり、喉の奥から甘い声が漏れ、長い睫毛が伏せられて頰に影を落とした。なやましい吐息と、腕の中で熱く燃える肉体に、ジョシュアの下半身はたちまち固くなった。興奮にまぎれて、彼女が求める心のつながりを与えないつもりか、という良心の声を、うまく締め出すことができた。

夫としての愛情や、元気でかわいい子どもたちは与えられないが、かわりに比類なき情熱と、忘我の悦楽とを与えることができる。

「きみ専属の侍女を、わざわざ雇う必要はなかったかもしれないな」部屋着の帯をもてあそびながら、ジョシュアはささやいた。「着替えをしても、ぼくがもう一度脱がせてしまうんだから」

「そうね、ストッキングを脱がせるのはあなたのほうがじょうずだったわ」チャリティが答えたのは意外だった。密室でのひとときに喜びを見出しつつも、同じくらい緊張していたのを知っていたから。秘められた場所に初めてふれたとき、目を大きく見ひらいたのを、ジョシュアは見のがさなかった。絶頂を迎えたときは、これほどすんなりと快楽に身をゆだねてくれたことに安堵したものだ。

身勝手かもしれないが、チャリティの純潔が自分だけのものになったことがうれしかった。「また、練習してみようか？」

ジョシュアのベッドも、就寝の準備をととのえてあった。専属の従者か女中の誰かが開けた窓から夜風が入ってきて、カーテンを小さく揺らす。ジョシュアは、ゆっくりとじらしながらチャリティの部屋着を脱がせた。なまめかしい曲線を両手で確かめながら、愛撫を待ちうける美しい乳房を、ほっそりした腰を、のびやかな脚をあらわにしていく。

ベッドの覆いをはがし、ひんやりしたシーツの上にチャリティを横たえると、すでにほどいてあった栗色の髪が、ふわりと広がって素肌を包んだ。あらわになった肌をそっと愛撫したとたん、小さな両手が肩にすがりつき、はずむ息が頬をくすぐったので、すでにたかぶっていた男性自身がするどくうずいた。「昨夜はきみをゆっくり味わえなかった。埋め合わせをさせてくれ」そうジョシュアはささやいた。

意味を理解できたのかどうかはわからないが、チャリティの胸に唇を押しあてると、あえぎがひときわ高まった。口にふくんだ乳首が、さらに固くそそり立つのを感じながら、もう片方のふくらみをてのひらに収める。ゆうべは、花嫁の純潔を奪うことへの懸念があったが、もうそこは気にしなくていい。初めてのベッドは、言うなれば通過儀礼だ。これから始めようとしている行為は、さまざまな愛の営みの、いわば入門編といえた。

薄桃色の美しいいただきに、舌先でゆっくりと円を描くと、細い指がジョシュアの髪にさしこまれた。「ジョシュア……」

ジョシュアは答えなかった。情欲にわななく声で名前を呼ばれたとき、答える必要はないのを知っていたから。

両肩にすがりつく手、甘いうめきに心を躍らせながら、胸の先端にキスをし、サテンのような肌を舌先でたどる。下へ、さらに下へ。やがて下腹部の茂みに到達すると、内ももにそっと手を添えて開かせた。

脚の合わせ目に口をつけ、秘められた場所に舌をさし入れた瞬間、チャリティが驚愕をあらわに四肢を凍りつかせた。たかぶりの証拠を舌先に感じたジョシュアは、笑みを嚙みころした。人生が根底からくつがえされたこの数日で、たったひとつの救いは、チャリティに思いがけず艶事《つやごと》への天分がそなわっていたことだ。

身をよじって逃れようとするチャリティをなだめるのに、およそ一分はかかった。さらに一分後、チャリティは身をふるわせ、みずから脚を広げて快楽を受け入れた。

ジョシュアは視界の隅で、小さな片手がシーツをわしづかみにするのを確かめた。

いいぞ……内心でつぶやき、ジョシュアは愛撫を続けた。


このうえなく破廉恥で、このうえなく罪深くて、なのに……うっとりするほどの心地よさ。快楽がチャリティの体を呑みこみ、心を支配した。慎みぶかく過ごしてきた十九年の月日が、あっさり投げすてられるのを感じる。

白い内ももに挟みこまれたジョシュアの頭が、はっとするほど黒く見える。おぼろげな意識の中で、チャリティは湿り気をおびた小さな音を聞いていた。男性が女性にこうやって奉仕するなんて、思ってもみなかった。

歓喜のうめきがひとりでに口をついて出る。もう少したって冷静になったら、品のない声をあげたことを恥じ入るだろう。でも、だって、こんなことをされたら……。

甘美な懊悩に揺さぶられるうちに、きまりの悪さも消え、いつしかチャリティは腰を浮かせ、せまりくる絶頂にそなえて目を閉じていた。まぶたの裏でいくつも光がはじけ、押しころしきれない叫びがほとばしり、やがて忘我のときがおとずれた。陶酔の炎に全身がおののき、やがて脱力した。

ジョシュアが太もものあいだから顔を起こす。下着を脱いで、ふたたびベッドに横たわるのを、チャリティはぼんやりと感じていた。力強い手が、汗に濡れた髪をかき分けてくれる。ふと銀色の目に笑みがよぎった。「こんな状態でも、ぼくは紳士的にふるまえるんだよ」指さした先では、興奮しきった分身が平たい腹部からそそり立っていた。「きみの準備ができたら、教えてくれ」

準備ですって？　この呼吸の乱れが治まるとは、とうてい思えないのに。うなずきたい、あるいはほかの方法でもいいから、返事をしたい。けれどいまのチャリティには、彼の抱擁にじっと身をゆだね、恍惚の豊かな余韻に浸ることしかできなかった。みんながみんな、こんな思いをしているのかしら？　そうは思えない。いままでにどれだけたくさんの女性から、夫婦生活のうとましさについて聞かされたことだろう。

でも、あの人たちはジョシュア・デインと結婚したわけではない。

「あるいは」なめらかな声でうながされると、体の奥がびくんとふるえた。「何をすれば一刻も早くその気になるか、教えてほしい。たとえば、こんなふうに？」ジョシュアの唇が、眉の曲線をそっとたどる。「それとも、こんなふうに？」唇が首すじをつたい下り、肩を、そして鎖骨をついばんで……。

また胸にキスされたら、今度こそ燃えつきてしまう。乳房は赤ん坊に吸わせるためのもの、いままではそう思っていた。おとなの男性に――確信をもって、大胆に――ふれられたときの頽廃的《たいはいてき》な快楽は、さながら魂の解放だった。

「準備って、なんの？」ようやく口をきけるようになったので、チャリティは訊ねた。

そのとき、夫が身を起こし、うずく肌をついばみながらチャリティに覆いかぶさった。さっきと同じように、胸のいただきをしばしなぶったあとで、開いた脚のあいだに腰を割りこませる。そして、片手で支えた硬直を、濡れそぼった入口にあてがった。「ぼくを受け入れる準備さ」低いささやき。「もっとも、きみの体も誘ってくれているようだが」

彼の進入は、力強く迷いがなかった。こわれものを扱うようだった昨夜とはまるでちがう。そして、チャリティのほうも……。ジョシュアの言ったとおりだわ。押し広げられる衝撃こそ感じるものの、痛みはまるでなく、昨夜よりも柔軟になった肉体は、なんなく硬直を包みこんだ。受け入れやすいように、自然と腰が浮き上がる。

「これでいい」歯を食いしばり、なかばとじたまぶたの奥で、瞳を鉛色に翳らせながらジョシュアが言う。「少しでも痛ければ、教えてくれ」

「だいじょうぶ」チャリティを襲ったのは痛みではなく、満たされているというふしぎな感動だった。ジョシュアが腰を引き、もう一度くり出すと、なめらかな摩擦がえもいわれぬ刺激をもたらした。

考えるよりも、おのれの感覚に意識を集中させる……チャリティは、昨晩ジョシュアから教わったことを思い出して、そのとおりにしてみた。熱くほてったジョシュアの肌から、みるみる汗が噴き出してチャリティの指を濡らし、彼がかがみこんで喉もとにくちづけるたびに、豊かな褐色の髪が肌をくすぐり、硬直が中で動くたびに、たくましい胸板が乳首にこすれてさらなる快感をもたらし……。

ほんとうに、ジョシュアの言うとおりだわ。これほど原始的でなまなましい行為に、知性の入りこむ隙はない。体の中心部が興奮にうずきはじめたころ、肉体と肉体の境目にさしこまれた彼の手が、いちばん敏感な箇所をなでた。チャリティはたまらず、つき上げる快楽に全身をわななかせた。内部が収縮するのがわかった。

とたんに夫がするどく息を吸いこみ、体をこわばらせた。

どしゃ降りの雨をついて走ったあの夜以来初めて、チャリティは自分にもなんらかの力があると感じた。ためらいつつ、今度は意識的に、硬直を締めつけてみる。

ジョシュアがうなった。小さな声だったが、熱い吐息が頰をくすぐるのがはっきりわかった。ジョシュアが目をぎゅっと閉じる。「ああ、なんてすごいんだ」

うわごとのような低いつぶやきが終わらないうちに、チャリティの内部に二度めの絶頂がきざした。猛烈な引き波にさらわれて大海に投げこまれるような衝撃。必死でジョシュアにしがみつき、嗚咽しながらがくがくと体をふるわせた。

最後の瞬間、ジョシュアはまたしても自身を引きぬいてチャリティの下腹に押しつけた。わななく硬直から欲望のしるしがほとばしり、ふたりの肌を濡らした。

夜のしじまが戻ってきた。開いたままの窓ごしに、外の往来を通りすぎる馬車の音が聞こえる。カーテンをふわりと揺らす夜風が、ほてった体を心地よく冷やしてくれた。

愛しあったあとのけだるい充実感。これがふつうなのかしら、とチャリティはいぶかしんだ。世の女性はみな、相手を興奮させることで、みずからの力を感じられるのだろうか？

むき出しの肌にはまだ、男性が達した証拠がはっきりと残っており、ジョシュアの手は長い髪のはざまをたゆたっている。昨晩と同じく、チャリティの上につっぷしたまま何も言わないジョシュア。とはいえ、自分の重みで妻がつぶれないように、肘をついて体を浮かせてくれている。

チャリティも無言だった。書斎で話したときのような、冷たくよそよそしい声を聞くらいなら、黙っていたほうがはるかにいい。

「前よりもよかっただろう？」やがて、ジョシュアが顔を上げて訊ね、口もとにわざと気取った笑みを浮かべてみせた。この口が、さっきわたしを夢見心地にしてくれたんだわ。

「それとも、まだ〝失望はしなかった〟程度かな？」

チャリティは答えに困った。動揺したせいで、せっかくの充実感もそこなわれてしまいそうだ。全身のほてりで、赤面をごまかせることを祈るほかなかった。

恥ずかしさと、ジョシュアが浮かべた、どこかきざな笑みへの腹立たしさから、答える口調はおのずととげとげしくなった。「わたしの反応を見たんでしょう？　わざわざ訊くまでもないと思うけれど」

寝返りを打って片肘をついたジョシュアが、やさしくささやいた。「うれしかったよ。きみが、男にふれられるのをいやがる冷感症の花嫁ではなかったから。世の中には実際、いつまでたっても緊張が解けず、ベッドを楽しめない女性というのがいるんだ」長い人さし指が、ゆっくりとチャリティの下唇をなぞる。「なんともかわいそうな話だ。どれだけの喜びをふいにしているか、いまならきみもわかるだろう？ ……そうだね、確かに訊くまでもない。きみはまちがいなく、楽しんでいた」

わたし、そんなに乱れていたの？ はしたないと思われたの？ 由緒ある伯爵家に生まれ、いついかなるときもレディのたしなみを忘れず上品にふるまうようきびしくしつけられてきたチャリティだが、裸で恋人の腕に抱かれたときの身の処しかたは、誰も教えてくれなかった。憤慨すべきなのか決めかねるまま、チャリティは夫を見た。「それが、あなたの望みだとばかり思っていたけれど」

どこから見てもきざな笑みが、ジョシュアの顔をかがやかせた。「もちろん、そのとおりだ。何はなくとも、ベッドでのぼくらは相性がいい」

何はなくとも。あまり縁起のよい表現ではない。夫婦になった以上、将来をともにする責任があるはず、というのがチャリティの考えだった。全裸で男性の腕に抱かれながら、毅然とふるまうのはむずかしかったが、チャリティはせいいっぱいの威厳をこめて言った。

「〝何はなくとも〟なんて、わたしなら言わないわ。十年以上前からお互いを知っているんですもの。エミリーやあなたの叔母さまとも親しくつきあってきたわ。そんなふたりが、めぐりめぐって夫婦になったのだから、世間の夫婦とはだいぶちがうと思うけれど」

ジョシュアの顔に不穏な色がよぎり、笑みが消えた。それ以外はいままでどおり落ちつきはらっていたが、おそらくジョシュア自身、銀色の瞳がどれほど雄弁かに気づいていないのだろう。

「結婚の誓いを立てたことを、忘れるわけがないじゃないか」

忘れるわけはないが、喜んでもいないということだ。それを聞いてチャリティが喜ぶはずもなかった。いまこうして、生まれたままの姿で抱きあい、彼のたかぶりのなごりを肌にとどめているというのに……。

自分にはまったく非がないのに、婚姻のくびきにつながれてしまったジョシュアがうしろ向きなのは理解できるが、はっきり言葉にされるとやはり気落ちしてしまう。同時に、何があったのか知りたいという好奇心がチャリティをとらえていた。

誰もがあいまいにしか語らない、過去の醜聞。そのせいでジョシュアは変貌し、祖国イングランドを去り、冷たくよそよそしい男性となって帰ってきた。

彼がほほえみ、陽気にさえなるのは、ベッドの中だけだ。

赤銅色に日焼けした肌が、長い遠征生活をうかがわせる。チャリティはおそるおそる、たくましい腕の筋肉に指でふれ、男女の差をいまさらながらに実感した。固くひきしまった、筋肉質の強靱な体。あごのあたりに伸びてきたひげが、放蕩者めいた魅力を添える。

じかに訊いてみればいいのかもしれない。確かに、とても立ち入った質問ではあるけれど、誰がなんと言おうと、わたしは彼の妻だ。さっきも、ふたりきりであれほど親密な時間を過ごしたのだから。

チャリティは思いきって問いかけた。「何があったのか、話してくださらない？」


新妻のなみはずれた色香には心まどわされるが、もっとまどわされるのは、このはっきりした性格だ、とジョシュアは学びつつあった。ああ、確かにチャリティは美しい。まして、いまの色っぽさときたら……もつれた栗色の髪が色白のきゃしゃな肩に広がり、たおやかな、申し分ない形の乳房をなかば隠している。純白のシーツにしどけなく手足を投げ出して横たわる彼女は、しなやかな女性美の結晶にほかならない。細身でいながら妖艶で、さっきあれほど強烈な――爆発的な、という言葉が頭に浮かんだ――解放を味わったばかりだというのに、ジョシュアの分身はすでに固くなりかけていた。元気をとり戻すのに、さほど時間はかからないだろう。

もっとも、チャリティがたったいまもち出した話題が、めくるめく情事の続きにつながるとはとうてい思えないが……。妻が何を訊きたいのかは、はっきり言われずともすぐにぴんときた。遅かれ早かれ、このときがくるだろうと思っていた。もし自分が逆の立場でも、同じことをしただろう。

ごく自然ななりゆきだ。自分にとっていかに不本意な結婚だろうと、チャリティはたったひとりの妻なのだから。

「だめだ」冷たくはないが、断固たる口調でジョシュアは答えた。

「なぜ？」ジョシュアの背中をゆっくりと、やさしくさすっていたチャリティの手が、ぴたりと止まった。

「ぼくなりの理由がある」

はげしいキスのなごりでかすかに腫れた、やわらかな唇が引きむすばれた。「お言葉だけど、そんなのは不公平だわ」

ジョシュアはシーツの隅をつかみ、快楽の果てに飛び散らせた欲望のしるしを妻の肌からぬぐったのちに、トパーズ色の瞳を覗きこんだ。髪より一段暗い色合いの長い睫毛にふちどられた、あのふしぎな瞳。ひたむきなまなざしを見るかぎり、あたりさわりのない返答では許してもらえそうになかった。

知りたくなるのは理解できる。だが、ことの真相を知る人間はひと握りしかおらず、ジョシュアとしては、これ以上人数を増やしたくなかった。

知っているのは、まず自分。そしてディードリー。そしてもちろん、彼女の夫君でワイルハースト侯爵のジャレド・ピットマン。

なんともまがまがしい三角形だな……ジョシュアはほろ苦い思いを嚙みしめた。よみがえらせたくない記憶、三人だけしか知らない、手痛すぎる人生の教訓。「別に、公平であろうとは思わない」

チャリティがこちらをまじまじと見た。配慮のかけらもない答えに動じるまいと努めているのだろう。美しい顔をかがやかせていた薔薇色のほてりさえ、いくぶんか薄れるのがわかった。「そう」

ああ、ちくしょう。チャリティを傷つけるつもりはなかったのに。彼女はまったく悪くない。だが、あの事件にふれられるだけで、ついかっとなってしまう。

「すまなかった」ジョシュアは口調をあらためた。「言いなおすよ。ぼくが結婚という制度に夢をいだかなくなったのは、過去のあるできごとが原因なんだが、正直なところ、そのことを考えるのもいやなんだ。どうか許してほしい。いまわしい記憶をよみがえらせたくなくてね」

「そうだったのね。納得したわ」

いや、納得などしていない。声の沈みぐあいからも、顔をそむけるしぐさからも、それはあきらかだった。チャリティの視線の先で、ちらちらと揺れるランプの光が、壁に飾ったフランス製のつづれ織り《タペストリー》を照らしている。

ジョシュアは、チャリティのあごに指をかけて自分のほうを向かせた。「こんなに美しくて、しかも情熱的な女性がベッドにいるのに、何が悲しくて不快な話をしなくちゃいけないんだ？」眉をつり上げ、いたずらっぽく笑ってみせる。

そのまま唇を奪い、熱いキスを何度もくり返すと、さいわいチャリティも反応を示し、こころもち体をこわばらせつつも、ジョシュアの首に自分から腕をからめてきた。きめの細かい肌にふれ、くちづけ、味わいはじめてから、男性自身が勢いよくそそり立つまでに、さほどの時間を要しなかった。彼女の背中がそり返り、無言の誘いを投げかける。ふたたび彼女とひとつになった分身に、しなやかな肉体がからみつき、ジョシュアをこのうえなくたかぶらせる、あの声がほとばしった。チャリティ自身もこらえきれずに発しているようなのが、なおさら刺激的だった。

技巧のかぎりを尽くして、やさしく濃密に愛しあい、不本意な結婚へと追いこまれたときには予想もしなかった鮮烈な快楽に身をゆだねながら、ジョシュアはふと思った。チャリティもいずれは、避けられない――そしてまちがいのない――結論に行きつくはずだ。わたしの夫は、子作りを望んでいない、と……。

気づくまでに、どれくらい時間がかかるだろう？　いまはまだ、ベッドでの行為そのものになじんでいる途中だが、チャリティには美貌と色香だけでなく、聡明さもそなわっている。遅かれ早かれ、決定的な瞬間はやってくる。

そのときがきたら……先ほどはぐらかした話題と、今度こそ真っ正面から向かいあわなくてはならないのだろうか。

ジョシュアはわれにもなく不安になった。

11

どう考えても品位に欠ける行為だが、この際だ、誇りなどくそくらえ。

書斎にじっと立つ若者をするどいまなざしで射すくめながら、ジャレドはわざと猫なで声を出した。「毎日欠かさず報告するんだ、いいな？　奥さまが訪問した家も、店の名前も。それぞれの場所で過ごした時間も。単純な仕事だと思うが」

「はい、旦那さま」妻の御者が大きく息を吸いこみ、そわそわと身じろぎしながら何度もうなずいた。

「報酬はたんまりはずんでやるからな」主人の重々しい口調を聞けば、他言無用だと察しがつくはずだが、念には念を入れておこう。「言っておくが、わたしが妻を案じていることを、誰にも知られるなよ」

金品と沈黙。世界最古の組み合わせが、いまもすたれないのにはわけがある。使用人を下がらせたあと、ジャレドは書き物机から動かず、手にしたペンを指でせわしなく回しながら考えにふけった。

「お客さまがお見えです、旦那さま」

ぼんやりと眺めていた炉棚の花瓶から視線を引きはなし、戸口に目をやる。立っていたのは従僕のひとりだった。

「誰だ？」

「スタンフォード公爵閣下です」

ジョン・デインが、よりによっていま？　これは吉兆か、はたまた凶兆か？　ジャレドは動揺を禁じえなかった。悪評高い弟の結婚式直後だから、公爵がロンドンにいてもなんらふしぎはないのだが……。しばし迷ったのちに、不安よりも友情をとってジャレドはうなずいた。「わかった。通してくれ」

やがて現われた旧友を立ち上がって迎え、作法どおりに頭を下げる。以前なら手放しで再会を喜んだだろうが、あの決闘を境に、ふたりの関係はややぎこちないものになった。完全に縁が切れなかったのは、ひとえに互いに対する尊敬と好意のたまものだ。「会えてうれしいよ、スタンフォード。元気そうじゃないか」

褐色の髪ととのったおもものジョンは、弟をそのまま老けさせたようだった。もっとも、ジョシュア・デインの激情のかわりに、その双眸には静かな落ちつきがやどっている。「急にやってきて迷惑だったかな、ジャレド」

わざと爵位ではなく名前を呼んだのだと、ジャレドにはわかった。「とんでもない。さあ、かけてくれ。ブランデーはどうだ？」

「ありがとう」ジョンが机と向かいあわせの革椅子に座り、クリスタルのデカンタからグラスふたつにそそぎ分けられる琥珀色の液体に目をこらす。ジャレドは無言でグラスを渡したあと、自分の席に戻り、訪問客に問いかけの一瞥を投げた。

「遅きに失した表敬訪問、というやつだ」ジョンが弁解がましく言う。「社交場ですれちがったときに挨拶するだけのつきあいになって、もうずいぶんたつ。人生は長いが、無二の親友と呼べる相手にはそうそう恵まれないものだ。この際だから、両家のわだかまりを解いてみないか?」

ジャレドは眉をぴくりとさせ、ゆっくりと相手の言葉をくり返した。「この際?」

「ジョシュアが結婚したのは、聞いているだろう?」

嘘をついてもしかたない。「ああ、聞いたさ。結婚するかストレイトと決闘するかの二択だった、という話も聞いている。五年前と同じようにね」

痛烈なあてこすりを聞いて、ジョンのあごの筋肉がこわばった。「噂がひとり歩きしているようだが、結果として弟は美しい令嬢を娶ることができた。いずれはかわいい子どもが何人も生まれて、満ちたりた人生を送ることができるだろう。年々、家族が増えていくぼくらと同じように」

〝満ちたりた〟という言葉がひっかかった。ぼくは満ちたりているのか? そうは思えない。満ちたりた男は、使用人に金を払って妻を監視させたりしないだろう。「きみの弟と衝突しないか心配しているのなら、その必要はない。あの確執のあとも何度か顔を合わせたが、お互い礼儀正しくふるまったよ」

確執。おとなの男同士が命をかけて戦ったという事実に、なんとそぐわない言葉だろう。あの運命の朝が記憶によみがえると――いくら忘れようとしても、思い出さずにはいられなかった――かならず、ほかに道はなかったのかと考えてしまう。

いまでも、椅子から立ち上がろうとすると足がふらつき、杖をついて身を支えなくてはならない。ジョシュア・デインは無傷で決闘の場を去ったのに、自分はこうして死ぬまで不自由を強いられるのか、と恨めしくてならなかった。

「この数年、弟は国を離れていたし、きみは田舎の領地に引っこんでいたからな」ジョンが静かに指摘する。「だが、きみが社交シーズンのあいだロンドンで暮らすのなら、今後はもっと顔を合わせる機会が増えるだろう。終わったことはもう忘れて、歩みよったほうがいいと思わないか？　ロンドンじゅうが注目しているぞ」

そんなに簡単にいくものか。

「世間体を気にしているのか、きみは？」ジャレドはできるかぎり平然とした顔で、ブランデーを口に運んだ。

「ちがう」旧友がきっぱり答えた。「心を痛めているんだ。ずっと前から。ぼくにとってかけがえのない人たちが、とっくのむかしにけりのついた事件をめぐって対立を続けるのは悲しすぎる。きみはディードリーと結婚し、ジョシュアはチャリティ・シールと結婚した。すべては終わったんだ」

終わったのか？　ジャレド自身、そう願っていた。なのに、こわくてたまらなかった……いったい何を？

言葉で説明するのはむずかしい。

ジョシュア・デインの兄に知らせるべき話でもなかった。

「きみはむかしから仲裁役だったな、ジョン」グラスの中でかぐわしい酒を回転させ、つとめて自然にほほえみながら、ジャレドは言った。「ケンブリッジ時代、血の気の多い連中がいがみ合う場に割って入るのを、いったい何度見たことか」

「あのころは、お互い若かったな」用件を話しおえてようやく落ちついたのか、ジョンも表情をやわらげ、ブランデーグラスに口をつけた。「それが妻を娶り、家庭を築き、爵位を継いで……こんなに分別くさいおとなになるなんて、誰に想像できただろう？」

「まったくだ」ジョンと美貌の奥方が、はた目にもわかるほど仲むつまじいのに対し、ジャレドは妻をじっと見はっている。いつかはこの手を離れ、遠くへ飛び去ってしまうのではないかと疑っている。

「ブリストルで一週間過ごしたのを覚えているか？」ジョンがにやりと笑いながら目くばせした。

彼の言うとおりだ。いろいろあっても、腹心の友というのは一生の宝にほかならない。

ジャレドは苦笑した。「ぼんやりとしか覚えていないよ。三日間もひどい頭痛に悩まされたんだから。あの安物のジンときたら……思い出すだけで身ぶるいがする」

「いま思うと、お互いに幸運だったたな。あのまま強盗団やたちの悪い売春婦につかまって、すすけた裏通りで朽ち果ててもおかしくなかった」

「つかまったのを、覚えていないだけかもしれないぞ」

ジョンが笑った。「するどい指摘だ」

「ところで、娘が生まれたそうじゃないか」ジャレドはまだ、過去のいさかいを忘れ、高潔なスタンフォード公爵と親交をよみがえらせることをためらっていた。だが、ジョンとは若いころさんざん酒をくみかわし、気のおけない会話と、ときには女性をも分かちあった仲だ。それに、軋轢《あつれき》にはほとほと疲れていた。

妻のジョシュア・デインに対する未練を気にせずにいられるほどに？　確信はなかった。確信できるのは、ジョンがジョシュアを弁護するために来たわけではない、ということだ。そこまでおせっかいな性分ではないし、弁護が目的なら、ずっと前にそうしていただろう。

「そうなんだ」ジョンが父親らしく顔をかがやかせた。「エリザベス・クリスティーンと名づけたよ。もしかすると、母親より美人になるかもしれない。そんなことが可能なら、だが」

「うちにも娘がふたりいるから、言いたいことはわかるよ」

「ゲイブリエルはどうしている？」

「元気だ」ジャレドは間髪入れずに答えた。いつの間にか、ブランデーグラスがからになっていた。酒びたりだった大学時代とはうらはらに、近ごろはあまり酒を飲まない。ジョンとひさしぶりに会って、調子が乱れたのだろうか。「知りたがりで、頑固なところもある。息子とはみんな、そんなものらしいね」

「それを聞いて安心した。確か……ハリーのひとつ下だったかな？　どうか近いうちに、ディードリーと子どもを連れて、スタンフォード館へ遊びにきてくれ。きっと息子同士仲よくなって、領地を駆けまわるだろうよ」

弟を苦しめた女性と、その原因を作った男に、オリーブの枝をさし出して和平をもちかけるというのか。ジャレドもまた、無罪ではないというのに……。ためらったすえにジャレドはうなずいた。「喜んで、うかがわせてもらうよ」

「よかった。さっそく招待状を出そう」ジョンがブランデーを飲みほして立ち上がり、気さくな笑みを投げた。「ちょうど、ロンドンでの用事を終えて、すぐにでもハンプシャーへ戻ろうというところだったんだ。妻が恋しくてね」

最後の短いひと言に、どれほどの意味が詰まっていることか。

ジャレドも妻が恋しかった。同じ屋根の下で生活しているのに……。「奥方に、よろしく伝えておいてくれ」

「あなたの旦那さまは、なかなか太っ腹ね」母は見るからにうれしそうだった。「てっきり、あなたをそそのかして破廉恥なふるまいにおよんだのではないかと疑っていたけれど、考えをあらためるわ」

チャリティは夫を擁護しようと口を開きかけたが、思いとどまった。どうやら父は、ひとり娘がどしゃ降りの雨をついてエミリーの兄を訪ねたほんとうの理由を、母に明かさなかったらしい。母に悪意がないのはわかっているが、その友人のなかには、他人を引きずり下ろすことに血道をあげる人間がたくさんいる。真実はひと握りの当事者のあいだだけで共有し、世間には好き勝手に噂させておいたほうが、むしろ好都合だ。ジョシュア・デインが伯爵令嬢を誘惑した、と。

そして結婚した、と。

四方がまるく治まって、めでたしめでたし。そうなってくれればいいけれど……。

母のおしゃべりは続いた。「あれだけ見た目がよくてお金持ちなら、たいていの欠点は見すごせるというものよ。しかも、ちゃんとあなたと結婚したんですからね。スタンフォード公爵家と親戚になれたというのも、わたしたちにとって大きな収穫だわ。すねに傷もつ身だとはいっても、ジョシュアはいい選択よ、チャリティ。レディ・カールトンなんて、ジョシュアが覚悟を決められるはずがないって、わたしに賭けを挑んできたのよ。あの人からお金をまき上げて、どれだけ胸がせいせいしたことか」

上品な貴婦人がたが——もちろん母もそこにふくまれる——、わたしの将来をめぐって賭けをしていたですって？　なんとも腹立たしい話だ。母にしつこく誘われたからといって、いっしょに仕立屋になど来るのではなかったと、チャリティはこの日何回めかの後悔にかられた。うっかり承諾してしまったのは、どちらかといえば長年の習慣によるものだ。結婚して、両親の束縛からようやく解放されたというのに、手に入れた自由をまだうまく使いこなせずにいる。

妻が昼間何をしようとジョシュアが気にもかけないので、チャリティは文字どおりの意味で〝自由〟だった。それどころか、夜も大部分はひとりきりで過ごしていた。この一週間、いくつかの社交行事に出席したが、ジョシュアは会場に着くとすぐにそばを離れてしまうのだった。求婚者だの付添人の目だのにわずらわされず、好きな相手とダンスできるのはありがたかったが、夫がもう少しだけ配慮してくれたら、もっと楽しかったにちがいない。

けれど、寝室に足を踏み入れたとたん、ジョシュアは全神経をチャリティにそそぎこむ。ベッドで示される、熱心でこまやかな配慮の数々を思い出すだけで、チャリティの体は熱くなった。

「お母さまのおこづかいを増やす手助けができて、よかったわ」チャリティはそっけなく返事した。「ジョシュア卿が公爵位の第一位継承者なら、もっとよかったけれど、お兄さまの家にはもう跡継ぎの子が生まれてしまったものね」

「そうね、男の子を作るなんて、公爵は無神経だわ」

皮肉られたことに、母は気づかなかったらしい。自宅へ戻る馬車の中、チャリティと向かいあった席から、ひらひらと手をふってみせる。「これはばかりは、しかたないわよ」

「ええ、そうね」チャリティは懸命にほろ苦い笑いを噛みころした。

「オードラが、あなたの結婚祝いにささやかなパーティを催したいそうよ。あまり派手にせず、晩餐をして、なんなら、あの子が前に夜会を開いたとき演奏してもらった弦楽の四重奏団《カルテット》も呼んで」母が言葉を切って眉をくもらせる。「ただ、あの子が心配しているのはね、あなたの旦那さまがあまり喜ばないんじゃないかっていうこと。だから先にあなたの意見を聞きたいんですって。どうかしら？　反対されそう？」

「わからないわ」チャリティは正直に答えた。「わたしたち、お互いのことをよく知らないんですもの」

「ばかを言わないで。子どものころから知っているじゃないの」

「お母さまったら」またしても、こちらの忍耐心が試されそうだ。「ジョシュアはわたしと十歳近くも年が離れてるのよ。若い男の人が、小さな子どもに注意をはらうと思う？それにあの人、この五年間はずっと外国にいたじゃないの」

説明しながら、ハンプシャーでの思い出がチャリティの脳裏によみがえった。たまたま通りかかったジョシュアが、ひとつまちがえば大けがを負っていたかもしれない自分に救いの手をさしのべてくれたあの日を、忘れられるはずがない。あれ以来ジョシュアは、白馬の騎士としてチャリティの心から離れなくなってしまった。

あたりにただよう干草の匂い。馬房から糞《ふん》をかき出したり、馬具を磨いたりと、忙しく立ちはたらく厩番の若者たち。そのなかのひとりが、チャリティが乗る子馬《ポニー》に鞍《くら》をつけて厩舎から引き出してきた。おりしもジョシュアは朝の乗馬から戻ったところだった。ひらりと身をひるがえして愛馬から降り、駆けよってきた馬丁に手綱を投げる姿の、なんと大きく見えたことか。その印象は、馬への恐怖心と同じくジョシュアにはお見通しだったらしい。すぐさましゃがんで目の高さを合わせ、何か困ったことでもあるのかと問いかけてくれたのは、そのためだろう。

あのときのジョシュアはとことんやさしくて辛抱づよく、何よりも、馬をこわがるなんて恥ずかしいというチャリティの気持ちを理解してくれた。いやしくも英国淑女たるもの、物心がつくと同時に乗馬を身につけるべし……チャリティはかねてからそう聞かされてきた。

あのときの繊細な青年は、いまでもジョシュアのどこかに残っているのだろうか、とチャリティはいぶかしんだ。ベッドでの彼は、このうえなくやさしく情熱的だが、それはあくまでも快楽に関してのことだ。いままでかかわりをもった女性すべてに、そう接してきたにちがいない。

そう、肉体に限って言えば、わたしたちはお互いを深く知りつつある。でも、それだけだ。もう少し母がものわかりのよい人だったら、夫婦が近づいていく過程について質問したいところだったが、とうてい無理そうだった。チャリティにとってもあまりに個人的で、人に知られたくない問題だったから。

「ジョシュア卿だって、あなたが大きくなってからは目をとめたはずよ。あたりまえだわ」母が軽くあしらった。「相手をよく知らないといったって、夫婦になったんですもの、これからは変わっていくわよ。お互いに慣れていくの。あなたのお父さまとわたしだって、結婚した当時はほとんど接点がなかったのよ」

チャリティの知るかぎり、ふたりにはいまでもほとんど接点がない。軽薄で自己中心的な母と、父の性格は正反対だ。でも、だからこそうまくいくのかもしれない。父に忍耐心が欠けていたら、いさかいの絶えない夫婦になったことだろう。

「きっと、そうなんでしょうね」チャリティはつぶやいた。

シール家の前で母を降ろし、帰宅するとほっとした。屋敷に入るとすぐ、ブッシュネルが出迎えて買い物の袋を受けとった。「二階にお運びします、奥さま」

自分で運べない量ではなかったが、礼節が服を着たような執事と争っても勝ち目がないのはわかっていた。「ありがとう」

ブッシュネルが、王族もかくやという優雅さで頭を下げた。薄くなった白髪をきちんとなでつけ、クラヴァットの結びかたには一分の隙もない。「奥さまあてに小包がひとつ届きましたので、居間に置かせていただきました。勝手ながら、お帰りになったらお茶を召し上がりたいのではないかと存じまして、そちらの用意もしておきました。食器とお菓子の手押し車《カート》はお部屋に運び入れるばかりですし、お湯も沸かしてございます。よろしければ、すぐにでもお持ちいたしましょう」

なんともありがたい申し出だった。きょうはどんよりと曇って寒かったし、仕立屋で人形のように長いこと立たされ、いつ終わるともしれないデザインの相談だの生地選びだのに追われて、ほとほと疲れはてていたのだ。「ありがとう、うれしいわ」チャリティは心からほほえんだ。有能きわまる執事を知るにつれ、前ほど萎縮しなくなっていた。この家の女主人としてふるまおうというこころみは、ひとまず丁重に迎えられているとはいえ、この屋敷に改良すべき点などひとつも見あたらないというのが実情だった。なにしろブッシュネルは公爵領で屋敷を切り盛りしていたほどの逸材だ。この屋敷も実質上は彼が管理しており、使用人はみなブッシュネルを畏《おそ》れうやまっていた。チャリティ自身、まだ経験不足で迷いがちなので、おおむねブッシュネルの意見に従うことにしていた。

居間の内装は――憶測にすぎないが――以前の所有者によるものらしく、チャリティの寝室と同じ、女性らしいふんわりとした雰囲気にまとめられていた。優美なカートに歩みよったチャリティは、銀の盆からエクレアをひとつ取りながら、ジョシュアはこの屋敷にどれくらい費用をかけたのだろう、と考えた。チャリティの衣料費を知ったときの母の喜びようは、夫の財政状況を物語っている。父も裕福な貴族だが、ジョシュアがチャリティの衣類をそろえるために用意した金額は、それをはるかに上回ったのだろう。

ジョシュアにまつわるもうひとつの謎だ。名だたる公爵家の息子とはいえ、跡継ぎでもない次男がそれほどの資産に恵まれることはめったにない。

ぴかぴかのテーブルの上に、言われたとおり箱が乗っていた。まっさらの四角い箱で、チャリティの名前が、ほとんど判読できないほど乱雑な字で記してある。好奇心にかられたチャリティは、菓子を皿に置いて指をナプキンで拭き、包みを手にとった。空っぽではないかと疑う軽さ。リボンをほどき、蓋を開けてまず気づいたのは、かすかなかび臭さだった。鼻をつくほどではないものの、確かに匂う。

紙包みを開くと、匂いの理由がわかったが、いったい誰がなぜこんな贈り物をよこしたのかと、考えこまずにいられなかった。

そもそも、これを〝贈り物〟と呼べるのかしら……チャリティは枯れ葉のかけらに人さし指でふれた。生花ならともかく、枯れた花を贈るなんて聞いたことがない。箱の中の薔薇は完全に枯れてこそいないものの、長いあいだ放置されていたらしく、花びらはしおれ、葉はいまにも砕けそうなほどもろかった。ぱさぱさに乾いた花束を、わざわざ真っ白なサテンの台に乗せて送ってよこしたのだ。

なんて趣味の悪い冗談だろう。

妻が帰宅しているのはまちがいない。

書斎は、廊下を挟んで居間の向かい側にあるので、ブッシュネルの話し声と——年を取って耳が遠くなった執事は、やや声が大きい——と、それに答えるチャリティの歌うように抑揚豊かな声がはっきり聞こえていた。

ジョシュアはペンをかたわらに置いて立ち上がりかけ、また座ってペンをとり直した。

いつの間に、ぼくの家——いや、ぼくの家ではない。所有者が誰であれ、ここはふたりの家だ——を出入りする人の動きを、こんなに気にかけるようになったのか？　われながら妙な感じだった。

別に、妻のところへ行く必要はない。お茶を飲みたいなら、ベルを鳴らして運ばせればいいだけのことだ。

だが逆に、妻のところへ行っていけないという道理もない。

いまのところチャリティは、日中どんなにそっけなくされても文句を言わない。こちらの意図どおりの生活が手に入ったことが、なぜこんなにしゃくにさわるのだろう？　喜べばいいのに、気づけばジョシュアはそわそわしていた。

扉をノックする音が聞こえた。入ってくるよう声をかけると、ブッシュネルが戸口に顔を覗かせた。「奥さまが居間にいらっしゃいます」

「そうなのか？」ジョシュアは老執事の表情をうかがったが、その胸中は測れなかった。

「つい先ほど、お茶をお持ちしたところでございます。旦那さまもごいっしょされたいのでは、と存じまして」

何が手ごわいといって、自分を赤ん坊のころから知っている人間ほど手ごわいものはない。このうえなく丁重に、けれどゆるぎない口調での提案。これはまちがいなく命令だ。ジョシュアは突然、八歳の子どもに戻ったような気がした。

〝玄関広間を走っておいでなのは、わざとではありませんね、ジョシュアさま〟

チャリティへの冷たいあしらいをやんわりと非難されたことに、いら立ちとおかしみを感じながら、ジョシュアはにこやかに答えた。「さっき、妻が帰ってきた物音が聞こえたような気がしてね。顔を出そうかと思っていたところだ」真実ではないが、まるきり嘘でもない。「すぐに行くよ、ブッシュネル」

「それはよろしゅうございました」老執事がどこか満足げに一礼し、立ち去った。

数十秒後、ジョシュアが居間へ入っていくと、チャリティはダマスク織をかけた長椅子にかけてむずかしい顔をしていた。シニョンからこぼれたやわらかな巻毛が、優美なうなじにたゆたっている。白地に小花模様を散らしたモスリンの瀟灑《しょうしゃ》なデイドレス姿で、いきいきと若々しく見えた。夫が入ってきたのに気づくと目をまるくし、まるで幽霊でも見たような顔になった。

確かに、いつもは日中の大半を留守にしているからな……ジョシュアは納得した。「これからお茶にするところかな。同席してもかまわないか？」

「え……ええ、もちろん」

向かいあった椅子に座り、ブーツの足首を交差させてから、ジョシュアは相手を凝視した。妻と何を話していいかわからないことに、ふと気づいて愕然とする。これまで、女性との会話で言葉に詰まったことなど一度もないのに。だが、情事を前提とした言葉遊びと、生活をともにする伴侶との会話とでは天と地ほどもちがう。「昼はずっと、仕立屋にいたのかな」

「ええ、母とふたりで」チャリティが顔をしかめた。「親不孝な娘だと思われたくはないけれど、長時間あの人といっしょにいると、とても気疲れするの」

義母をふくめ、上流社会によくいる浅薄な既婚婦人《マトロン》たちを、疫病のごとく避けてきたジョシュアは、明答を避けた。折よく女中が、湯気のたつティーポットを運んできたので、それ以上答えをとりつくろう必要はなかった。

女中が退出したあと、ジョシュアはお茶をついでくれるチャリティをじっと観察した。ごく単純な日常動作なのに、ベッドで抱きあいお互いの裸を知ったいまは、どこか親密に感じるからふしぎなものだ。カップをさし出すチャリティの顔に、無防備なかわいらしい笑みが浮かんでいる。

受けとるひょうしに手がふれあったので、ジョシュアは声なく毒づいた。これだから、チャリティを避けてきたのだ。生まれてからいったい何千杯、紅茶を飲んできたかわからないが、妻とふたりきり、居間で飲むお茶は初めてだった。

にわかに、結婚したという実感が襲ってきた。

いままではその事実を、あきらめ半分でたんたんと受けとめてきた。ほかに方法がないだろう？　特に不自由もなかった。自分は自分の、チャリティはチャリティの生活を送る。これで夫婦円満だ。

〝どうせ、形ばかりの女主人だ。そういうふうに扱えばいい〟

だが、チャリティはちがった。そして自分の接しかたも、思惑どおりとはならなかった。

「そのドレスを着ていると、教区牧師の娘のように見えるな。清楚で、純潔で」ジョシュアはぐっと声を低めて話しかけ、手にしたきゃしゃなカップのふちごしに妻を見た。「いまのきみはちがうのに……。マダム・ベネーが、もっと合うデザインを提案してくれたことを祈るばかりだ。ぼくが同行したほうがよかったかもしれない」

声の変化に気づいたのだろう、チャリティが目を見ひらいた。「あなたは興味がないとばかり思っていたから」

「きみの魅力があまさず活かされるかどうかに？」ジョシュアはほほえんだ。これまで多くの女性を射とめてきた笑みだ。「その逆《オー・コントレー》だよ、かわいい人。きみの財産を何度もほめたのを、聞いただろう？　あんなに美しいふくらみを、子どもっぽいレースで隠すべきじゃない」

胸のことを言われて、チャリティの頬が上気し、手にした茶碗がわずかに音をたてた。

「マダムの話だと、もう少し既婚女性にふさわしい服ができあがってくるみたいよ」

「よかった。せっかく金を払うのだから、こちらの満足がいく仕上がりでないと」ジョシュアは椅子に深くもたれ、いかにも男性らしいのんきな顔をしてみせた。態度の変化がチャリティをとまどわせるのはわかっていたが、本格的なお茶のテーブルで、家の問題を話しあうよりは、思わせぶりな軽口をたたいたほうがはるかに楽だった。

「あなたの気前がよすぎるのよ。母が大喜びで散財してしまったわ。もう少し、わたしが気をつければよかった」チャリティの声が沈んだ。

別に金を惜しむつもりはない。ジョシュアは無造作に肩をすくめてみせた。「気にしなくていいさ」

詫び金。

そう呼ぶべきかもしれない。金に糸目をつけずに服を買いあたえ、それ以外の面で妻を軽んじている負い目を、少しでもやわらげたいのだ。

「ただ、まさか……」チャリティが言いよどんだ。困りはてた顔のかわいらしさに、あまり近寄らずにおこうというジョシュアの決意は揺らいだ。

「まさか、どうした？」


夫の自信と経験を、少しでも分けてもらえたらいいのに。

優雅にゆったりと椅子におさまったジョシュアは、家で過ごす日中にふさわしいくだけた服装だった。波打つ褐色の髪にくっきりと映える純白のシャツが、肩幅の広さを意識させる。長い脚を包みこむ黒のズボン、美しい模様の敷物を踏みしめる、磨きこんだブーツ。

いまの質問に、どう答えればいいだろう？

悩んだすえに、チャリティはずばり訊ねた。「枯れた花をわざわざ送りつけるのは、どういう意味かしら？」

茶碗を口へもっていきかけた夫が、ぴたりと動きを止めた。繊細な磁器が、大きな手の中でひどくちっぽけに、もろく見えた。

「いったい、なんの話だ？」

体と体がどれほど濃密に結びついても、わたしたちは通りすがりの他人とさほど変わらない。夫から山のような贈り物を受けとることへの心苦しさを、チャリティはうまく口に出せずにいた。もともと彼が望んだ結婚ではないのに……。迷っている最中に、テーブルに乗せたままのぶきみな贈り物が目に入ったので、とっさに話題を変えたのだ。

「そこに」箱を指さして言う。「しおれた薔薇の花が入っていたの。送り主の名前はなかったわ」

「見せてくれ」ジョシュアが身をのり出して箱を手にとる。蓋を開けて中身を見るなり、その眉がひそめられた。「女性への賛辞としては、ずいぶん風変わりだな」

「わたしも、そう思ったの」手にした茶碗が受け皿の上でかたかたと揺れるのが、内心なさけなかった。

「ぼくの憶測を言ってみようか。おそらくどこかの崇拝者が、きみに贈るつもりで花を買ったものの、渡す機会を逸したんだ。きみが結婚したいまになって、匿名で贈る勇気をふるい起こしたんだろう」

「そうかもしれないわね」

「まれにだが、ありうる話だ」夫が浮かべた笑みは、少年っぽさとおとなの洗練をかねそなえていて、たまらなく魅力的だった。「ところで、きみの今夜の予定は？」

あまりにも無造作な言いかたなので、チャリティは一瞬むっとした。「家で過ごすつもりだけれど。あなたは?」

夫にそう問いかけるのは初めてだった。いままではその勇気がなかったのだ。

「まだ決めていなくてね」ジョシュアが茶碗を置き、すっと立ち上がる。「あとで会おう。では、失礼するよ」

なんとも謎めいた約束だ。出ていく夫の背中を、チャリティは黙って見まもった。たった十五分、夫とお茶を飲んだ。大成功ととらえるべきか、それとも惨敗か?

チャリティはむっつりと、お茶のおかわりをついだ。

12

「隣にいてね、お願いだから」エミリーが腕をつかんで小声で言った。「あ……あれ以来、初めてなのよ、あの人に会うの」

大広間にはたくさんの客がひしめきあっていたので、最初チャリティには、親友がなぜあわてだしたのかわからなかったが、あたりを見まわすと、ほんの数歩先に立つキューサック伯爵が視界に入った。薄く開けたまぶた、不穏なおもも ち。袖口のレースを、さものんびりと直しているが、こちらに向けるまなざしに、のんびりしたところなどひとつもなかった。

まるで悪意のかたまりだ。

「ジョシュアは確か遊戯室よ。ちょっと前にあそこで見かけたわ」もう少し自信ありげな声を出せればいいのに、とチャリティは思った。今日も夫に言われるまま、別々の馬車でここまで来た。結婚して数週間、ふたりの暮らしには一定の型が生まれつつある。けっして好ましいわけではなかったが、どうやって変えればいいのか、チャリティにはわからなかった。ジョシュアは夜ごと情熱的な恋人になるが、閉ざされた寝室以外で会うときは丁重でよそよそしく、そもそも家にほとんどいなかった。

じれったいにもほどがある。やっかいなのは、ジョシュアの気持ちを変えさせる方法をまったく思いつかないことだった。

「よかった」エミリーがつぶやいた。今夜はエメラルド色の絹をまとい、豊かな褐色の髪に真珠をちりばめている。「兄が近くにいたら、伯爵は喧嘩腰になって、もっと話がこじれるでしょうから。いつこのときがくるのかって、びくびくしていたのよ」

一度は結婚寸前まで行った相手を避けてまわる親友の気持ちも、わからないではなかった。とはいえ、今夜は逃げられそうにない。キューサック伯爵はすぐ目の前まで忍びよっている。のほほんとした表情がうわべだけなのは、注意して見ればすぐにわかった。ひきつった口もとが、屈託なさげなたたずまいを裏切っている。

「レディ・エミリー、さきほどワルツを踊る約束をしてくださいましたね」

思いがけない方角から声がしたので、キューサック伯爵の動きをかたずを呑んで見つめていたチャリティは、はっとふり返った。ハンドマーク男爵家の末息子が、純朴そうな青い目をきらきらさせながら義妹の手をとったところだった。チャリティ自身、過去に何度か踊ったことがあり、陽気かつ謙虚な青年だと知っていたので、エミリーが優雅に相手の手をとり、誘いを受け入れたのを見てもおどろかなかった。ほどなく、ふたりはダンスフロアへと去っていった。

おどろいたことに、エミリーが去ったあとも、もと求婚者はその場を動かなかった。

チャリティに軽く一礼したあと、キューサック伯爵が口を開く。「近ごろデインと結婚したそうだね。心からの祝福を、受けとっていただけるかな？」

駆落ち未遂のあと、ジョシュアはどうやって伯爵を口止めしたのだろう？　チャリティは慎重に相手を見つめかえした。夫がなんらかの脅しをもちいたのは確かなので、伯爵のそつのない社交辞令は、逆に場ちがいに思えた。「ありがとうございます」

オーケストラがもう一曲、ワルツを奏ではじめた。音楽に負けじとおしゃべりの声が大きくなる。空気中にはこぼれたシャンパンと香水の匂いがたちこめていた。騒ぎにまぎれて、さっきと同じ愛想のいい声でキューサック伯爵が言った。「きみのしわざだろう。わかっているんだ」

なんと答えていいかわからず、チャリティは相手をまじまじと見た。「なんですって？」

「失敗に終わった駆落ちの当日、エミリーはきみに書付けを送った。誰にも口外するなと、あれほど言ったのに」いやらしい作り笑いが返ってきた。「ちょっと考えればわかるさ。きみは大急ぎでジョシュア卿のところへ書付けを持っていって、ぼくらのあとを追ってほしいと頼んだ、そうだね？　ところが、夜更けに男の家を訪ねたことが噂になってしまった」

スキャンダルに巻きこまれ、騒ぎをおさめるために結婚し、新しい生活を始めるまでの過程があまりにもめまぐるしかったので、伯爵にこうもやすやすと真実を見ぬかれるとは、想像もしなかった。知られたことよりも問題なのは、伯爵がその気になればエミリーの評判を地の底まで落とすことができるという事実だ。

「わたしは」チャリティはせいいっぱいとりすまして答えた。「親友のために最善と思うことをしただけですわ」

「ほう。いままでも？」キューサック伯爵がしたたるような悪意をこめてにらみつけた。

「つまりだ、奥方さま、きみにとっても最善の策だったのか？」

伯爵がきびすを返して歩み去ったあと、チャリティは口を開けたまま立ちつくした。動揺すべきなのかどうか、決めかねていた。

いまのは、脅迫かしら？

いいえ、ちがうわ。人ごみをかき分けて遠ざかる背中を眺めながら、のろのろと自分に言いきかせる。あれは、わたしの結婚についての話だ。この数週間、たくさんの人々から祝福されたが、彼らの大半は伯爵と同じで、こちらの思惑をさりげなくうかがっていた。世間じゅうが、悪名高いジョシュア・デインとの結婚によって何が起こるか、知りたがっているのだ。

いちばん知りたいのは、わたし自身なのに。

「うら若い奥方は、今夜はまた格段にきれいじゃないか、ジョシュア」リアムに声をかけられたとき、ジョシュアはテラスに通じる戸口のわきに立っていた。王宮もかくやという大きな広間なのに、あふれかえる人のせいで空気はよどみきっており、ここにいるとかろうじて涼しい風が入ってくる。「たったいまサー・ギデオンと踊っているのを見たが、光りかがやくようだった。あの爺《じい》さん、でれでれだよ」

興味のないふりをして肩をすくめつつも、ジョシュアの視線は瞬時にダンスフロアへ飛んだ。最新流行のワルツ曲にあわせてくるくると回る踊り手たちのなかに、黄金の絹をまとったきゃしゃな姿があった。でっぷり太ったパートナーのぎこちなさをものともしない、優雅な身のこなしだ。「確かに、あの色はよく似合うな」

金色はジョシュアの提案だった。チャリティから仕立屋の予約を入れたと聞いたとき、先方に書付けを届け、追加でもう一着、希有な瞳と同じ色のドレスを注文したのだ。二十七年生きてきて、女性の服を考えるのは初めての体験だったので、完成したドレスが届いたときのおどろきは、チャリティにひけをとらなかった。これまでは、つきあった相手のいでたちになど目がいかなかった。基本的に、着ているところを見るより脱がせるほうが好きだったから。

チャリティとの関係も、妻と夫というより情人のそれに近い。

望まぬ結婚の着地点としては、申し分ないと思われた。

「異論なしだ」リアムがシャンパンを口に運び、にやりとする。「聞かせてくれ。独身をあきらめたいま、どうやって自分と折り合いをつけている？」

「折り合いをつける必要があるか？　チャリティは、ぼくが流儀を変えるつもりがないのを知っている。いや、変える必要がないということをわきまえているんだ。最初にはっきり伝えたからね」

「じゃあ、やはり奥方をバークシャーにやるのか？」壁に肩をもたせたリアムが、遠慮なく訊ねる。無理もない。ジョシュア以上に結婚願望のない男、それがリアムだから。「それとも、ロンドンでいっしょに暮らしても問題ないほど、奥方はきみの冷淡さを受け入れているのか？　確かに、きみが一曲もダンスにつきあわなくても、楽しそうに過ごしてはいるが。あるいは、本心をじょうずに隠しているのかな」

グラスを口に運ぼうとしていたジョシュアは、ぎょっとして凍りついた。リアムの言うとおり、バークシャーには小さな領地があるが、狩猟や釣りに出向くとき以外は使っていない。「ぼくが妻と踊るか踊らないかに、いちいち目を光らせる人間がどこにいる？　きみだってそうだろう？」

「いや、誰もが目を光らせているよ」リアムがさらりと言う。「自分の結婚が社交界には見向きもされないなんて、卑下してはいけない。きみがどこにでもいる偽善者で、ありふれた結婚をしたのなら、パーティで妻を放ったらかしても、みんなさほど気にとめないだろう。だが、きみは女性をめぐってワイルハースト侯爵と争い、相手を杖なしでは歩けない体にした男だ。情事が明るみに出るたび、ゴシップ好きの連中は大はしゃぎする。そういう男が伯爵令嬢を誘惑して、結婚に追いこまれ……」

「ごていねいにありがとう。ぼくの武勇伝は、それくらいで十分だ」ジョシュアはぶっきらぼうにさえぎった。「わざわざこんな話をして意味があるか？　きみらしくないぞ」

「逆説的だが、きみの言うとおりだ」リアムがすました顔で言った。「ぼく自身、夢見がちな花嫁の心情など気にするたちではないんだが、長年の友情に免じて、ひとつだけ確かめさせてくれ。きみは相手の品位を守るために結婚した、そうだろう？」

チャリティと結婚したのは、どちらかといえば自分の肉親との関係をこわさないためだったが、確かに、チャリティを悪評から守るという目的もそこにふくまれる。だから、ジョシュアは無言で通した。

「りっぱなふるまいだと思うよ。放蕩同盟の一員とは思えないほど」リアムがうっすらとほほえんだ。

「きみが自分だけの保身に走るような男でないのは、よくわかっているさ。だが、忘れないでくれ。これからは自分の一挙一動が彼女に影響をおよぼすんだ。レディ・チャリティと結婚までしたのに、いまのようなふるまいを続けたら、せっかくはらった犠牲が無駄になってしまう。妻に関心がないと、世間に白状しているようなものだからね」

〝犠牲〟という言いかたはチャリティへの侮辱だ。ジョシュアはなぜか義憤にかられていた。チャリティは聡明で美しい。それに気づかない男は愚か者だ。

いや、ぼくはそれをこそ恐れていたんじゃないか？

気づきすぎてしまうことを。

リアムが話を続けた。「やっぱり、世間のほとぼりが冷めるまでバークシャーに住まわせたほうがいいかもしれないな。このまま奥方を避けつづけるのは、人前で侮辱するのと同じだから」

チャリティを避けてなどいるものか。少なくとも夜のとばりが下り、ふたりが二階の寝室に引き上げたあとは……。だが、それを主張しろというのか？　自分は妻の肉体をぞんぶんに楽しんでいるから、人前でよそよそしくふるまうからといって、彼女の笑顔や気品、知性に気づかないわけではない、と？

そう、自分は気づいている。彼女の魅力すべてに。

だからこそ、昼間チャリティと顔を合わせるのが気まずいのだ。廊下ですれちがったときの恥ずかしげな会釈、兄がハンプシャーに戻る前、ロンドンのスタンフォード屋敷で開かれた晩餐会。家の切り盛りに関して迷ったとき、あるいは食事の献立決めや招待状の山と奮闘するときに見せる、女主人という役割に早くなじもうというひたむきな姿。

忘れようにも忘れられない、あのぎこちないお茶会。

「ぼくは、そんな……」ジョシュアは言葉に詰まった。抗議しようにも、なんと言えばいいいのかわからなかった。

リアムが漆黒の眉をつり上げ、ひやかすようにほほえんだ。「なんだろう？」

「ゴシップは耳に入れないようにしてきたんだ。理由はわかるだろう？　だから、そんなことが問題にされているとは想像もつかなかった」

「そんなところだろうと思ったよ。人はとかく自分のことに無頓着になりがちだし、ここ五年のきみはゴシップと無縁だったからね。だが、レディ・ジョシュア・デインの白い肌は、そうそうぶ厚くないだろうな」

「まるで口うるさい年寄りだな、きみは」通りかかった召使いにからのグラスを渡しながら、ジョシュアは言った。

「なんでも好きなように言えばいいさ」リアムは動じなかった。「新妻にめろめろのところを見せろとまでは言わないよ。だが、自由を犠牲にしてまで結婚に踏み切ったんだから、すべてが無に帰してはもったいない。それに、ぼくはきみの奥方が好きなんだ」

またあの言葉、〝犠牲〟だ。いいかげんにしてくれ。

「妻が好ましいか好ましくないかまで、意見を聞かせてほしいと言ったか？」口がすべるとはこのことだ。考えるより先に、言葉が飛び出してしまった。

嫉妬しているのか？　いや、そんなはずがない。自分がチャリティと距離をおくのは理由あってのことだし、リアムが彼女に魅力を感じようがなんの問題もない。がみがみ説教されたから腹が立った、それだけだ。

「結婚式で正式に紹介してくれたじゃないか。忘れたのか？」リアムはいつものやわらかなものごしをとり戻したようだ。「それに、きみとちがって、ワルツも何曲か相手してもらった。花嫁姿も実にきれいだったな」

世間にあれこれ言われるのは平気だが、親友にまで叱られるとは。ぼくがチャリティを侮辱している？　もしそうだとしても、わざとではない。自衛のためにやむをえずこうなっただけだ。

そう、ぼくたち双方を守るためだ。必死で自分に言いきかせたが、われながら嘘くさく感じられた。

低く呪詛《じゅそ》をつぶやきながら歩み去ると、背後からリアムのふくみ笑いが聞こえた。ちょうど音楽が終わったところだったのをさいわいと、ジョシュアはダンスフロアに踏みこんだ。汗だくの顔に下卑た笑いを浮かべていたサー・ギデオンが、ジョシュアに気づくなり警戒心をあらわにする。どんな言いわけを口にしたのかは、離れていて聞こえなかったが、でっぷり肥えた准男爵が、こっけいなほどそそくさとその場を去ったあと、残されたチャリティがこちらを向き、人ごみをかき分けて進むジョシュアに気づいておどろいた顔になった。

息をのむほど美しいトパーズ色の瞳で、こちらをじっと見つめる。

そして、ほほえんだ。くそっ。強烈な衝撃に、ジョシュアはあやうく棒立ちになりかけた。毎夜、寝室をおとずれるジョシュアを迎えるときに彼女が浮かべる笑みとそっくりだ。熱くほてるしなやかな体を抱きしめたときの心地よさ、ひとつになったときに耳もとをくすぐる色っぽい吐息が、たちまち意識を埋めつくした。

　彼女の目の前で立ち止まったジョシュアは無言で手をさし出した。なんとまあ、占有欲の強い夫めいたふるまいじゃないか。ロンドンじゅうの人間が、ふたりの結婚生活に目を光らせているとしても、本来なら知ったことではなかった。自分は噂など気にしない。だが、チャリティはまだ若い。それに、リアムの言葉はいまいましかったが、ジョシュアもまた彼女を好きだと気づきつつあった。ぼくが過去を引きずっているからといって、彼女にまで苦しませるのは不当というものだ。

　ときどきダンスに誘ったくらいで死ぬわけじゃない、そうだろう？

　チャリティが黙ってジョシュアの手をとり、引きよせられるままに寄りそう。ほどなく次の曲が始まり、ふたりは踊り手のうずに溶けこんだ。肩に軽く添えられた指の感触が、思いがけない官能をもたらし、これほどの人ごみの中なのにジョシュアはたかぶりかけていた。これがあるから、寝室以外では頑としてチャリティを避けてきたのかもしれない。

　チャリティがほしい。

　好きだと思う。

ふたつの感情をあわせもつのは危険かもしれない。だが、いま考えるのはやめておこう。顔をあおむけてこちらを見あげるチャリティは、ほんのり頬を上気させていた。さりげないアップにまとめたつややかな髪。この美しい髪には装飾品なんて必要ないんだ……またしてもジョシュアは放心しかけた。考えてみると、情欲と友情との両立は、結婚生活においてさほど悪くない組み合わせなのかもしれない。

「楽しく過ごしているかい？」ジョシュアは礼儀正しく問いかける。

チャリティがかすかに顔をしかめた。「あれこれ口実をつけてサー・ギデオンを避けるのに、いいかげん疲れていたところよ。助けにきてくださって、ありがとう」

「どういたしまして」

なんと陳腐な受け答えだろう。フロアを移動しながら、ドレスの裾がズボンをかすめると、ふたりでする別のダンスが頭をよぎった。もっと荒々しい、もっと楽しいダンスが……。まだ宵の口だ。ふたりが帰宅するのは、数時間後になるだろう。

だが、無理にここにとどまる必要もない。

どうせ上流社会を騒がせるなら、自分流をつらぬこうじゃないか。ジョシュアは身をかがめ、チャリティのこめかみに唇を寄せて、揺れる巻毛を押しのけた。恋人同士の親密な、濃密なしぐさ。ターンにかこつけて両腕で彼女を引きよせ、体をぴったりと密着させる。

そして、耳もとでささやいた。

「この曲が終わったら、家に帰ろうか？」

これまでにも何度か、チャリティの若さと未経験さを失念した瞬間があった。今夜もそうだ。トパーズ色にきらめく絹に包まれた、あでやかで洗練された立ち姿。深いデコルテから覗くなまめかしい谷間は、室内の男どもの目を釘付けにしているはずだ。

チャリティが小さく息をはずませた。「ジョシュア……みんなが見ているわ」

「そうか？」彼女に手をふれたときから、ふたりをとりまく群衆は視界から消えていた。それがなにを意味するのか、いまは考えずにおこう。「だったらなおさら、ふたりきりになったほうがいいと思わないか？」

13

とまどいと喜び、どちらのほうが大きいのかはわからなかった。

でも、熱い唇を耳もとに感じ、力強い手に腰を支えられながら聞いた言葉は、はっきり脳裏に焼きついていた。

謎めいた顔つきで、大広間を横切って自分のほうにやってくるジョシュアに気づいたとき、とっさに思った。とうとうわたしとダンスする気になってくれたのかもしれない、と。

恋に恋する夢見がちな少女のようにふるまうのはやめようと自重しつつも、出かける先々で夫に無視されつづけるのはつらかった。

でもまさか、人でごった返すダンスフロアで、おおっぴらにみだらな誘いをかけられようとは、予想だにしなかった。あっけにとられたパーティ客が見まもるなか、ジョシュアはチャリティの耳たぶを軽く嚙んでさえみせたのだ。

「な……なんですって？」

ジョシュアが顔を起こし、眉をぴくりとさせながらこちらを見下ろす。銀灰色の瞳が愉快そうにきらめいた。「今夜いっぱい、きみをひとり占めしたいと言ったのさ。できれば……あすの夜明けまで」

どう答えればいいのだろう？

でも、答える必要はなさそうだった。ワルツを踊りつづけながらさりげなくフロアの端まで移動したジョシュアが、チャリティの手を引く。人ごみをぬってロビーに出るあいだも、手はつないだままだった。チャリティは周囲の視線を痛いほど感じた。通りすぎざまにくすくす笑いが追いかけてくる。ジョシュアが係から外套を受けとり、チャリティの肩にふんわりとかけた。

「小雨が降っているな」と心配そうに言い、馬車が回されてくるのを待つあいだに濡れないよう、フードを頭にかぶせる。ついさっき、ロンドン上流社会の面前でとんでもない行動に出たのと同一人物とは、とうてい思えない。

憤慨すればいいのか、感謝すればいいのか……。後者にしよう、とチャリティは腹を決め、こっそり夫の横顔をうかがった。さっき母から聞かされた話によると、世間はジョシュアが新妻に見向きもしないと噂しているらしい。退屈な結婚生活のうさを晴らすために、ジョシュアが愛人をこしらえるのは時間の問題だ、と。

「ありがとう」小声で礼を言いながらも、チャリティは、霧雨で新しいドレスや髪飾りが濡れてしまわないかのほうが心配だった。

夫もはっきり気づいたはずだが、口に出しては何も言わず、黙って隣に立っていた。細かい雨粒が、褐色の髪や最高級の上着、すっきりとした横顔にまとわりついてきらきらと光る。馬車がやってくると、ジョシュアはチャリティに手を貸して乗せたあと、自分も急いで乗りこみ、いつものごとく無造作に手足を投げ出して座った。

「あんなふうにパーティのさなかに連れ去ったりしたら、また噂でもちきりになるだろうな。ぼくの下心は一目瞭然だったろう。不快な思いをさせてしまっただろうか？　それとも、少しは気が楽になったかな？」

「あれは、下心だったの？」チャリティははぐらかしたが、ジョシュアのまなざしに胸をどきどきさせながら、軽くなにげない口調を続けるのはむずかしかった。「てっきりあなたは、居間で男の人たちとホイスト（ブリッジの前身であるトランプのゲーム）のゲームをしたいのかと思ってたわ」

「ああ、確かにゲームはしたいさ」ジョシュアの声がわずかにかすれた。「カードは使わずにね。だが、さっきの質問にまだ答えてもらっていないな。生活環境が変わったせいで、ぼくはいろいろ不手際をやらかしているらしい。この五年間、ゴシップとは無縁の世界にいたせいだ。許してくれ。リアムに言われるまで、きみに恥をかかせているとは夢にも思わなくてね」

遠回しの謝罪にどう答えようか、チャリティは頭を悩ませた。ジョシュアのよそよそしいふるまいは、意図的なものだ。その理由はこみいっていてよくわからない。公共の場でも自宅でも、ジョシュアはわたしを避けている。そう気づくまでに、さほど時間はかからなかった。隠すそぶりさえ見られなかったから。親密なふるまいが見られるのは、ベッドをともにするときだけ。しかも、あくまで肉体面での話だ。

いま、こうして話をもちかけられたのは、一歩前進した証拠かもしれない。

助言をくれた子爵に、感謝しなくては。

「あなたがわたしと結婚したくなかったのは、わかっています」チャリティはせいいっぱいの威厳をこめて言った。「でも、それをロンドンじゅうに知られたいとは思わないわ」

「ええい、くそっ」ジョシュアが荒っぽいため息をつき、髪をかき乱した。「ぼくが浅はかだった。意地悪な既婚婦人《マトロン》たちが、きみのダンスカードにまで目を光らせているとは、思いもしなかったんだ」

紳士はふつう、レディの前で悪態をつかないものだ。チャリティはつい吹き出した。気分を害したわけではなく、その逆だった。素のままの彼を見られた気がしたから。「だったら、いまここで埋め合わせをしてちょうだい」頬が熱くなるのを意識しながら言う。

「あなたもおっしゃったとおり、わたしたちがダンスをしてすぐ立ち去ったのを見た人は、このあと何が始まるかは一目瞭然だ、と思ったでしょうから」

「きみに異論がなければ、うれしいよ」

ジョシュアの変容には見おぼえがあった。ぎこちない夫から、経験豊かな恋人へ、すべるようになめらかに生まれかわるのだ。声の抑揚をわずかに変えたり、口もとをかすかにゆがめて、官能的な唇の曲線に目を惹きつけたり。瞳の色がひときわ濃くなるのも、情熱をたぎらせている証拠だ。

　これこそジョシュアが得意中の得意とする分野だ。チャリティの胸は期待にうちふるえた。結婚してからの数週間、彼の手ほどきを受けたおかげで、男女の快楽についてどれほど多くを学んだことか。ひとつに結ばれたとき、どう体を動かせば最高の快感を得られるか。ほのかな愛撫をどう味わえばいいか。いまではキスされただけで、つきあげる官能が抑えられなくなるほどだった。「ええ、異論ないわ」チャリティはそっと答えた。

〝いまのところ、あなたがわたしを受け入れてくれる世界はほかにないから〟声に出しては言わなかった。今後いつまでもそうでないことを、祈るほかなかった。

「頼もしいね」ジョシュアが口もとをゆるめる。罪深いまでの魅力に、チャリティは息が止まりかけた。「ワルツを一曲踊ったくらいでは、きみへの謝罪にならないからな。実を言うと、ちょっとした創意工夫を思いついたんだ。きっときみも気に入るはずだよ」

　こと官能に関して、ジョシュアに期待を裏切られたことは一度もないとはいえ、たったいま口にされた赤裸々な言葉は、チャリティの全身をたかぶらせ、憤慨も忘れさせてしまうほど強烈だった。「わたしも気に入る？」

「保証するよ」

「だったら、舞踏会を早めに引き上げたことは許してさしあげるわ」がたがたと揺れながら角を曲がる馬車の中、チャリティはそっと目を伏せてほほえんでみせた。

「きみを後悔させないよう、最善を尽くすよ」

おどけた声ににじむ自信。ジョシュアの〝最善〟は文句なしにすばらしい。彼の腕の中で味わった経験の数々が、何よりの証拠だ。

社交界に出て、男女の駆け引きについても少しは学んだが、ジョシュアの手ほどきとは比べものにならない。夫を見やったチャリティは思った。少しでもいいから、彼の平然とした態度を分けてもらえたらいいのに……。わたしはまだまだ世間知らずだ。でも、学習しつつある。「創意工夫って、いい言葉ね」

「ぼくと結婚したからといって、退屈で死にそうになる必要はないんだよ、チャリティ」

ジョシュアの笑い声は、低く情熱的だった。「男女が愛しあうのに、決まりごとはない。自分たちの規則で動けば、それでいいんだ」

ジョシュアとのベッドで退屈を感じたことなど一度もなかったとはいえ、その言葉には興奮させられた。レディらしくないのはわかっていたけれど……。「どういう意味か、よくわからないわ」

「じきにわかるさ」

馬車が屋敷に着いたので、きわどい約束への返事はおあずけになった。家に入り、二階へ上がるあいだ、チャリティの背中には夫の手がずっと添えられていた。ありふれたエスコートのしぐさだけで、むやみと動悸が速くなるのがわかった。

いままではいつも、ジョシュアの寝室を使っていた。たぶん、夫にとっては広い自室のほうが居心地がいいし、長いこと使われていなかった夫人用寝室に足を運ぶよりも楽だからだろう。でも、今夜のジョシュアは、予想に反してチャリティの部屋の扉を開け、先に入るよううながした。暖炉に面して、空色のヴェルヴェットを張った優美な彫刻入りの袖付き椅子《ウイングチェア》がふたつ並べてある。こぢんまりした女性らしい部屋で、ジョシュアの堂々たる体格と黒の正装が異彩を放っていた。

夫が椅子に歩みより、チャリティがまだ立ったままなのに、先に腰を下ろした。

「ドレスを脱いでくれ」静かな、けれどあらがいがたい命令。こちらを見つめる銀色の目に、情熱がふつふつとたぎっている。「きみが自分の手で、少しずつ肌をあらわにするところを見たいんだ。きょうは、そこから始めよう」

今夜は予想外のことばかり起きる。夫として無責任だとリアムに説教されたのも、ワルツ一曲で体が反応してしまったのも、妻の顔をよぎるさまざまな感情を見ているうちに本格的に欲望に火がついてしまったのもそうだ。

たかがダンスと馬車での移動だけでジョシュアがたかぶり、分身がはちきれそうなほどになっているのを、チャリティは気づいているだろうか？　いまいましい。青くさい若造でもないのに、何をやっているんだ、ぼくは？

「ドレスを自分で脱ぐなんてできないわ」美しい妻は部屋の真ん中に立ちつくしていた。夫の気まぐれにどう対応していいか、決めかねているのだろう。無理もない。自分でも、どう対応していいかわからないのだから。「もし、侍女を呼んでよければ……」

「ぼくが手伝おう」ジョシュアは言葉をさえぎった。「ここにおいで」

主導権を握りたい気持ちを察してくれたのか、ほんの少しだけためらったのちに、チャリティがこちらへ歩いてきた。まるで専制君主だな、男の身勝手をふりかざして……ジョシュアは胸のうちで苦笑した。ほんとうは、こちらが謝罪しなければいけないのに。

背中を向けたチャリティに手を伸ばし、ボタンをひとつずつ、ゆっくりと外す。いかにも悠然としたたたずまいを、開いた脚の付け根でいきりたつものが裏切っていた。

心の奥底では、こんなふうに感覚を暴走させる彼女の影響力に憤慨していた。いっぽうで、単純に彼女を求める気持ちもあった。

「世界一きれいな背中だ」布が左右に分かれるとジョシュアはつぶやき、表われたきめの細かい肌を指先でなぞった。「優雅なカーブを描く背骨に、雪花石膏《アラバスター》と見まごう肌。どこからどこまで女らしい」

チャリティはじっとしていたが、指の動きに反応して、わずかに頭をそらせた。

ジョシュアは手を離した。「あとは、自分で脱がなくてはいけない。こちらを向いて」

さらさらと衣ずれの音をたてながら、妻が言いつけに従った。ドレスが落ちないよう、片手で布を押さえている。春の庭園や夏の野原を思わせる甘くほのかな香りが、ふわりと広がった。トパーズ色の瞳が、無言で問いかける。いつもなら、彼女の服も自分の服も引きはがすようにしてすばやく裸になり、すぐさまベッドに行って、相手をぞんぶんにたかぶらせてからおのれの欲望を満たすところだった。

だが、ときどき手順を変えるのはいい刺激になる。チャリティもどうやら少しずつ、官能の機微を学びつつあるようだ。彼女が大胆に、そして奔放になればなるほど、ふたりで分かちあう快楽も大きくなるはずだった。

「さあ、ぼくを誘惑してごらん」

おどろきに、目が大きく見ひらかれた。「あなたを誘惑する？」

「いままではずっと、ぼくが主導権を握ってことを進めてきた」ジョシュアは目をなかば閉じ、睫毛のあいだから相手をすかし見た。「だが今夜は、きみにいやな思いをさせた埋めあわせとして、好きなようにふるまってほしいんだ」

チャリティが、やわらかな唇を半開きにしてこちらを凝視する。「誘惑って、どう始めればいいのかわからないわ」

「始めかたは、さっき教えたはずだよ。ぼくの見ている前で、ドレスを脱いでほしい。そのあとは……そうだな、ぼくの服を脱がせてもらおうか？　かならずしもお互いが裸にならなくても問題はないんだが、そのほうが思いきり愛しあえるというのがぼくの持論でね。

肌と肌がこすれあう興奮は、何ものにも代えがたいから。もし意見がほしくなったら、なんなりと訊いてほしい。いいね？」

一瞬、いやと言われるのではないかと思った。美しい顔が真っ赤になる。けれどしばらくして、チャリティはドレスを押さえていた手を離し、かすかな衣ずれの音とともに、金色の絹を床に落として、肩をあらわにした。続いて、髪をほどくため両手を頭にやったので、シュミーズごしに形のいい胸がつき出した。一本ずつヘアピンを抜いていくと、栗色の流れがとき放たれた。上靴を脱ぎすてたあと、身をかがめて靴下留めをはずし、絹のストッキングを片方ずつくるくると下ろす、その動作にあわせて、魅惑的な腰の曲線がジョシュアの目を楽しませた。

分身はすっかりいきりたち、窮屈で苦しいほどだったが、がまんする価値はあった。細い指がシュミーズのリボンを引っぱった。薄布が左右に分かれ、象牙色のふくらみとおいしそうに熟れた先端があらわれる。肩を揺すると、生地はひらりと床に落ち、乳房が思わせぶりに揺れた。

ああ、そうだ。がまんする価値はおおいにある。

なぜ彼女を、ただの美人だなどと思ったのだろう？

チャリティがおずおずと一歩進み出る。その手をつかんで引きよせ、膝に乗せてそのままむさぼりたい衝動を、ジョシュアは必死で抑えつけた。妻の手が肩にかかり、そっと上着を脱がせにかかったときは、謝罪はほかの方法ですませることにして、とりあえずベッドへ連れ去ることにしようか、と本気で考えたほどだった。

「手伝っていただきたいの」ぴったりに仕立てた上着は袖を抜きにくいようで、チャリティが懇願した。

待っていたとばかりにジョシュアは身をのり出し、上着を脱ぎすてた。そして大きく息を吸いこんでから、きゃしゃな手がクラヴァット、そしてシャツのボタンを外すのを見まもった。ほてった素肌にふれる指の冷たさを意識しながら、ふたたび椅子に深くもたれ、彼女がシャツの裾をズボンから引きぬくまで、じっと耐えた。

「気づいているかもしれないが、きみは十分、誘惑じょうずだよ」ものうげに目くばせしながら、ズボンを押し上げる硬直をさし示す。

「どうかしら。あなたくらいの遊び人だったら、その気の女性が近くにいるだけで、反応してしまうんじゃないの？」妻の軽口はどこかそっけなかった。すきとおる肌と乱れた髪の組みあわせが、妙になまめかしい。

ジョシュアは相手の腰をとらえ、自分の膝に乗せた。裸の臀部が硬直を挟みこむ感触に、思わず目を閉じながら。「世間では遊び人で通っているんだな。自分ではまったく思わないんだが。さて、ぼくのような遊び人に、次は何を期待する？　さっきも言ったとおり、きょうはきみの好きにしていい。ぼくは、きみのなすがままだ」

〝ぼくは、きみのなすがままだ〟

口にしたとたん、ジョシュアははっと現実に立ちかえった。ちょっと待てよ。この口が、ほんとうにそんなことを言ったのか？

「キスして」チャリティが息をはずませながら頭をかたむけ、唇をさし出した。

現実なんてくそくらえだ。

ジョシュアはキスをした。最初ははげしくむさぼるように、舌を深くさし入れて。次はやさしく、唇をしっとりと重ねて。右手でまるい臀部を包んだあと、腰を通って胸のふくらみへ。そしてもう一度はげしいキス。欲求がつのって燃え上がるにつれ、こらえすぎて毛穴から汗が噴き出してきた。てのひらの下で乳首が固くなる。ぐったりともたれかかる彼女の重みとぬくもりが心地よい。細い指がジョシュアの頰にふれ、重なりあった唇の境目をたどる。

「こいつを外に出してくれ」唇ごしにジョシュアはささやいた。「きみとひとつになりたい」

さっそく作業にとりかかったチャリティの熱心さには、目を見はらされた。膝の上に乗ったまま、ジョシュアに体を支えられながら、ズボンの留金を外そうと奮闘する。布ごしに細い指でまさぐられる心地よさといったら、そのまま噴出してしまわなかったのがふしぎなくらいだった。ようやくズボンの前を開けチャリティの手が硬直に添えられた。直接ふれるのは、初めてのことだった。

「すべすべなのね」そうつぶやいたチャリティが、ぴくぴくと勢いよく脈打つ先端に、試すように指先をあてる。

おまけに石のように固いさ、とジョシュアは心の中でつぶやいた。興味深げにふれられたせいで、またしても自制を忘れて暴走しそうになる。このままでは、ひどい恥をかきそうだ。

とてもではないが、部屋を突っ切ってベッドへ連れていく暇はない。とっさにそう判断したジョシュアは、ブーツを履いたまま、ズボンの前を開けたままでチャリティの腰をつかみ、するどく命じた。「またがるんだ」

チャリティは目をまるくしたが、言われたとおりに脚を開き、夫の肩につかまった。すぐさまジョシュアは熱い潤みのなかにすべりこみ、サテンのような感触に迎えられた。下から腰を突き上げると、チャリティが甘い声をあげ、陶酔のときが始まった。

ふたりは腰と腰をすりつけ合い、本能のままに揺れ動いた。なまめかしい嬌声が、男の荒い息づかいと呼応する。さいわいなことに、先に絶頂に駆けのぼったのはチャリティのほうだった。ジョシュアの腕の中であられもない叫びをほとばしらせ、肩口に顔を埋めて身をわななかせる。

大恥だけは、かろうじてまぬがれたらしい。

やがて突然の終着点が見えたとき、ジョシュアは無我夢中になりすぎて、すんでのところで放出の前に妻の体を引き離すことを忘れかけた。必死で腰を遠ざけ、しびれるような絶頂を迎えたあとは、情熱の余韻と、あやうく大失敗を犯すところだったという動揺から、しばらく呼吸の乱れがおさまらなかった。

本気で、チャリティをバークシャーへ行かせたほうがいいのかもしれない……千々に乱れた心に、そんな思いが浮かんだ。彼女は、何年もかけてようやく手に入れた平安をおびやかす。それどころか、情欲と感情を切り離して生活しようという決意さえもおびやかすことが、今夜立証されてしまった。

母方の祖母から遺贈された領地、ウィローブロックを、妻もきっと気に入るにちがいない。絹糸のような髪に頬をくすぐられ、細い腕にしがみつかれ、やわらかな乳房を胸板に押しあてられながら、ジョシュアは自分に言いきかせた。

本気で考えておかなくては。

14

「お茶はやめて、シェリーにする？」オードラが気づかわしげなまなざしを投げた。「ずいぶん深刻な顔よ。あなたが相談したいという件が、そこまで大ごとなら、お茶よりもアルコールを摂取したほうがいいかもしれないわ」

「シェリーをいただくわ」チャリティはありがたく提案を受け入れた。少しは神経が鎮まるかも知れない。それ以前に、話を切り出す勇気をくれるかもしれない。

「ちょっと待っててね」オードラが立ち上がり、美しい象嵌《ぞうがん》をほどこしたキャビネットに歩みよって、クリスタルの杯をふたつと、黄金色の液体を満たしたデカンタを出した。両方のグラスになみなみとついでから、片方は、アン女王朝様式の椅子にかけたチャリティの前に置き、もう片方は自分の席に持ち帰った。

ふたりがいるのは、オードラの好みを活かした洒脱な居間だった。淡い中間色と、それより一段濃い同系色を組み合わせた内装。緑あふれる田園を飛びまわる天使《ケルビム》を描いた天井画。暖炉の上には対になった中国の壺《つぼ》。チャリティはむかしからこの部屋が大好きだったが、きょうばかりは、おだやかな美の世界にいても心は休まらなかった。

「さあ」長い指でグラスを支えながら、従姉がさらりと言う。「あなたの顔を見られるだけでも当然うれしいけど、できれば話を聞かせてちょうだい」

言うは易く……とはまさにこのことだ。話を始める前に、チャリティはまずシェリーを大きく一口飲んだ。

オードラが眉間を曇らせ、無言でこちらを見つめる。

「どう切り出していいかわからないの」チャリティは白状した。「結婚生活に関する……とても微妙な話だから。でも、母にはどうしても訊けないし、ほかに思いつく相手といったら、あなたしかいなくて」

「なんでも遠慮せずに訊いてちょうだい」オードラが、真心のこもったあたたかい笑みを見せた。「まだ新婚ほやほやですものね。いきなり生活が変わって、旦那さまに合わせなくちゃいけなくてとまどうことも多いでしょう。妻という役割に慣れるまでには時間がかかるわ」いったん言葉を切り、共犯者めいた笑い声を漏らす。「おまけに相手はジョシュアだもの。お世辞にも理解しやすい夫とは言えないわ。聞いたわよ。きのうの晩、舞踏会からいきなり帰ったんですって？」

「どんな噂が立っているの？」チャリティは好奇心にかられ、話しにくい本題を後回しにして訊ねた。

従姉が品よくグラスに口をつける。「ジョシュアがあなたをダンスフロアにさらっていって、濃密なワルツを踊ったあげく、あなたをパーティ会場からさらって消えた、というのがおおかたの意見ね。彼の目つきからして、あのままベッドへさらっていったんだろう、と憶測が飛んでいるわ」

「そっくりそのままではないけれど、だいたい合ってるわ」チャリティの脳裏を、寝室のベッドではなく椅子の上で愛しあったひとときがよぎった。「きのうの舞踏会でも、ジョシュアは例によってわたしのことを無視しつづけたんだけど、急に近づいてきたの。人前で仲よくしなくて悪かったとあやまられたわ。リアム・グレゴリーに言われたらしいから、あの人には感謝しなくちゃ。少なくともこれからは、夫にかえりみられない哀れな妻だと噂されずにすむんだもの」

「あの子爵閣下にも、少しはいいところがあるのね」オードラの声は冷静だった。「それに、あなたの言うとおりだわ。今後は夫婦仲がどうこうという勘ぐりは消えるでしょう。なかなかいい見世物だったということね」

いつか従姉に、なぜそんなに子爵をきらうのか確かめてみよう。でもいまは、ふたりの軋轢よりも自分のかかえる悩みのほうが先決だ。

チャリティは大きく深呼吸してから話しはじめた。「きょう伺ったのは、どうしても確かめたいことがあるからなの」

「わたしにわかることなら、なんでも答えるわ」

「ジョシュアは、こんな話をされたくないと思うかもしれないけれど……」

「告げ口なんてしないから、だいじょうぶよ、チャリティ。さあ、続けて」

遠回しな表現などできそうにない。チャリティは観念して、ずばり訊ねた。「こういうことって、よくあるのかしら。つまり、男の人がああなるとき……そのう……引っこめるのは」話すうちに顔が熱くなった。

「引っこめる？」オードラがあっけにとられてこちらを見る。やがて質問の意味がようやくわかったらしく、口が半開きになった。「ああ、そういうことね」

「わたしが経験不足なのは言わなくてもわかるでしょうけど、そんなわたしでも、初めての夜からおかしいと思ったの」声がひとりでに哀れっぽくなるのを止められなかった。「こういうことの仕組みを、逐一知っているわけじゃないけれど、ふつうじゃないのはわかるわ。どう説明すればいいのか……ジョシュアのほうだって、かなり無理をしなくちゃいけないんじゃないかしら」

開け放した窓の外で小鳥が鳴いた。陽気なさえずりが、いまはひどく場ちがいに思えた。無念なことに、いつの間にか涙がにじんで睫毛を濡らしていた。これはなんの涙かしら？いら立ちは確かにあるが、それ以外にもむなしさと、そう、怒りによく似た何かが混ざっている。そもそも怒りの矛先がジョシュアなのか、あるいはジョシュアのために怒っているのかもさだかでない。

オードラが、かちりと小さな音をたてて、磨きこんだテーブルにグラスを置いた。「そうね、ふつうじゃないわ。それに、ジョシュアが〝無理〟をしているんだろうってことも想像できる。自然界の決まりごととして、男性は女性の中で果てるものよ。本能が命じるままに。そうやって子どもができるの」

つまり、男性が種を外にまいてしまったら、子どもはできないということだ。気詰まりな話題をもちかける前から見えていた答えだが、念のために自分以外の誰かから聞きたかったのだ。「やっぱり。そうじゃないかと思っていたわ」

「まだ結婚したばかりでしょう。少し環境に慣れるまで、妊娠を待ったほうがいいと思ったのかもしれないわよ」

家族をほしくないか、とジョシュアに訊ねたときの記憶がよみがえった。間髪入れずに返ってきた〝ほしくない〟という答え。思い出すだけで、みぞおちがずしりと重たくなった。「そんなふうに考えているなら、わたしの意見も訊いてほしいわ」

「なかなかそうはいかないものよ、残念だけど」オードラが渋い表情でかぶりをふった。「夫が決めた結婚生活のしきたりに、妻は黙って従うほかないの。どう考えてもおかしいけれど、反論は許されないのよ」

「ワイルハースト侯爵夫人とのあいだに何があったのか、教えていただけないかしら」チャリティは意を決して、小声で訊ねた。「みんな知っているんでしょう？　お願いだから、ジョシュアに訊けなんて言わないで。もう訊いたの。その話はしたくないって突っぱねられたわ」

「そうだったの？　なんとなく想像がつくわ。男性ってね、ときおり貝みたいにおし黙る生き物なのよ。わたしも社交界のゴシップでしか知らないけど、それでかまわない？」

「何もわからないよりいいわ。どうか、教えてちょうだい」

オードラがヴェルヴェットの椅子に深くかけ直すと、ドレスの裾がふわりと揺れた。優美な襟ぐりが女らしさをひきたてる。豊かにうず巻くブロンドが、ぬけるように白い肩に流れ落ちた。

「いいでしょう。どうしてもというなら話すわ。だけど、誤解や嘘も入っているかもしれないってこと、忘れないで。なにしろ世間では、ジョシュアが裸同然のあなたを外套でくるんで、お父さまの町屋敷の前に置き去りにしたってことになってるんですからね」

初耳だった。両親が憤慨したのも、出かける先々でじろじろ見られたのも当然だ。「そんな、わたし……」かっとなって否定しかけたチャリティは、オードラに目で制されて黙った。そして、重い口調で続けた。「どこもかしこも嘘だらけなのね。噂がひとり歩きするのがよくわかったわ。どうか、話を聞かせて」

「ことのなりゆきはごく単純なのよ。六年前、あなたの旦那さまはケンブリッジを卒業したばかりで、当時は公爵位の第二位継承者で、美男子で、有名だった。少しばかり無鉄砲でもあったけれど、ああいう年ごろの男性はたいてい同じよね。そんなとき、社交界にはなばなしく登場したばかりのディードリー・ウォレスと知り合ったの。ふたりはひと目で恋に落ちて、求愛期間もそこそこに婚約した」

その女性は、ちゃんと求愛されたんだわ……チャリティは胸がずきりとした。わたしの場合は、父がジョシュアの襟首をつかんで教会に引きずっていったのに。

「わたしの知るかぎり、そのあとは世間の決まりどおりにことが進んでいったわ。結婚式の日取りも発表されて、すべて順調だった。そこへ突然、未来の花嫁が婚約を破棄したという噂が流れたの。何カ月かたって、ディードリーはワイルハースト侯爵と、ごく小さな結婚式を挙げたわ。列席者のなかには、なんと摂政王太子もいらしたのよ」

婚約解消は、けっして先例のない大事件とは言いがたい。チャリティは混乱を隠しきれずにオードラを見た。「その話だと、ジョシュアは、婚約者を別の人にとられただけの気の毒な男性じゃないの。どちらかといえば、結婚相手の決まった女性にちょっかいを出したワイルハースト侯爵のほうが悪いように思えるけれど」

「ほんとうよね。だけどジョシュアも、ワイルハーストとの結婚を認められずにディードリーを追いかけまわしたのはまずかったわ。結局ワイルハーストが、けりをつけるために決闘を申し込んだの」

「そんなの、ぜんぜんジョシュアらしくないわ」なんの確信もなく言い切ったあとで、チャリティは自問した。こうやって判定を下せるほど、わたしは夫を深く知っているのだろうか？　〝知ってるわ〟心の声がきっぱり答えた。ジョシュアは他人の奥さんに手を出したりしないし、ひとたび断られた相手に、なりふりかまわず追いすがったりしない。〝いまのジョシュアならそうしない、というだけでしょう〟心の声が冷静に指摘する。血気さかんな青春時代にどうふるまっていたかは、知らない以上なんとも言えない。子ども時代の記憶に残っている彼も、いまいる皮肉屋のジョシュアとは似ても似つかない。

「わたしもジョシュアらしくないと思うわ」オードラがうなずいた。「だけど、結婚式の二、三カ月後、あの人が侯爵夫人を追ってワイルハースト領まで押しかけたのは事実なのよ。たいへんな口論になったんですって。決闘は、中立地点にあたる隣り村の郊外で行なわれたわ。だけど付添人もなく、地元の医者以外には立会人もない、規則も何もない決闘だったの。とりあえず、医者は役に立ったわ。ジョシュアに脚を撃たれた侯爵は、出血多量であやうく死にかけたから。いまでも痛々しく杖をついて、足を引きずって歩いているわ」

ワイルハースト侯爵の負傷の話にふるえあがりつつも、チャリティのとまどいは深まるいっぽうだった。いま聞いた話の登場人物と、わたしが結婚した男性とは、どう考えても別人だ。「よくわからないわ」

「わたしもよ。きっと、パズルの一片が抜けおちているんだわ。だからこそ、いつまでたっても世間が忘れないんでしょうけど」オードラがため息をついた。「これは言っておいたほうがいいわね。侯爵夫妻は、ちょっと前からロンドンに来ているのよ。家族が増えてからはめったに領地を離れなかったのに、なぜかいまになって、二週間前後の予定で滞在するんですって。ディードリーがいちばん下の子どもを産んで六カ月になるから、そろそろ社交界に復帰するつもりかもしれないわね」

チャリティにとって吉報とは言いがたい知らせだったが、嘆いてもどうにもならないのはわかっていた。ワイルハースト侯爵夫妻にも、ほかの誰かれと同じくロンドンで暮らす権利がある。「じゃあ、どこかの行事で鉢合わせしてしまうかもしれないわね」

「そう思うわ」

「ジョシュアは知っているのかしら?」

「たぶんね。ご婦人が集まるお茶会と同じくらい、男性もクラブで噂話をするのが大好きなのよ」

〝ジョシュアは、気にするかしら〟声に出しては言わなかった問いが、優美な部屋をただよっているようだ。チャリティはシェリーを飲みほして立ち上がった。「ありがとう。正直に話してくださって、うれしかったわ」

「どういたしまして」オードラは浮かない顔だった。「計画どおりパーティを開いてもいいのかしら?　それとも、やめておく?」

「パーティを開いてちょうだい」チャリティはその場で腹を決めた。まだ夫の意向を訊いていないが、いまとなっては、訊きたいのかどうか自分でもはっきりしなかった。わたしの望みにあわせて、ジョシュアは考えを変えるかしら？　そんなはずがない。チャリティは力をこめて言った。「わたしたち、楽しみにしているわ」

顔を合わせると例外なくたじろぐ相手というのが、世の中には存在する。今回はワイルハースト侯爵のほうから探しにきたから、なおさらだ。

いままでそんなことは一度もなかったのに。

相手は、クラブの奥にひっそりと置かれたテーブルまでわざわざやってきた。

ウイスキーを片手に考えこんでいたジョシュアは、特徴ある杖の音でわれに返り、はっと目を上げた。

「やあ、デイン」ジャレド・ピットマンが会釈したが、目は笑っていなかった。「座ってもいいかな？」

杖をつかないと歩けないほどの傷を負わせた相手に相席を求められて、誰が拒否できるだろう？　たとえ、傷つけたのが本意ではなかったとしてもだ。ジョシュアはうなずいた。

「もちろん。どうぞ、座ってくれ」

「聞いたところによると」ワイルハースト侯爵が向かい側の席に腰を下ろしながら言う。

「祝いごとがあったそうじゃないか」

ジョシュアは眉をつり上げた。「結婚のことを言っているのかな？」

侯爵が、値踏みするようなするどい視線を投げかける。祝福のかけらもない目つきだが、なんら意外ではなかった。ワイルハーストはジョシュアより十歳も年上で、威厳のある上品な風貌だ。兄ジョンにとっては同級生というだけでなく、ジョシュアとディードリーの一件が起きるまでは、いちばんの親友だった。人前で会ったときにワイルハーストが礼儀正しくふるまうのは、ひとえに兄との友情からだろう、とジョシュアは考えていた。

「あいにく、ストレイト伯爵の令嬢にはまだ会った覚えがないな。一年のおおかたを領地で過ごしているから、まあ当然といえば当然だが……。子育ては田舎でのほうが望ましい、というのがわたしの持論でね」

「経験はないが、そういうものなんだろうな」内心の動揺が出ないようにと祈りながら、ジョシュアはきわめて平然とあいづちを打った。そして、骨の髄までしみこんだ紳士の作法に屈して訊ねた。「何か、飲み物でも？」

むしろ、酒のおかわりがほしいのはジョシュアのほうだった。敵意をあらわにするわけにはいかないが、もともとお互いに仲がいいわけでもない。すでに周囲のテーブルからは好奇の視線が飛んできていた。不倶戴天《ふぐたいてん》の敵同士が同じテーブルについたとあって、色めきたっているのだろう。

「いただくよ」

なんてうれしい話だ。てっきり、相手が辞退してさっさと立ち去るかと思ったのに。

ジョシュアは給仕に合図して、新しいグラスを運ばせた。

「先日、ジョンに会ったよ」侯爵が言った。「元気そうでよかった。娘が生まれて、しあわせではちきれそうじゃないか」

「まったくだ」ジョシュアはひそかに安堵した。ふたりのあいだで唯一、共通の話題がジョンだった。

いや、もうひとつ共通の認識があるといえばある。美しいワイルハースト侯爵夫人の肉体だ。だが、もちろんそれを話題にはしなかった。

本来なら、お返しに相手の家庭について質問するべき場面だが、この相手にそれをできるはずもない。

「ハンプシャーに招待してもらったよ。冬にはあまり遠出をしないんだが、今年は暖かいから、ふたりで出かけてみようかと思う」

脚の古傷には寒さがこたえるのだと、言われなくてもわかった。流しこんだウイスキーが胃の内壁に焼けつくようだ。いったいどう答えろというのだろう？　ジョシュアは決闘など望んでいなかった。ただ、ディードリーと話がしたかっただけだ。

過去をふり返ったとき、いまならもっとうまくやれたはずだと思うことはいくつかあるが、あのときの侯爵領行きに関しては、もしやり直す機会を与えられても、やはり同じ行動に出るだろう。そして、できれば認めたくないが、もし自分がワイルハーストと同じ立場だったら、やはり決闘を申し込んだだろう。

「ぼくも、スタンフォード館にはずいぶん長いこと行っていない」口から出たのは実に陳腐な言葉だった。いくら慇懃にふるまっているとはいえ、ワイルハーストがジョシュアの帰省になど興味をもつはずがないからだ。

「きみも既婚者になったことだし、そろそろ田舎暮らしの楽しさがわかるころだな。領地は確か、バークシャーだろう？　奥方を連れていくといい」侯爵がウイスキーをひと口飲んでから続ける。「妻子をもつと、男の価値観はがらりと変わるものだよ。きみもいずれは家族をいつくしみ、守ることをすべてに優先させるようになる」

さて、どう答えるべきか？　ワイルハーストが、いまの言葉と謎めいた笑みで何かをほのめかしているのはまちがいない。迷ったすえに、ジョシュアは口を開いた。「誰かの人生に責任をもつというのは、確かに大きな転機になりそうだ」

「きみも、きっと落ちつくさ」

「落ちついたほうがいいのかな？」

ワイルハースト侯爵が声をあげて笑った。とたんに四方のテーブルから視線が飛んでくる。クラブ会員もみな、ふたりのやりとりを興味しんしんで見まもっているのだろう。

「世間はきみを、短気で激しやすい男と見ているじゃないか。ぼく自身、それを実感するような状況に何度か出くわしたからね」侯爵が目くばせしたあと真顔になる。「だが、きみにはきみの論理があったんだろう。年をとって、人生経験を積んだのちに過去をふり返ると、当時はわからなかった筋道がはっきり見えてくるものだよ」

いったいどういう意味だ？　ジョシュアはグラスを口に運びかけたまま、相手を凝視した。

疑問はすぐに解消した。ワイルハーストが、まるで天気について語るときのような、のほほんとした明るい声で言ったからだ。「うちの妻には、近づかないほうがいい」

そして、もったいぶった動作で酒をほし、杖を頼りによろよろと席を立ち、おぼつかない足どりで去っていった。

ジョシュアは唖然として侯爵の背中を見送った。空いた席に、本来ここで会う約束をしていたマイケルがすべりこむ。まったく気づかなかったが、おそらく近くのテーブルで待っていたのだろう。

「なんとも興味深い会話だったね」親友が皮肉めかして評する。榛色の瞳がさえざえと光っていた。「割りこむのはやめておいた」

「ああ、おおいに興味深かったさ」ジョシュアの心中では混乱といら立ちが入りまじっていた。「ぼくの結婚を祝うようなそぶりで近づいてきて、親しげに酒をくみかわしたあげくに、自分の妻には近づくなと捨てぜりふを残して去ったんだぞ。まったく、かんべんしてくれ！　もしまだ独身でも、ゆめゆめディードリーに近づいたりするものか」

「嫉妬というのは、理屈で割りきれないからね」マイケルが、新たに運ばれてきたグラスをとり、卓上のデカンタからウイスキーをそそぐ。

「もう、五年もたつんだぞ」

「きみは、忘れたのか？」

するどい指摘だ。

「とりあえず、もう嫉妬はしていない」弁解がましい口調になるまいとジョシュアは必死だった。「そもそも、ディードリーに裏切られたときの感情がそれだったのかどうかもわからないんだ。屈辱ならいくぶんかはあった。なにしろ一方的に婚約を破棄されたんだからな。だが、自尊心が傷ついたとはいえ、あれほど移り気な女性と結婚しなくてよかったと、すぐに気づいたよ」

「つまるところ、ワイルハースト侯爵も同じ結論を出したからこそ、ディードリーときみの関係を疑わずにいられないんだろうな」

「心配しなくていいのにな」ジョシュアはぴしゃりと言った。いつわらざる本心だった。たとえいま、ディードリーがなりふりかまわずすがりついてきても、まったく動じずに立ち去る自信があった。

かつてディードリーにいだいた想いは、さながら心臓にナイフを突きたてられたかのように、息の根を止められたのだ。

マイケルがつぶやく。「なのになぜ、侯爵はあんなに心配そうなんだろうな」

15

馬からふり落とされる恥ずかしさは、落下のおそろしさにまさるとも劣らなかった。チャリティは呆然として息もつけず、ぶざまに手足を広げて地面に寝ころがっていた。小鳥のさえずりや、頰に草の葉があたるくすぐったさ、土と清涼な空気の匂いをぼんやりと感じながら……。

地面にもぐりこみたいほどのなさけなさが薄れるとようやく、呼吸のしかたを思い出すことができた。

「どこかけがをした？」エミリーの心配そうな顔が視界に飛びこんできた。ややかすんで見えるのは、長いこと息を止めていた苦しさで涙があふれ出したためだ。

「わ……からない……わ」自分の声とはとても思えない、耳ざわりなしゃがれ声が出た。

「だいじょうぶかい？」そこに男性の声が割りこんできた。声の主が誰なのか、すぐにはわからなかった。

おそるおそる腕の関節を曲げてみると、右の手首にするどい痛みが走った。チャリティは顔をしかめ、今度は上半身を起こしにかかった。エミリーと、さっき声をかけてきた紳士が手を貸してくれたので、弱々しくほほえむ。「体よりも、誇りがずたずたよ。子どものころ以来、落馬なんて一度もしなかったのに。どうしてあんなことになったのか、まだわけがわからないわ」

「たまたまうしろを走っていたから、一部始終を見ていたが、あれは誰でも落馬するよ」かたわらで草地に膝をついていたさっきの紳士が、心配そうに首をかしげる。「それにしても納得がいかない。いったい何におどろいたんだろうな、馬は」

呼吸も落ちつき、正面から顔を見たので、相手が誰なのかようやくわかった。たまたま同じ時刻にハイドパークですれちがうなんて、ありうるかしら？　男性は、昨夜の舞踏会でエミリーをダンスに誘ったハンドマーク男爵家の末息子、美男のウォルター・ペインブリッジだった。

「わたしも納得がいかないわ」チャリティの頭はまだ少しぼんやりしていた。「きょうのアシーナは、最初からなんだかびくびくしていて。ふだんはとても行儀がいい子なのよ。早足の合図を出す以外は、何もしなくてもいいくらいなのに」乗り手をふり落とそうとしたことなど、いままで一度もない。十六歳の誕生祝いに贈られて以来、チャリティはずっとこの牝馬に乗ってきた。

「ぼくが連れもどしにいってこよう」ウォルターが勇ましく言う。

青年が自分の馬で走り去るのを見送りながら、エミリーが言った。「ウォルターならきっと、アシーナを見つけてあなたの家まで連れかえってくれるわ。あなたが乗って帰る馬車も手配してくれるはず」

「〝ウォルター〟ですって？」チャリティは陽気にまぜっ返しつつも、手首をくじいたのではないかという不安にさいなまれていた。さいわい、それ以外はどこも痛くなかった。

草の上にへたりこんで待つよりも、立っているほうがずっとましなので、チャリティは立ち上がった。エミリーが心配そうに腰に手を回す。

「きのう言ってたの。毎日この時間帯に乗馬をするって」義妹の頰がぽっと赤くなる。

「いい人そうね。キューサック伯爵とは比べものにならないくらい」手首の痛みをこらえてチャリティは言った。ぶじだったほうの手で、乗馬服についた草をはらいのけ、あたりをうかがう。エミリーの崇拝者以外に、この醜態を誰にも見られなかったのならいいけれど……。

「ほんとにそうなの」エミリーがうなずく。腕をつかむチャリティのぎこちない姿勢に気づいて、その顔がくもった。「やっぱり、けがをしたのね」責めるような口調だ。

「ちょっとだけね」

「ああ、どうしよう。馬に乗って戻るなんて無理に決まってるわ」

「だいじょうぶよ」

結局、チャリティは説得に負けて馬車で帰ることにした。帰宅するとすぐ、ブッシュネルが、女主人の許しも得ずに医師を呼んだ。すでに気づいていたとおり、やはりこの家の影の支配者は彼なのだ。手首の激痛がなかったら、おかしくて吹き出していただろう。どうやらほかにも何カ所か青あざができていそうだった。

「骨折ではなさそうですな」駆けつけた医師はつるつる頭の中年男で、鼻眼鏡がいまにもずり落ちそうだった。ベッドのわきに置いた椅子に腰かけ、痛めた手首をしげしげと検分する。「だが、一、二週間は動かさないほうがよろしいかと。きょうは夜まで、ベッドでお休みになってください」

「そうさせますわ」エミリーがうけあい、立ち上がる医師に荷物を渡した。親友は付き添うと言いはって聞かなかったのだ。

「別に動けないわけじゃないのに」チャリティは枕の上に肘をついた。シュミーズ一枚の格好で、シーツを引っぱり上げて胸を隠す。乗馬服はぴったりしているので、親友の手を借りて脱いだのだった。「手首を痛めたからって、一日中ベッドに寝ていなくてもいいでしょうに」

「奥さまは、まだご新婚と伺いましたので」医師が眼鏡ごしに目でたしなめた。「大事をとったほうがいいと思いますよ」

いったいぜんたい、どういう意味かしら？

とまどいが顔に表われていたらしく、医師が説明してくれた。遠回しの表現は、独身のエミリーをおもんぱかってのことだろう。「ご主人さまとしては、もちろん奥さまの手首のこともお案じになるでしょうが、ほかの心配もなさるかと存じます。予防の手だてを講じておいて損はございません」

ふいに納得がいった。顔がかっと熱くなるのがわかった。「ああ」

ただし、お腹に赤ん坊がいる心配はまったくない。ジョシュアにどう説明すればいいかわからないので、医師が具体的な話題を出さないでくれることを、祈るほかなかった。月のものは先週きて、ちょうど終わったばかりだ。「そういうことね」寒々しい心中が顔に出ていないことを、祈るほかなかった。

医師が帰ったあと、最新流行のデザインに仕立てた黄褐色の乗馬服を粋に着こなしたエミリーが、あたたかな笑みを浮かべた。「お医者さまの言うことはもっともよ。わたしのために言葉づかいを気にしていらしたみたいだけど、うちには兄がふたりいるでしょう？その気がなくてもいろいろ耳に入ってくるから、小さいころからわりとませていたのよ、わたし。だからぴんときたわ。ジョシュアだって、体に気をつけてほしいと思うはずよ」

ジョシュアがそんな心配をするはずがない。でも、説明するのはやめておいた。オードラに、夫が子作りを避けているという悩みを打ち明けるだけでも、あんなに苦労したのだ。これ以上、誰にも話したくなかった。

「実はね、どうやって訊こうか迷っていたんだけど、だってあなたの結婚相手はうちの兄だから、でも、考えてみれば兄はそういう噂が絶えない人で……少なくとも、世間ではそう言われているから、つまり……」

質問にはほど遠い、とりとめのない言葉の羅列に、チャリティは重苦しい物思いから覚めて親友を見つめた。「なにを訊きたいの？」

「ほら……例の協定を覚えてる？」

「協定？」おうむ返しにつぶやいた直後、エミリーの言う意味がわかった。「ああ、あれね。覚えているわ」

数年前、ふたりはかなり濃厚な恋愛小説を読んだ。男と女が愛しあうからくりの片鱗《へんりん》が描かれ、けれど具体的な説明はなかったので、逆に想像力を刺激された。だから、ふたりで約束したのだ。どちらかが先に秘密を解きあかしたら、もうひとりにかならず教えよう、と。

エミリーがにっこりすると、いつもの大胆なまなざしが少しだけ戻ってきた。「ずっと辛抱してたのよ。あなたが結婚して、もう一カ月近くになるもの」

正確には三週間と四日だ。チャリティはいたたまれずに身じろぎした。「あの約束をしたときは、何をしたいのか自分でもよくわかってなかったのよ」

「だからこそ、誓いを立てたんじゃないの」エミリーが目くばせする。「まさか、協定を破るつもり？」

チャリティは途方にくれた。えもいわれぬ快楽を、繊細な指づかいを、重なりあう唇のぬくもりと甘美さを、たかぶったものに熱い肉体をつらぬかれる衝撃を、どう説明しろというのだろう?

「なんの協定を破るだって?」

落ちつきはらった男性の声に、ふたりがはっと戸口を見ると、ジョシュアがかすかに眉根を寄せて立っていた。感情をうかがわせない、たんたんとした口調でジョシュアが続ける。「たったいま帰ってきたら、ちょっとした事故があったと知らされたのでね」

「だいじょうぶよ」

「だいじょうぶ」

同時に同じことを答えたチャリティとエミリーは、照れかくしに吹き出した。エミリーが優雅に立ち上がり、兄の頬にキスをする。意味ありげに片目をつぶったのは、あの協定を忘れないでという念押しなのだろう。チャリティはとまどいながらエミリーを見送った。あいかわらず、ジョシュアとふたりきりになるのは気詰まりだ。濃密に愛しあう夜のひとときを除いて……。

「手首に包帯を巻いているじゃないか」出ていく妹に道をゆずったあとも、ジョシュアは戸口から動かなかった。

「ちょっとくじいただけよ。お医者さまが念のために固定してくださったの」

夫の眉がぴくりと動く。「ブッシュネルの話だと、今日いっぱいベッドで安静にするように言われたそうじゃないか。だから、もっと深刻なのかと思ったんだ」

思いもよらぬ形で、ようやくこの話をするときがやってきたらしい。実のところチャリティは、ずっと機会をうかがっていた。ジョシュアがどう答えるかという好奇心もあった。ゆっくりと話を切り出す。「お医者さまが安静にするようにおっしゃったのは、わたしのお腹に赤ちゃんがいるかもしれないと思ったからよ。あなたの子どもを身ごもるはずがないって、わざわざ説明はしなかったけれど」


ベッドに横たわる妻に、ジョシュアは当惑と警戒のまなざしを投げた。自分がどれほど美しいか、チャリティは気づいているだろうか？　豊かな髪が象牙色の肩をとりまくように広がり、そこはかとない血色の悪さが、きゃしゃな顔だちを強調している。希有な瞳には、責めるような、無言で問いかけるような色が浮かんでいる。

妻がけがをしたと聞いたとたん、ジョシュアは最後まで話を聞かずに階段を二段ずつ駆け上がり、寝室へ駆けつけた。チャリティはまだよそに意識が行っているかもしれないが、話を始めればすぐに、夫が息を切らしていることに気づくはずだ。

いずれ自分の反応をきちんと分析してみよう。だがいまは、妻が口にしたばかりの話題にどう答えるかを考えなくては。「ぼくらは結婚し、ベッドをともにしている。医者の気づかいはもっともだ」

「ただ、お医者さまはその場に居合わせていないから、子どもができないようにあなたが気をつけていることはご存じない、そうでしょう？」チャリティが唇を噛んだ。「わたし、まちがっているかしら？　あなたは子どもを作る気がないのよね？」

妻はいつの間にか、正しい結論に至ったらしい。

どう答えたらいい？　正直に答えるしかないだろう、とジョシュアは自分に言いきかせた。「ああ、そうだ」

「絶対に？」チャリティの目がうるむのがはっきりわかった。ぱちぱちとまばたきしたのが、何よりの証拠だ。

いたたまれなくなったジョシュアは、髪に指をつっこんだ。真実の重さが胸にのしかかる。「チャリティ、きみは馬からひどい落ちかたをして、気が動転しているんだ。この話は、また後日にしないか」

「理解できないわ」すきとおった涙がひと粒、なめらかな頬をころがり落ちた。口から漏れた声は、ささやきと変わらなかった。

「泣かないでくれ」ジョシュアはこらえきれずにベッドに歩みより、親指で涙をぬぐってやった。痛めていないほうの手をとって話しかける。「どうすればいい？　何か本を読もうか？　料理人特製のチョコレート菓子を持ってこようか？」

妻は理由を知りたがっている。ふたりの将来に大きな影響をおよぼすにいたった、さまざまな事情を、すべて聞きたがっている。ジョシュアは覚悟を決めた。チャリティが顔をそむけてしまったので、すっきりとした横顔しか見えなくなった。「わたしなら平気。ベッドで寝ていなくてもいい理由を、たったいま説明したでしょう？　呼び鈴で侍女を呼んでいただけるかしら。服を着たいから」

「昼食をいっしょにとろう」それくらいの貢献しか思いつかなかった。

「あなたの好きになさって」妻はまだ、こちらを見ようとしない。

ジョシュアは胸がはり裂けそうになった。自分には、もう心などないと思っていたのに。

「チャリティ……」何を言えばいいかわからず、言葉は尻すぼみになった。

「なあに？」

彼女の肩にふれた。あたたかくなめらかで、たおやかな感触。「ひどいけがでなくてよかった。心配だったんだ」

ずいぶんささやかな思いやりだ。自己嫌悪が押しよせた。

「ありがとう」

ひとりになりたがっているのは、声を聞けばわかった。ジョシュアは言われたとおり呼び鈴を鳴らして侍女を呼び、部屋をあとにした。そのまま一階に下りて書斎に引っこみ、壁の羽目板をにらみつける。やはり、きちんと話したほうがいいのかもしれない。彼女へのけじめとして。

だが、どうしても気乗りがしなかった。

そわそわと、書き物机に飾られた祖母の肖像画を手にとって眺める。ジョシュアと同じ灰色の瞳。画家は卓越した技量で、故人の美貌を余すところなく伝えていた。アイルランド貴族だった曾祖父は、祖母を社交界に送り出すために財産をはたいたという。当時すでにスタンフォード公爵位を継いでいた祖父に見そめられるまでに、そう時間はかからなかった。ふたりの結婚は、そのシーズンいちばんの大行事だったという。

絵の中の祖母が、冷たいまなざしで責めているような気がした。

「旦那さま?」

ジョシュアははっとわれに返った。うっかり扉を閉めるのを忘れていたらしい。ひどいしかめ面を見られてしまっただろうか。「どうした、ブッシュネル?」

「お手数ですが、厩舎までおいでください。奥さまの件でございます」

厩舎? ほかの誰かなら聞きとがめただろうが、相手はほかでもないブッシュネルだ。老執事の表情は、ひどく重苦しかった。

屋敷の裏手にしつらえた馬車置き場へ行ってみると、馬番がしょんぼりとうなだれて戸口に寄りかかっていたが、ふたりの姿を見るとあわてて身を起こし、気をつけの姿勢になった。「だ……旦那さま。どうか、これをごらんになってください」

「これ?」ジョシュアは、馬番がさし出した手に乗っているものに目をこらした。長さ数インチの、先がとがった金属片。「なんだ、これは？」

「たぶん、ナイフの刃先だと思います。奥さまが馬に乗られたとき、こいつが鞍の下に入っていたんです」

誰かが故意に入れたのだ。訊かなくてもわかった。こんなことが偶然に起きるはずがない。

「なんだと？」ジョシュアは切っ先を手にとり、じっくり観察した。妻の青ざめた顔と手首の包帯を思い出して、むかむかと腹が立ってくる。もっと深刻なけがをしていたかもしれないのだ。へたをしたら、命を失っていたかも……。

あばれた馬に罪はない。だが、悪事をはたらいた人間は許さない。

ジョシュアは氷のように冷たい声で言った。「妻は大事ないとのことだ。馬にけがは？」

「切り傷が、いくつか」馬番があわただしくうなずく。「あんなふうに騒いだのは、これのせいですよ、旦那さま」

するどいナイフの切っ先が体に刺さったら、どんなに行儀のいい馬でも落ちついてはいられないだろう。騎手の体重がかかればなおさらだ。解せないのは、誰がなんのためにそんなことをしたのかだった。「馬具に近づけそうな人間は、誰と誰だ？」

「夜は厩舎に鍵をかけてますが、それ以外は……すばしこい人間なら、昼間に人目を盗んでするっと入れるかもしれません」

「何かおかしな点に気づいた者は、ひとりもいなかったのか？」

「ええ、旦那さま。わたくしがひとりずつ取り調べました」ブッシュネルが沈痛なおももちで答えた。

それならまちがいない。老執事ほど有能な男はどこにもいないからだ。

チャリティに害をなそうとするのは誰だろう？　真っ先に思いあたるのは、あからさまな牽制をかけてきたワイルハースト侯爵だった。もちろん、あの警告は妻でなくジョシュアに向けられたものだし、もし復讐をするにせよ、侯爵がこれほど卑怯な手を使うとは考えにくい。もうひとつ、可能性があるとすれば――こちらの疑いのほうが濃厚だ――キューサック伯爵だった。すでに、おのれの欲を満たすために女性を利用する輩《やから》だと露呈しているし、チャリティからも、先日キューサックが近づいてきて、駆落ちを阻止した件をなじられたという話は聞いていた。

「ご苦労だった」ジョシュアはブッシュネルに向きなおった。「すまないが、馬車のほうも誰かに調べさせて、おかしな細工がされていないか確かめておいてくれ。それから、妻が外出するときはかならず従僕をひとり連れていかせるように」

「よいお考えと存じます、旦那さま」

書斎に戻ったジョシュアは、まがまがしい金属片を机の上に置いた。チャリティがもし重傷でも負っていたら……。湧き上がる憤怒をこらえきれなかった。犯人をつきとめられない鬱憤も。

バークシャーにいたほうが、彼女は安全だろうか？　ロンドンを遠ざかって田舎で暮らせば、いまよりは不審者を割り出しやすくなるだろう。そのいっぽうで、ジョシュアの手もとを離れてしまうと、いざというとき助けにいけないという短所もある。

ましてさっきの会話のあとでは、時期が悪すぎる。チャリティの涙に、ひねくれ汚れた男の魂でさえも洗い清められてしまったらしい。

16

悪魔のように世間の評判が悪い自分が、まさか守護天使の役割を果たすことになろうとは。

何が進行中なのか、リアムにはさっぱりわからなかったが、これだけ大まじめで頼まれたら、引き受けないという選択肢はなさそうだった。「つまり、ぼくに奥方の護衛を務めろというんだな？」

親友がぶっきらぼうにうなずく。「ぼくがつきまといすぎると、チャリティについて、何か問題があるのがばれてしまうだろう。それに……」親友の唇がゆがみ、皮肉っぽい笑みが浮かんだ。「それに、折り悪しく妻のご機嫌をそこねてしまってね。ろくに口もきいてもらえないんだ」

ゴシップに目がない上流社会の住人を沸きたたせた先日の舞踏会で、ジョシュアが近づいていったときにチャリティが浮かべたあでやかな笑みを、リアムも実際に目にしている。あれから何が変わったのだろう？　ずばり訊いてみる。「何をしたんだ？」

「実のところ、ぼくがしなかったことのせいなんだ」人をけむに巻くような答えが返ってきた。

「大雨が降って増水したテムズ川なみに、透明な答えだな」

ジョシュアの視線が、人でごった返す大広間のすみで、年かさのご婦人がたに囲まれて座る妻の姿を追った。母親であるストレイト伯爵夫人の姿も見える。「すまないが、うまく説明できそうにない。ふたりのあいだに衝突があって、一方的にぼくが悪かった、というだけで勘弁してくれないか？」

「キューサック伯爵が懲りずに悪さをしかけてくると、まさか本気で思っているのか？」

リアムにも、自分の知らない秘密がたくさんあることはわかっていた。親友はくわしく話す気がないらしい。聞かせてもらったのは、エミリーへの求愛が失敗に終わったのはチャリティのせいだとキューサックが考えていること、近ごろチャリティがハイドパークで、誰かのくわだてによって落馬したこと、このふたつのみだった。

「わからないが、楽観する気にはなれないんだ。夫としては及第点以下のぼくだが、チャリティを守るためなら命を投げ出してもかまわない」

思いつめた宣言に、ふたりのうちどちらがより驚愕しただろう。感情こそ抑えぎみだが、真剣このうえない言葉。たちまちジョシュアがきまりの悪そうな顔になった。

リアムは咳払いをしてから、静かな声で言った。「キューサックはそこまでの強敵じゃない。むかしから気にくわなかったが、ご婦人にそんな卑劣な攻撃を加えるような輩なら、ますます許せないな。わかった。できるかぎり、きみの美しい花嫁から目を離さないようにするよ。安心してくれ」

「恩に着る」

話題を変えるうまい方法が見つからないまま、リアムは言った。「ワイルハースト侯爵夫妻が、ここに来ているようだね」

「ああ」感情のうかがえない声。

「ディードリーは相変わらず美しいね。子どもを産んだばかりだと聞いたが」

「半年前らしい。女の子だ」ジョシュアの灰色の目がかすかに光り、あごに力がこもった。「元気いっぱいだと、ジョンが言っていた」

かつて愛した女性が、別の男の赤ん坊を産む。あまり楽しいとは言えない話題なので、リアムはそれ以上深入りしなかった。ワイルハーストの子どもはこれで三人め、いや、四人めだったか？　結婚してわずか五年にしては、多産に属するだろう。

「彼女に会ったか？」

「じかに？　いや。まだその光栄にはあずかっていない」皮肉たっぷりにジョシュアが答えた。

「きみの奥方を監督するという大役を仰せつかったところで、次のワルツを申し込んでこようかな」

「手首にまだあざが残っているんだ。だから、ダンスをせずに母親たちと座っている」

「だったら、庭を散歩してくるよ。月がきれいな夜だから。それとも、きみ自身が行ったほうがいいか？」

「ぼくよりきみが行ったほうが、チャリティも安心するだろう」ジョシュアが手短に答えた。「楽しい散歩を。妻はきみにまかせて、ぼくは遊戯室に行ってくる」

リアムが見まもるなか、ジョシュアは人の群れをかき分けて遠ざかった。こわばった肩が、内心の緊張を物語っている。

なかなか興味深い。本人は認めたがらないだろうが、ジョシュアは妻のことをたいせつに思っている。近ごろの仲たがいについて語るとき、ちらりと無念そうな目をしたのを、リアムは見のがさなかった。

悪友三人組のひとりが、生涯独身の誓いを破って女性に心奪われるのは、少しさびしいような気もしたが、どちらにせよもう結婚したのだし、レディ・ジョシュア・デインは、美貌というだけでなく気だてもいい女性に思われる。

おしゃべりに興じるご婦人の群れに近づいていくと、いっせいに視線がこちらを向いた。眉をつり上げる既婚婦人《マトロン》も少なからずいる。ジョシュアの新妻チャリティは目を上げようともせず、輪のいちばん奥に端然と座っていた。リアムが目の前に立っておじぎをすると、トパーズ色の瞳が意外そうに見ひらかれた。「少し、外の空気を吸いにいきませんか、奥さま。次のワルツをごいっしょしたかったのですが、夫君によると今夜はダンスをなさらないそうで。かわりに、庭を散歩していただけないかと思いまして」

相手の瞳に浮かんだのは、感謝の念だろうか？　立ち上がる動作までいそいそとして見える。「ご親切に、ありがとうございます。少し息苦しくなってしまって。お庭に出たら、いい気分転換になりそう」

今夜の彼女は淡い薔薇色の絹をまとっているので、しみひとつない肌と豊かな色の髪がひときわかがやいて見えた。健全な若者として、リアムはドレスの襟ぐりから覗く形のよい盛り上がりに目をとめずにいられなかった。ほっそりした手を腕に感じながら、ジョシュアは果報者だ、という思いが浮かんだ。

両開きの扉をぬけてテラスに出ると、チャリティがふかぶかと息をついた。「ありがとうございます。誰か、この退屈から救い出してくれないかと待っていたの。わたし、ゴシップには興味がないから」

「若く美しいレディが、おそろしい既婚婦人《マトロン》の群れに埋もれてしまうなんて、もったいないにもほどがある」リアム自身も混みあった大広間から出られてほっとしながら笑った。

相手が小さく顔をしかめる。「まだ手首が動かないし、足首も、前ほどではないけれど違和感があるの。ダンスはできそうにないわ。でも、あそこにぼんやり座ったままでいるのはもっといや」

「ジョシュアから、事故の話を聞いたよ」

「ええ」おとなしい返答。落馬そのものよりも、ジョシュアの名前を聞いて意気消沈したように見えた。

「大けがに至らずにすんだのは、幸運の女神に守られている証拠だね」

「どちらかといえば、恥ずかしさのほうが大きいわ」チャリティが苦笑まじりに答えた。

「人前で馬から落ちて、尻もちをつくだなんて。周囲にあまり人がいなかったのが、せめてもの救いよ」短い、けれど雄弁な沈黙。「正直なところ、夫があなたに話したと伺っておどろいているの。少しは気にかけていたのね」

晴れわたった夜空に月がぽっかりと浮かび、ほのかな風がライラックの香りを運んでくる。ふたりが進む小道の両側は生垣で、つやつやとした黒っぽい葉が揺れていた。よけいなおせっかいはよそうと思いつつ、リアムは言わずにいられなかった。「ジョシュアは、自分がきらわれたと思っているようだ」

「あら、そこに気づいたなんてほんとうに奇跡だわ」月明かりの小道を見すえたまま、チャリティが言った。「もともと、たいして会話のない夫婦なんですもの」

ずいぶん辛辣な物言いだ。「ジョシュアは、いくらでもこまやかな心づかいができる男だよ。守りが堅いが、それには理由があってね」

「見くびらないで。夫の過去なら知っていますわ……少なくとも、世間で噂されている程度のことは」

気骨のある女性が好きなリアムは、断固とした口調に、内心で拍手を送った。「きみの立場もわかるが、ただ……」

「立場なんてものはないわ」腕に添えられた細い指に力がこもった。「結婚というのは、人生の伴侶になることでしょう?」

彼女はまだまだ世間知らずなのだ。だが、それも当然だろう?

しばらくして、リアムは言った。「すまない。だが、ぼくにはなんとも言えないよ。あいにくまだ独身だから」

「でも、考えとしては理解できるでしょう?」

ジョシュアとこの率直なレディなら、ほんとうに似合いの夫婦になるかもしれない。こらえきれずにリアムはふくみ笑いをした。「わかった、認めるよ。理屈のうえでは、きみの言うとおりだと思う。ただし、結婚というのものがどうやって成立するかは、見当もつかないんだ」

レディ・ジョシュア・デインも小さな笑いを漏らしたような気がした。「けっこうよ。あなたが、理想のロマンスを語るために夜の散歩へ連れ出したわけじゃないことはわかっていたわ。ごめんなさい」

「とんでもない」

しばしの沈黙をはさんで、相手が小さな声で言った。「夫をよくご存じなんでしょう」

「ああ、長年の親友だからね。だが、知ってのとおりひと筋縄ではいかない男だ。つきあいは長くても、理解できないときがある」

「わたしにも、少しは望みがあるかしら？」

リアムははっとして相手を見た。月明かりのもとで、長い睫毛が頰に影を落としている。女性というのはなぜ、世間話の隙間をぬって、男をいちばん動揺させる質問をくり出すのがこうも得意なのだろう？　とぼけたとしても逃げられそうになかった。「ぼくからは、なんとも言えないな」

うっすらとした笑みが返ってきた。「保証がほしいわけじゃないんです。ただ、意見を伺いたくて」

「ぼくは、へたをするとジョシュアよりひねくれた男だからね。どう考えても相談相手には向かないよ」

「でも、わたしとダンスするように夫を説得してくださったでしょう。ありがたかったわ」

おのれのおせっかいがもとで窮地におちいるとは、笑える話だ。文字どおり、言うべきことが何ひとつ見つからない。先の流れがまったく読めなかった。

並んで歩くチャリティのドレスが、小道の砂利をかすめてさらさらと音をたてる。どこかでナイチンゲールが甘く、やるせない声で鳴いた。チャリティが、さっきと同じ物思わしげな声で続けた。「わたしみたいな女に、ジョシュアは慣れていないんだわ」

まったくだ。「それが、きみの強味だよ」

「どうして？」横目でこちらを見る顔の、なんと愛らしくはかないことか。

澄んだトパーズ色の瞳。ジョシュアはよく抵抗できるものだ。いや、抵抗できなかったのか？　あの舞踏会で濃厚なワルツを一曲踊ったあと、衆人環視のもとで妻を引きずるようにして去ったのは事実だ。あれは、肉体への執着だけではない。

すでに多くを語りすぎただろうか？　リアムは自分をいましめた。すれっからしの放蕩貴族でも、友を裏切るわけにはいかない。


隣を歩く背の高い紳士が、あまりに長いこと黙りこくっているので、このまま話題を変えられてしまうのかしら、とチャリティはいぶかしんだ。だとしても、子爵を責めるにはあたらない。ふたりは初対面同然だし、答えにくい質問を無理やりぶつけたのはこちらのほうだ。

でも、子爵はジョシュアと旧知の仲だ。縁あって結婚した男性について、少しでも手がかりがつかめるなら、どんな話でもしたかった。

ようやくリアムが口を開く。「こんなぼくでも役に立つのかわからないが、純粋に男の立場から、ひとつ助言させてもらうよ。きみの強味をどんどん出せばいい」

「わたしの強味って何かしら。それがわかったらうれしいけれど……」チャリティはつぶやいた。最後に夫とした会話を思い出すと、いまでも心がずんと重くなる。

リアムが軽く笑った。「考えてごらん、レディ・ジョシュア。美しい女性は誰しも、自分だけの武器をもっている。求めてくる男に、そいつを使えばいい」

もちろん、ベッドでの話だ。ハイドパークで落馬して以来、ジョシュアは寝室をおとずれなくなった。けがを案じてくれているのかもしれないが、それにもまして、あの日の会話が深く関与しているのはまちがいない。顔を合わせるたびに気まずい雰囲気になり、チャリティはみじめな気分だった。

彼が恋しい。とろけそうにやさしい指先や、肌に押しつけられる唇の感触、恍惚の瞬間に耳もとに吹きこまれるささやきが、恋しくてたまらなかった。もっと恋しいのは、ことが終わったあとだ。ぴったりと抱きよせられて、欲望を燃やしつくした彼の鼓動を感じ、室内を満たす情熱の残り香を吸いこんで……。

もちろん、すべては幻想だ。どれほどいとしげに抱擁されても、嘘でしかない。ジョシュアはなかで達することを拒みつづけている。その道の達人でないチャリティでさえ、夫がほんとうはつながった肉体の奥深くで達したいのだと察していた。みずからの喜びを犠牲にしてまで、自然の摂理にそむいた行動をとるのだから、よほどのことだ。

彼は子どもを望んでいない。ほしいと思ったことがないか訊ねたときは、迷いのない答えが返ってきた。

「もう、わたしにはなんの武器も残っていないわ」チャリティはかぶりをふった。あたたかくかぐわしい夜の空気を思いきり吸いこんで、こみ上げてきた涙を押しもどす。「立ち入った話だけれど……わたしたち……結婚のとても重要な部分でくいちがっていて、そのことを話して以来、ジョシュアは指一本ふれなくなったの。今夜の舞踏会に、いっしょに行こうと言われたのが意外だったくらいよ」

結婚して早々にチャリティ専用の馬車が用意されたおかげで、ふたりは同じ行事に出席するにもめいめいの馬車を使っている。これなら到着や帰宅のころあいを自分で決められるし、行事のあと別の場所へ向かうことになったときも便利だ、というのがジョシュアの言い分だった。チャリティにはずいぶんな贅沢に思えたが、夫が出費を苦にしないなら、異論をとなえる理由はなかった。

けれど今夜はブッシュネルを通じて、同じ馬車で出かけようという伝言が届けられた。言いつけに従ったものの、和気あいあいの道中になるはずもなく、車内には耐えがたいほどの緊張がみなぎっていた。

「ジョシュア自身、かなり弱気になっているはずだよ。さっき、ぼくに頼まずに自分で散歩に誘えばいいと勧めたとき、あいつは言ったんだ。きみに拒否されるかもしれない、と」リアムの声に責める調子はまったくなかったが、親友の肩をもっているのはあきらかだった。

チャリティは、じれてため息をついた。「ジョシュアのほうが、わたしを避けているのよ」

「この問題は、案外たやすく解決できる気がするな。女性の手練手管は、エデンの園のむかしから使われてきた古典的な武器だよ。ぼくも男だから、同胞から怒られてしまうかもしれないが、きみの性の力をあなどってはいけない」リアムが、ほとんど聞こえないくらい低い声でつけ加える。「ぼくは、あなどらない」

〝ぼくを誘惑してごらん〟

夫に、わたしを求めさせることができるかしら？

確かに、一度はうまくいった。でも、そもそもあれはジョシュアの思いつきだ。一から誘いをかけるのは、まったく別の話だった。

この距離を埋められるなら、なんでもやってみる価値はある。もし失敗したら、もっと亀裂が広がってしまうかもしれないけれど。ジョシュアのことを理解できていない自分がつらかった。でも、なにより彼が恋しかった。

挑んでみなければ得るものもない。チャリティは勇気をふるい起こした。「教えていただきたいんです。男性をこの腕に誘いこむのに、いちばん効果的な方法を」

リアム・グレゴリーがぎょっとした顔になった。月明かりでははっきり見えなかったが、蒼白になっていたかもしれない。「ぼくに訊くのは、おかどちがいだよ」

「ほかに訊ける人がいないもの」チャリティは追及の手をゆるめなかった。「だって、あなたは男性だから。それに、ジョシュアの親友なら、考えようによってはわたしにとっても親友でしょう？　お願い、人助けと思って教えてくださいな」

リアムがまじまじとこちらを見る。ややあって、くぐもった笑いを漏らしながら、噛みしめるようにつぶやいた。「まあ、考えてみれば、散歩に誘えと言いだしたのはジョシュアなんだからな」

そして、男性を惹きつける必勝の手を語りはじめた。

17

残念ながら、ジョシュアにとって、人生最良とは言いがたい晩だった。

クラヴァットを乱暴にほどいて椅子の背に放り投げてから腰を下ろし、ブーツを脱ぎにかかる。片方ずつ投げとばした靴が衣装室の床に落ちて、敷物の上でどすん、どすんとくぐもった音をたてた。今夜の舞踏会でよかった点を挙げるなら、レディ・ワイルハーストから逃げおおせたことくらいだった。

それにしても、ふしぎなものだ。広間の反対側にいるディードリーに気づき……見まちがえるはずもない淡い金髪と優美な体つきで、ワルツを踊り、会釈をし、周囲の紳士を片っ端からとりこにしているのを目にしても、いままでのような感情は湧きおこらなかった。どう表現していいかわからないが、後悔が胸を突き刺すことも、喪失の苦汁が口にあふれることも、もはやなかった。

むしろ、妻を見たときのほうが問題だった。

チャリティのよそよそしさをどう受けとめていいか、ジョシュアは決めかねていた。夜会の会場に出かける馬車の中でも、何度かあたりさわりのない会話をこころみたつもりだ。妻からは、必要最低限の答えだけが返ってきた。ひと言ですまされることもあった。ほんとうはいっしょにいたくないのだ、と気づかされるのはつらかった。だからこそリアムに頼みこんで、会場での護衛役を務めてもらったのだ。避妊の件を知った妻が沈みこむのは、ある程度想像できていたが、自分がその沈んだ空気をどう感じるかまでは想像がおよばなかった。

いますぐチャリティを抱きしめたい。やわらかな唇にキスをして、心の傷を癒やすためならどんな埋めあわせでもする、と誓いたい。これからは楽しく、いつくしみあいながら生きていこう、子どもがいなくてもふたりでしあわせに暮らそうと。

これほどチャリティのことが頭を離れないとは……日中何をしていても気になってたまらないとは、実のところ予想外だった。夜は言うまでもない。子種を外で放つたびに、かたくなに子作りを拒む自分の姿勢を見せつけているのだ。どの面《つら》下げて、もう一度彼女の体を抱けるだろうか。

それでもやはり、チャリティがほしかった。お互いの寝室をへだてる扉に目をやり、鍵をかけておくべきだろうか、とぼんやり考える。結局かけないことに決め、のろのろと立ち上がってシャツのボタンを外した。もしこちらが求めればチャリティは応じるだろうが、相手の心を踏みにじってまで欲望を満たせるほど、ジョシュアは冷淡ではなかった。

悪評高い放蕩貴族も、言われるほど非道ではなかったということか。

そのとき、扉が開いた。

ジョシュアの疲れがみるみる消え失せた。

戸口に立つ人影は、象牙色のゆるやかな絹をまとっていた。帯をゆるめに結んであるので、胸の谷間がくっきり見てとれる。ジョシュアの寝室に入った彼女が扉を閉める。うしろを向いたひょうしに裾がひるがえり、長い素足がちらりと覗いた。

あの薄布の下には何も着ていないのだ。そんな格好で、ぼくの寝室をおとずれた。ふたつの事実が頭の中でぐるぐると回転する。そうしているあいだにも、美貌の妻がゆるやかな足どりでこちらへ歩いてくるさまが、ジョシュアを強烈に刺激した。あのためらいがちな笑みときたら……。全身の血液がみるみる下腹部に集まって分身をこわばらせ、呼吸が喉のあたりで引っかかった。

「ずいぶん遅い時間なのに、眠れないの」低くなまめかしい声で、チャリティが言う。長い髪が背中で波打ち、腰のあたりをくすぐった。「だからあなたに、手伝ってもらおうかと思って」

休戦の白旗と同じく、効果は絶大だった。かすれ声の誘いが、ジョシュアの全身をふるい立たせる。これほど短時間で、はちきれんばかりに興奮するとは。「喜んでお手伝いしますとも、マダム」ジョシュアは相手の目を見つめた。「何をいたしましょう？」

「答えなら、わかってるはずよ」チャリティの笑みが深まる。「手はじめに、着替えを続けてちょうだい。わたしは……ここで待っているから」

部屋を突っ切って向かった先はベッドだった。すでに覆いは従者の手で折り返してある。足を止めたチャリティが、部屋着の帯をほどいて薄布をはらい落とす。横たわった裸身に、つややかな髪がふわりとかぶさり、やわらかなランプの明かりがきめ細やかな肌にたゆたう。見ているうちに、ジョシュアは硬直がずきずきと脈打つのを感じた。もつれる指に焦れながら、シャツのボタンを外し、袖を引きぬく。次いでズボンの前を開け、電光石火のすばやさで脱ぎすてた。

ぼくは許されたのか？　どうもちがうようだ。彼女のまなざしには、子どもがほしくないのかと訊ねたときの悲しみと困惑がまだ残っている。それでも、この休戦に甘えようと思った。チャリティは納得していない。だからこそ、ひとときの和解がなおさら貴く感じられた。

自分はこの僥倖《ぎょうこう》に値しない――チャリティという女性に値しない、と言ったほうが正確か――男だが、手ごわい良心とさんざん戦ったすえに出した結論は、やはり同じだった。真実を知ったら、妻はもっと傷つくだろう。彼女を不幸にしたくないというのが、いつわらざるいまの気持ちだった。

大胆な挑発ぶりとはうらはらに、チャリティは赤面していた。頬骨のあたりにあざやかな血の気がさしているのがわかる。瞳の色もいつもより黒ずみ、焦がした蜂蜜《はちみつ》を思わせた。ベッドへ近づいていくジョシュアを、なかば閉じた目で見まもる妻。ゆっくりと伸びをしたのは、わざとにちがいない。背中が弓なりにそると同時に、美しい胸が思いきりつき出される。ピンク色の先端は、すでにこわばっていた。

〝誘惑〟という言葉の奥深さを思い知らされるようだった。ジョシュアの欲求を、チャリティは承知している。だが、それだけでは終わらない。始まってもいない。

「どれほどどきみをほしかったか、想像できるかい?」ジョシュアは問いかけながら、ゆっくりと彼女の隣に寝そべり、手の甲で軽く頰をなでた。「閉ざされた扉と壁のこちら側で」

「わたしも、あなたがほしいわ」チャリティがかすれた声で答えた。覆いかぶさるジョシュアの肩に、てのひらがあてがわれる。熱くほてる内ももが、極限までいきりたったものを受け入れるために開かれ、甘い吐息が頰をくすぐった。彼女が下に手を伸ばして硬直にふれたので、ジョシュアは虚をつかれた。「これがほしかったの」

思いがけない愛撫に、全身がびくっと反応する。ジョシュアは切羽詰まった声を出した。

「気をつけてくれ。いったい何日、禁欲生活を続けてきたと思っ……」

「六日でしょう」熱くなやましい声がさえぎる。

チャリティは数えていたのだ。

いや、チャリティも、数えていたのだ。

制止を聞くようすもなく、彼女の手が硬直をなでさする。先端から根元にかけてしごき、感じやすい睾丸を包みこみ、重さを確かめるように小さなてのひらでころがす。もう片方の手を胸板に突っぱったので、キスをしかけていたジョシュアは動きを封じられた。

「反対側になって」じれったそうに小さく押しながら、チャリティが命じる。

いまにも中に入ろうというところでおあずけをくらったジョシュアは、ふうっとふるえる息を吐き出した。

「あおむけになるのよ」チャリティが言いそえる。ほっそりした指はなおも、いきりたった分身をなでつづけた。繊細な動きが、逆にジョシュアを駆りたてた。ほんとうは迷い、恥じらっているのがわかったからだ。「ね、お願い」

お安いご用だと言いたいところだったが、ジョシュアの四肢はすでにうっすらと汗をかき、硬直の先は脈打って、早くも到達のきざしを見せていた。それでも、夫の寝室をおとずれてくれたチャリティには好きなようにふるまう権利がある。罪悪感にかられるジョシュアのほうからは、とうてい誘えなかっただろうから。

言われたとおりにあおむけになり、次の展開に期待する。

期待は、またとない形でかなえられた。

妻が体を起こして膝をつき、いきりたったものを真剣な顔で見つめてから、小さな手で包みこみ、甘やかな愛撫を続けたからだ。

ジョシュアは思わず、はっと息をのんだ。

「痛かった？」チャリティがすぐさま手を止め、心配をにじませる。「そんなつもりじゃなか……」

「だいじょうぶ」ジョシュアはうけあい、枕に背中をあずけた。分身の脈動が、胸の高鳴りに呼応する。もつれた髪と白い乳房を揺らしながら、男の分身に覆いかぶさるチャリティを眺めていると、まるで淫靡な白昼夢を見ているような、官能の王国に君臨したような極上の気分だった。「止めないで。ああ、きみの手の動きは最高だよ」

「こんなふうに？」チャリティが手の位置を変え、硬直をそっと握った。「どうすればいいのか教えて」

ぎこちない手つきでゆっくりとしごかれると、気が遠くなりそうだった。ためらいつつ、絶妙な刺激を加える手の動きは、自分はすでに死んで天国に昇ったのではないかとジョシュアに錯覚させるほどだった。

いや、死んでなどいるものか。かつて、まっさかさまに地獄へ落ちた自分だが、これほどの快楽を味わえるなら、何も惜しくない。

「教えることは何もない。きみは申し分ないよ、奥さん」ジョシュアはがさついた声でつぶやき、目を閉じた。ほてる肌に冷たいシーツが心地よい。

「キスしてもいい？」

「なんでも好きにしていいさ。ここに規則はない。ぼくらさえよければ」

やわらかな唇が重なってくるのを待ちうけたが、ほどなく彼女がキスしたのは、予想とはちがう箇所だった。長い髪が腹部をくすぐったかと思うと、こわばりの先端にそっと唇がふれたのだ。ジョシュアははっと目を開いた。悦楽のさざ波が全身に広がる。チャリティが下半身に覆いかぶさり、小さな口に硬直をふくんでいる眺めは、愛撫そのものと同じくらい刺激的だった。しなやかな背骨の曲線、両ひざをそろえた上品な姿勢、完璧な形の乳房が落とす影……何もかもが、禁断の幻想を再現したかのように思えた。うら若い乙女が奔放に奉仕するハーレム。そんな男の夢が、ほんとうにかなうとは。

まだ経験が浅いチャリティには、男のこわばりを口にふくんだらどうなるか、あまりわかっていないのだろう。だが、痛いほど張りつめたもののいたるところに軽やかなキスを見舞われる快感はあまりにも強烈で、ジョシュアは思わずうめきながら長い髪に指をさし入れ、そのまま彼女を胸もとまで引っぱり上げた。

「もういい」荒々しくつぶやく。「でないと、始める前に終わってしまう」

いったいどこで、こんなことを覚えたんだ？

トパーズ色の瞳がじっとこちらを覗きこみ、あだっぽいとしか言いようのない笑みが浮かんだ。「気に入ったのね」

「ああ、気に入ったさ」ジョシュアはうけあって妻の背中をなでた。その手が下へとさまよい、なめらかな臀部をとらえて、ひときわ強く抱きよせる。「さあ、次はぼくの番だ。正確には、きみの番かな。こうやるんだ。試してごらん」

両手で腰を支えて位置を調整し、彼女をまたがらせてから、こわばりの先でゆっくりと彼女を押しひらき、いちばん敏感な場所にすりつける。しっとりと濡れそぼった感触が、準備万端だと告げていた。チャリティの睫毛がそっと伏せられ、ふるえる息が吐き出されるのを感じながら、ジョシュアはゆっくりと動きはじめた。上に、下に。感じやすい蕾《つぼみ》を刺激しつつ、まだ中には入らない。ジョシュアの腰を締めつける内ももに力をこめ、小さな両手を胸板に突っぱって、チャリティはじっと動きを学んでいるようだった。

寝室での妻が熱心な生徒だということは、すでにわかっている。

すばらしい。

ぼくは果報者だ。

ジョシュアはいつしか、結婚を前向きにとらえつつあった。

自分がどんなにすてきか、この人にはわかっているのかしら？

純白のシーツにくっきりと映える褐色の乱れ髪、わずかに開いて官能的な笑みをただよわせる唇と、炎をたぎらせた灰色の瞳が織りなす、このうえなく男っぽい表情。

彼がふたたび動いたので、チャリティはおののいた。筋肉に覆われた腰がわずかに動いて、えもいわれぬ快楽を脚の付け根にもたらす。長大なものが入口にすりつけられ、けれど中に入ろうとはせず、愛の営みをまねて動く。

愛、……。

そんな感情がなければどれほど楽だろうと思いもしたが、この一週間でチャリティはきびしい現実の数々を受け入れ、冷静なたたずまいを身につけつつあった。子どもっぽい初恋の相手との結婚は、すでに女性としての尊厳をおびやかしている。あの日、教会の祭壇に立って誓いを口にするまで、自分はジョシュア――というより、子ども時代のあこがれが高じてできあがった理想のジョシュア――に恋していた。むかしの彼は明るくて魅力的で、こちらまでつりこまれそうな笑顔の持ち主だった。そしていま、夫婦の寝室という閉ざされた空間に身をおいたチャリティは、もはや自分を止められそうになかった。勢いまかせにつっ走り、彼を愛してしまいそうだ。

それとも、もう愛しているの？　確かに、過去一週間に自分が味わったつらさは、すでに手遅れという証拠かもしれない。もし想いがなければ、心の痛みと困惑を押しこめてまで相手の寝室に踏みこみ、はしたない誘いをかけたりはしなかっただろう。いまのところ、作戦はうまくいっている。チャリティの全身は快楽の波に揺さぶられてふるえ、ジョシュアも〝きみがほしい〟と認めてくれた。銀色の瞳にくすぶる情熱と、固くそそり立った肉体が、なによりも正直に物語っている。

結婚生活で手にした、たったひとつの勝利だ。それ以外は何もかもがままならない。夫は礼儀正しいがよそよそしい。金銭ならいくらでも出してくれるが、感情は出し惜しみする。ずばり質問するのをためらわせるほど率直で、なのに本心はけっして見せてくれない。チャリティはけむに巻かれ、疑心にとりつかれ、それでいて魅入られてもいた。

「中にほしいか？」ジョシュアがかすれた声で訊ねた。チャリティの臀部を両手で軽く、かつしっかりと支え、なめらかな摩擦で翻弄しながら、少しずつ絶頂へと押し上げていく。

「ええ」嘘をついてもしかたなかった。

「意見が一致したようだ」

ジョシュアの両手に力がこもって、チャリティの腰をこころもち浮かせ、硬直の先が入口をとらえたところで、下から——前に袖付き椅子に座って愛しあったときと同じだわ——進入をはかる。六日も間隔があいたせいか、内部を押しひろげるこわばりはいつもよりも強大に思えた。チャリティの体はじりじりと下ろされ、やがて完全に彼を受け入れてひとつになった。

ためしに動いてみる。腰をわずかに浮かせては落とし、こわばりに摩擦を加える。ふたりともすっかりたかぶっていたので、同時にうめきを漏らした。まるで、声をそろえて肉体の喜びを賛美するかのように……。荒々しい快感が高まるとチャリティの体は抑えがきかなくなり、内部がぴくぴくと収縮して、待ちこがれた頂上が近いことを告げた。そのときはあっという間におとずれ、大波のようにチャリティをのみこんでもみくちゃにした。全身がひとりでにふるえ、息がはずんでとぎれとぎれのあえぎが漏れる。ジョシュアが何か判別不能の言葉を口走るいっぽうで、チャリティは大きくひと声叫び、彼の腕をきつく握りしめて、馬に乗るのと同じ格好で嵐を駆けぬけた。

チャリティの波が引いていくころ、ジョシュアが体をつなげたまま転がって自分が上になり、もう一度、二度、三度と深くつらぬいてから分身を引きぬいた。そして大きな体軀をふるわせ、またしてもチャリティの内ももに放出した。

小さな失望を感じたのも束の間、夫の手がチャリティを強く抱きよせ、汗まみれのたくましい体に密着させた。唇が唇を探りあて、長く濃密なキスをする。チャリティも熱烈にキスを返し、裸の肌をぴったりと重ねあわせた。そして、夫が耳もとでこうささやいたときはうなずいた。「今夜はここで眠ってほしい」

ジョシュアの側からの譲歩だ。ごく小さな勝利かもしれないが、チャリティの心は希望に沸きたった。二度めに彼が、やさしく愛してくれたとき、ふたたび〝愛〟という言葉が脳裏に浮かんだ。

危険だろうか?

それはまちがいない。

わかってはいても、自分を止められなかった。

18

「いい天気になりそうだ」

「ええ」

「マリアのところへ行くのかね？」

「いいえ」

「となると、帽子屋を襲撃するのかな？」

「たぶん」

ジャレドは朝食のテーブルごしに妻を見つめた。うわの空の生返事が、これほど食欲に影響をおよぼすとはおどろきだ。皿の上の卵料理は味を失い、料理人ご自慢のさっくりと焼き上がった干し葡萄入りスコーンは、香ばしさとはちがう悪臭を放ちはじめた。ジャレドはそっとフォークを置いた。「具体的な日程を教えてくれないか、ディードリー」

もし嘘をついても、報告書が届けばすぐにわかる。ロンドンに着いて以来、妻がおとずれた場所と滞在時間を、ジャレドはすべて把握していた。

ジョシュア・ディンあてに届けた書付けに夫が逐一目を通していることを、ディードリーは知っているだろうか？　おそらく知らないだろう。ディードリーは自分の悩みにかかりきりで、疑いをいだく余裕などないからだ。人をだますには体力がいる。人を疑うことにこれほど長けるとは。なんといまわしい人生だろう。

「お友だちと……レディ・ハートフォードとお茶をするわ」ディードリーがコーヒーをゆっくりとかき混ぜた。「それから、晩は音楽会に招待されているの。あなたは来てくださらなくてもだいじょうぶよ。ああいう行事がお気に召さないのは、よくわかっているから」

そのとおりだったが、ディードリーが夫の同伴なしで社交行事に出かけるのは、もっとお気に召さなかった。「たまには行ってみようかな。きみといっしょに出かけるいい機会だから」

「どうか、お気をつかわないで」藍色の瞳がこちらをまっすぐ見すえる。まるで、いままで夫の存在に気づかなかったかのように。きょうの妻はラヴェンダー色を着ていた。淡い色彩が、はかなげな美貌によく似合う。淡いブロンドをあちこちカールさせ、手のこんだ形に結い上げていた。

「ぼくが、そうしたいのさ」

「あなた、このところおかしいわよ、ジャレド」異様なまでのせわしなさでコーヒーをかき混ぜていたことに気づいたのか、ディードリーが手をぴたりと止めた。スプーンが、音をたてて受け皿に置かれる。「ロンドンに着いてからずっとそうだわ」

「昨夜はきみにふられてしまったからね。少しばかり欲求不満なんだ。妻からベッドを拒まれたら、どんな男でもへそを曲げると思わないか?」

ほんとうのことだった。昨夜ジャレドが、夫婦それぞれの寝室の仕切扉を開けてみると、ディードリーはちょうど、その日の社交行事めぐりから戻ったところらしく、着替えの途中だった。脱いだドレスを、侍女が吊るしている。

夫を見た瞬間の、いかにも迷惑そうな顔といったら! いつもなら、もっとうまく本心を隠しおおせるのに。ディードリーは落ちつきはらって侍女を下がらせたが、ジャレドが妻に近づいて抱きよせようとすると、一歩下がって、首をふった。

ジャレドにしてみれば、みぞおちを殴りつけられたような気分だった。いまいましいのは、そのときのディードリーがいつにも増して美しかったことだ。素足にレースのシュミーズ一枚で、まばゆくかがやく髪が腰のあたりでたゆたい、大きな瞳に悲嘆をたたえている。

彼女はジャレドの妻、子どもたちの母親だ。ふたりの人生は、離れるのが不可能なほど密接に結びついている。生涯の伴侶を満足させられないというのは不愉快きわまりなかったが、ジャレドもまた、彼女の上っ面だけでは満足できなかった。

ディードリーが、レディらしく頬を染めた。「きのうは頭痛がひどいから無理だと言ったはずよ」

いよいよ、独創的な策略の始まりだ……。ジャレドはベーコンを盛った銀の盆に手を伸ばしたが、実のところ、これ以上ひと口でも食べられる自信がなかった。フォークをひと切れ刺して皿に取ってから、抑揚のない声で言う。「ああ、そんなことを言っていたな」

「わたしが嘘をついたとお思いなの？」

ジャレドは、わざと無頓着そうな表情で上着のかくしをさぐった。そして、折りたたんだ羊皮紙を指先でつまんで取り出し、テーブルの真ん中にぽんと放り出した。ディードリーがぎょっとした顔で紙片を見つめ、唇をふるわせた。

給仕がコーヒーのおかわりを運んでこなかったら、妻はいったい何を口走っただろう。ぴりぴりと張りつめた静寂に、ジャレドが食べたくもないベーコンをナイフで切る音だけがひびいた。機械的に口に入れ、咀嚼《そしゃく》して飲みこんでから、ジャレドは言った。「わたしがかわりに読もうか？」

「けっこうよ」小声で答える妻の手が、はっきりわかるほどふるえている。「よくもまあ、そんなことを」

「きみのほうこそ、よくもまあ、一度は結婚まで考えた男に、宿屋で会おうともちかけたりできたものだな」ジャレドはナプキンで口を軽く押さえた。平静をよそおってはいるが、腹の中では憤怒が煮えたぎり、銀のコーヒーポットを窓から放り投げたいくらい悲嘆にくれていた。

「どうやって、その書付けを手に入れたの？」

「そんなことはどうでもいい」

「あとをつけたの？」

「きみだって嘘をついたじゃないか、マダム。わたしの行動をとやかく言えるのか？　信頼は、一方通行では築けないんだ」

「あなたを裏切ったことは一度もないわ」ディードリーの声が揺らぎ、かすれた。横を向いた妻の喉が、ぴくぴくと動いている。

「そうなのか？　うれしいおどろきだな。今後も継続してほしいものだ」

「その手紙にはなんの他意もないわ。会ってお祝いを言いたかっただけ」ディードリーが立ち上がった。美しい顔は血の気を失ってひきつり、身ぶるいが止まらないようすだ。

「ごめんなさい、失礼するわ。頭痛がぶり返してきたみたい」

ジャレドも立ち上がり、一礼した。身にしみついた礼儀作法、貴族の性《さが》だ。「だいじにするといい」

妻がラヴェンダー色の絹をひるがえし、異国風の香りを残して食堂を去ったあと、ジャレドは折りたたんだ羊皮紙をふたたび手にとって開き、しらみつぶしに検分した。こうするのは、もう十回めだろうか。

最愛のジョシュア
ふたりで話したいことがあるの。火曜の午後三時、カムデンタウンの《ラプターズ・ネスト》で会えないかしら？　返事は、姉のマリア・ホーソーンにことづけてください。住所を下に書いておきます。
いまも変わらぬ想いをこめて
ディードリーより

いまも変わらぬ想い、か。もと恋人にあてた手紙の締めくくりとしては、いかにも意味深だ。ほんとうに夫が気づかないと思っていたのか？　ばかにするな。千里眼などなくても、〝いまも変わらぬ想いをこめて〟の真意くらいお見通しだ。

ディードリーとジョシュア・デインはかつて、裸の手足をからめて燃え上がった仲だ。いつまでたっても、その想像はジャレドにとりついて離れなかった。ディードリーを妻にした以上、勝利したのはわたしだ、といくら自分に言いきかせても無駄だった。

もしほかの男に心奪われているのなら、小さな勝利などなんの意味もない。ジャレドはナプキンをテーブルに放り出し、ゆっくりとした足どりで食堂を出ていった。杖の助けを借りて。

招待状を受けとったときは少なからずおどろいたが、チャリティが出席を思いたったのは、レディ・ハートフォードがオードラと親しいからだった。なのに、いざお茶会に足を運んでみると、肝心の従姉は招待されていなかった。

そのいっぽうで、少し離れた席にはワイルハースト侯爵夫人が座っていた。お茶を品よく口に運び、菓子を勧められると、子どもを産んでからすっかり太ってしまったからと辞退している。実際には贅肉《ぜいにく》のかけらも見あたらないというのに。

認めたくないが、非の打ちどころがない女性だった。天使の顔とヴィーナスのなまめかしい体、粋をきわめた身のこなしがすべて合わさったのが、レディ・ワイルハーストという女性だった。

しかも、それだけでは飽きたらないとでもいうのか、まばゆい金髪ときている。チャリティは暗澹たる気持ちになり、自分を落ちつかせるために三つめのエクレアをつまんだ。

ジョシュアが彼女を愛していたのはまちがいない。彼女を争って血なまぐさい決闘におよぶほどに。醜聞に巻きこまれて上流社会からつまはじきにされることも辞さないほどに。そのときに受けた心の傷から立ちなおれず、心を閉ざしてしまうほどに。

この顔ぶれはまずいと、誰か思わなかったのかしら？　それとも夫の過去などそ知らぬふりで、作り笑いを浮かべ、もと婚約者と世間話でもしろと期待されているのかしら？

おそらく後者なのだろうとわかったのは、ワイルハースト侯爵夫人がこちらを向き、声をかけてきたからだ。「シェイクスピアの『マクベス』の最新公演はごらんになった、レディ・ジョシュア？　すばらしいと評判だから、夫を誘っていっしょに行きたいんだけど、あの人、あまりお芝居が好きじゃないのよ」

わたしの夫は、芝居好きなのだろうか？　きっと、レディ・ワイルハーストのほうがよく知っているのだろう。その場に居合わせた全員の注目を浴びながら、チャリティはせいいっぱい冷静に答えた。「いいえ、残念ながら」

「このかたはね、まだ新婚ほやほやなのよ」別の女性が指摘した。ここに集まった面々が知らないとでも思っているのだろうか？「あちこち出かけるより、家にこもっているほうが楽しいに決まってるわ」

チャリティは、不覚にも顔が熱くなるのを感じた。よく知らないご婦人がたにじろじろ見られるなか、あてこすりに反応してしまうなんて、くやしいにもほどがある。みなチャリティよりも年上だが、母やそのお仲間ほど離れてはおらず、ちょうどジョシュアと同じくらいの年代だった。みんな既婚者で、だからこそチャリティがここに呼ばれたのだろう。

「いい経験をさせてもらっていますわ」チャリティは小声で返事した。

「いまにわかるわよ。どんな殿方と暮らしたって、いい経験になるって」小柄で黒髪のレディ・ハートフォードがかろやかな笑い声をたてる。「泥で汚れた靴だの、くだらない冗談だのに、わたしたち女はよく耐えているものだと思うわ。うちの夫なんて、飼っているスパニエル犬二匹を寝室へ連れてきて、いっしょに寝たがるのよ。落ちつかないし、二匹のうち一匹は、夫が葡萄酒を飲みすぎたときよりひどいいびきをかくの」

「かわいらしいじゃないの」ふくよかで愛嬌のある女性——さっき、次々と自己紹介してきたなかのひとりだが、名前は思い出せない——が口をはさむ。「うちの夫なんて、ベッドに入る前に嗅ぎ煙草をやりたがるのよ。ロマンティックさのかけらもないでしょう？」

この告白をきっかけに、めいめいの伴侶のおかしな習慣が次々と披露された。チャリティは、ときに笑みを押しころしつつ耳をかたむけたが、仲間はずれにされた気分をどうしてもぬぐえなかった。ときおりワイルハースト侯爵夫人の視線を感じたが、こちらは直視しないよう気をつけていたので、錯覚かもしれない。

ころあいを見はからって、チャリティは咳払いをし、女主人に丁重に挨拶してからお茶会をあとにした。部屋を出たとたんに自分が槍玉にあげられそうな、いやな予感がしてならなかった。あんなに美人で上品な侯爵夫人と比べられて、自分に勝ち目はあるだろうか？

たぶん、勝ち目はない。自分も十人並みか、それより少しは上かもしれないけれど、ブロンドの女神にはとうていかなわない。ジョシュアが熱烈にのめりこんだのも当然だ。すべてを投げうってまで……。

「レディ・ジョシュア、お待ちになって。お願いだから」

チャリティはおどろいてふり向いた。いままさに考えていたその人が、玄関ホールまで追いかけてきたのだ。レディ・ワイルハーストはほほえんでいたが、その笑みがややひきつっているのは、見せかけほど平静でない証拠だ。

「お帰りになる前に、少しお話できないかしら？」無表情で立つ従僕にちらりと目をやる。顔の筋ひとつ動かさなくても、使用人は耳をそばだてているにちがいない。「もしおいやでなければ、あなたの馬車が出てくるのを待つあいだ、外でごいっしょしたいのだけど」

拒否するすべがあるだろうか？　チャリティは〝夫とあなたの過去が気にくわない〟という決定的なひと言を口にせずに相手をしりぞける方法を必死で考えたが、ひとつも思いつかなかったので、こくりとうなずいた。「喜んで」

正面玄関から伸びる煉瓦《れんが》敷きの階段を、無言で下りきったところで、ふたりは足を止めた。うららかな午後だった。青く澄みわたった空、都市の悪臭さえやわらげてくれそうな心地よいそよ風。あきらかな逡巡ののちに、侯爵夫人が口を開く。「この会にあなたが招待されたのは、わたしのせいなの。だいたい察しはついたでしょう？」

これほど正直に告白されるとは思ってもみなかった。チャリティは答えに詰まり、やっとのことでこう答えた。「最初はわけがわからなくて。従姉のオードラがこちらの奥さまと親しいので、その縁で招かれたのかと思っていました」

「ねえ、とりつくろうのはお互いやめましょうよ」藍色の瞳がこちらをまっすぐ見た。親しげでこそないが、落ちついたまなざしだ。「白状するわ。一度でいいからあなたに会ってみたかったの」

ジョシュアのせいだ。言われなくてもわかる。チャリティは用心深く答えた。「それが、人の常でしょうね」

〝わたしも会ってみたかったわ。好奇心が満たされたいまは、むしろ後悔しているけれど〟もちろん、口に出してそうは言わなかった。

はたしてわたしがジョシュアの愛を勝ちとる日はくるのか、という不安が、いつになく強まっているのは、彼女をまのあたりにしてしまったからだ。ジョシュアが恋いこがれ、結婚してもあきらめきれず、名誉を失う危険を冒してまで追いかけた絶世の美女。

「そうかもね」レディ・ワイルハーストがしばし目を伏せて考えこんだ。「初対面で、いきなりこんなことを言われても呑みこめないだろうけど、あなたとは、できれば仲よくしたいのよ」

思いもよらない言葉だった。チャリティはあっけにとられ、並んで立つ女性をまじまじと見た。どう答えていいかわからない。

「夫たちのほうは、きのうクラブでお酒をくみかわして、礼儀正しく話をしたそうよ。噂だけどね。ふたりが過去を乗りこえたなら、あなたとわたしもふつうにつきあえるんじゃないかしら？　もともと、お互いが争ったわけではないし」

おだやかな口調、しごくもっともな提案。チャリティはうなずいた。「ええ、レディ・

ワイルハースト」さいわい、そこへ馬車が回されてきた。

「よかった」相手がほほえむ。「これから、あちこちで顔を合わせることになるだろうから、うるさがたの目がないところで、あなたと話をすませておきたかったの。セーラのお茶会に招待してもらうのが、いちばんの早道だったのよ」

もし屋敷を訪ねてこられた場合、万が一ジョシュアが在宅だとひどく気詰まりだったろうから、きっとこれが最善だったのだ。チャリティは答えた。「五年前に何があったかはよく知らないけれど、過去は過去ですわ。ふつうにおつきあいいたしましょう」

とたんに侯爵夫人がけわしい表情になり、そっぽを向いた。「とり返しのつかない失敗をしたのは事実だけど、わたしひとりが悪いんじゃないわ」

いったいどういう意味かしら？

従僕が馬車の扉を開けたので、チャリティはほっとして、小声で礼儀正しく挨拶してから乗りこんだ。

とり返しのつかない失敗……。

ジョシュアとの婚約を解消して侯爵と結婚したことを指したのだろうか？　それともジョシュアに関する、もっと別のことだろうか？

馬車に揺られて大通りを行きながら、チャリティは窓の外に遠いまなざしを向けた。夫の結婚観を変えるほど大きな影響を与えた事件について、自分にはきちんと話を聞かせてもらう権利がある。そう考えるいっぽうで、いまさら過去をむし返してどうするのかという思いもあった。話したくないと、ジョシュア自身も言っていた。

ワイルハースト侯爵夫人が忘れていないのはあきらかだった。

話したいか話したくないかを問わず、ジョシュアもまた忘れていないのを、チャリティは知っていた。

19

店員がヴェルヴェットの箱に銀色の包み紙をかけるのを、ジョシュアはじっと見まもった。年若い男の店員はよどみなくてきぱきと仕事をこなし、ものの数十秒でジョシュアは八千ポンドを失い、かわりに最高級のトパーズのネックレスを手にした。中心をなす石はおそらくインドゆかりのもので、大王《マハラジャ》の妃がまとっていたと推察される、という話だったが、ジョシュアにしてみれば由来などどうでもよかった。色合いがぴったりかかどうか、それがすべてだった。

チャリティに結婚祝いの記念品を贈りたいと思いたったジョシュアは、女性はみな宝石が好きなはずだから、この際うんと奮発しようと決めた。以前にも、情事の相手に安物を買いあたえたことはあるが、今度は少しばかり事情がちがう。

いや、まったくちがう。

これは妻への褒美《ほうび》ではないし、詫びの品でも賄賂《わいろ》でもない。彼女が包みを開けて、マーキス・カット（宝石の加工法。両端のとがった楕円形）のダイヤモンド六個を卵形に並べた金線細工の中央にきらめく宝石を見たときの笑顔……それだけがジョシュアの望みだった。

女性のうれしそうな顔だけを楽しみに、ロマンティックな奉仕に走るなど、いままでの自分にあっただろうか?

いや、生まれて初めてだ。

ジョシュアははっとして、高級宝石店から通りに一歩出たところで足を止めた。棒立ちになって手の中の包みを見つめ、すぐさま店内に駆けもどって衝動買いの品をつき返そうかと逡巡する姿を、通りすがりの人々がちらちらと見ていく。

「ごきげんよう、デイン」

ひややかな声をかけられて、ジョシュアはわれに返った。目を上げると、立っていたのはよりによってキューサック伯爵だった。ここはロンドンきっての高級店街であるボンド・ストリート、上流階級の知人に出くわしても別にふしぎはない。とはいえ、どうせならもう少し好意をもてる相手に出会いたいものだ。ジョシュアは眉をつり上げ、相手にひややかな会釈をした。少なくとも、この男がチャリティの落馬事故に関与しているという証拠はまだ見つかっていない。「やあ、キューサック」

「奥方のために買い物か? それとも、ほかの誰かに贈るのかな?」美しく包装した箱にするどい視線を向けながら、伯爵がいやみたらしく訊ねる。

どうせ愛人がいるのだろうと露骨に勘ぐられるのは不快きわまりなかった。「関係ないだろう」吐きすてたあとで、悪意の噂を流されてはたまらないと思い、ジョシュアは言いなおした。「ああ、そうさ、妻への贈り物だ」

このネックレスは、今夜のうちにかならずチャリティに渡さなくては。キューサックは信用ならない男だ。ジョシュアを宝石店の前で見かけたという話を、あいまいにぼかしてゴシップ好きな連中の耳に吹きこむだけで、事実はゆがめられ、下品な噂へと姿を変えて広がっていくだろう。

「それで、奥方は元気にしているのか?」キューサック伯爵がさっきと同じ、ふくみのある口調で訊ねた。

人目があろうとかまわないから、この両手をキューサックの喉にかけて、野蛮な行為におよびたい、という衝動がジョシュアを襲った。「落馬の件を言っているのなら、妻は手首をくじいただけで大事なかった、と答えておこう」

「奥方が落馬したとは初耳だよ。大変だったな」

本心か、それとも出まかせか? 見ぬく力があればとジョシュアは思ったが、厩舎で働く人間にあらためてひとりずつ話を聞いても、刃物の破片がチャリティの鞍に仕込まれた過程は割り出せなかった。

「申しわけないが、通りで世間話をするのは好まないんだ。これで失礼する」

相手の返事も聞かず、ジョシュアは背を向けて、少し離れた場所に停めてあった馬車へと戻った。次に向かった先は、セント・ジェームズに位置する公爵家の屋敷だ。ジョシュアが何年も前にひとり住まい用の家を購入したのは、自分だけの空間を持ちたかったのが半分、なにかと大仰な豪邸に息が詰まったのが半分だった。兄の爵位をうらやんだことは一度もない。身分についてくる虚飾に耐えられないからだ。ジョンの第一子が男だと知って、誰よりも喜んだのはジョシュアだった。

「いらっしゃいませ」執事のフリッツが、いつもどおり丁重に頭を下げる。

「叔母上はおいでだろうか？」

在宅との答えが返ってきた。ジョシュアの妹とふたり、裏手のテラスで午後の日ざしを楽しんでいるらしい。

天気がいいので、建物の裏手からテラスに通じる両開きの扉は開け放たれてそよ風を取りこんでいた。だが、うららかな青空と心地よい風に浮きたった心は、日ざしでぬくめられた石畳に足を踏み出すとほどなく凍りついた。

クリーム色の可憐なドレスを着たエミリーと、いつもどおり地味な灰色をまとったヘレン叔母が、ジョシュアに気づいたとたん、すっと笑顔を引っこめたからだ。レモネードとおぼしきガラス壺を置いたテーブルをはさんで座るふたりがこちらに向けたのは、非難としかとれないまなざしだった。成人し、それなりの女性経験を重ねた男の直感が、これはまずいと告げていた。

困るのは、責められる心あたりがまったくないことだ。

「これは、さっさと退散したほうがいいのかな」挨拶を沈黙で迎えられたジョシュアは、すぐさま足を止め、快活に訊ねた。「それとも、なぜおとがめを受けているのか、理由を教えてもらえるのかな」

女性ふたりが目を見かわした。

よくないしるしだ。体がぞくっとした。かがやく太陽に黒雲がかかり、ひんやりとした影が落ちるのにも似た不安。「お願いだから。何かまずかったのか、教えてほしい」一歩前に出ると、ブーツが敷石にあたってかちりと音をたてた。

叔母がこちらをじろりと見てから、咳払いをした。「さっき、若い娘が訪ねてきたの。何年か前まで、ハンプシャーのスタンフォード公爵領で働いていた侍女よ。子どもを連れていたわ」

「それで？」問いかえしながら、ジョシュアの心中ではすでに警鐘《けいしょう》が鳴りひびいていた。

「お兄さまの子どもだと言われたの」エミリーの声も暗くくぐもっていた。「スペインに出征する前に……そう、年のころもちょうどそれくらいだったわ」

「ありえない」ジョシュアは吐きすて、荒々しくつけ加えた。「それは絶対にない。嘘をついているんだ」

どうなってるんだ？　使用人に手をつけたことは一度もない。見下しているからではなく、単にそういう考えが浮かばないのだ。自分に仕えることで生計を立てている相手の弱みにつけこむのはいやなので、思わせぶりな笑みや視線を向けたことさえなかった。

「わたしも同じことを言ったのよ」ヘレン叔母が述べる。「それでも、動揺せずにはいられないわ」

「とてもきれいな娘《こ》だったし、お兄さまは、ほら……」エミリーが言いよどみ、下を向いてレモネードのグラスをいじった。

「女ぐせが悪いと評判だから、そう言いたいのか？」ジョシュアはたんたんと言ったが、胸のうちは煮えくりかえっていた。「まずはっきりさせておこう。遊び人だとさんざん噂されてきたが、屋敷の使用人に見さかいなく手をつけたりはしないし、そういう噂が流れたことも、一度もない」

「そのとおりね」妹がようやくこちらを見た。「わたしだって、本気で信じたわけじゃないの。だけど、あの娘がチャリティにばらすっておどすから、親友がいやな思いをするのがつらくて……おかしなことになる前に、お兄さまからチャリティに話したほうがいいかもしれないわ」

間が悪いにもほどがある。チャリティに渡すのをあれほど楽しみにしていたネックレスが、これではまるで償いの貢ぎ物じゃないか。ジョシュアはいらいらと髪をかきむしった。

「ぼくが召使いに手を出すことはない、まして子どもを作ったりはしないと全員が同意したところで、話を進めましょうか。相手の要求は？　金銭ですか？」

「ええ。わたしからいくらか渡したわ」ヘレンが認めた。「かわいそうな子どものためにね。どんな生まれかたをしようと、子どもには罪がないから」

「世界最古の策略にひっかかったというわけだ。相手に見おぼえはあったんですか？」

「いいえ。でも、わたしだって下働きの女中ひとりひとりまで顔を覚えているわけじゃないし、五年以上前の話となるとね。ちょうど、レディ・ワイルハーストとのことがあったばかりだから……」

「誰もこのことを知らないでしょうね？」ジョシュアは追及の手をゆるめなかった。

「不意をつかれたのよ」叔母が弁解がましい口調になる。「連れてこられた子どもは褐色の髪だったし、それに……」

「ロンドンに、褐色の髪の子どもが何百人いると？」激怒のさなかでも、おもしろいくらい頭は冷静だった。「その女中がぼくのところに直接来なかったことを、おかしいと思いませんでしたか？　きっと、身に覚えのないぼくを標的にしても、口先でまるめこむのは無理だと思ったんでしょう」

「確かに、わたしも知らない顔だったし、ねだられた額もそれほど大きくなかったの」先ほどまで不安そうだったエミリーの顔が、聡明さをただよわせつつあった。「そこもおかしいと思ったのよ。もしわたしが同じ境遇になったとして、子どもの父親がお金持ちだったら、当面は不自由なく生活できるだけのお金をもらうはずだもの」

だが……ジョシュアは鬱々と考えた。あまりたくさんの額を要求してしまうと、持ちあわせの少ないヘレン叔母は金を払いきれず、困ってジョシュアに連絡をとるだろう。ジョシュアが直接会って否定すれば、女の嘘が明るみに出るというわけだ。

今回のやりかただと、ジョシュアに弁解の機会は与えられない。

「そうだろうな」先ほどキューサック伯爵に出くわしたときの、不快なにやにや笑いが記憶によみがえった。あの男がそこまでやるだろうか？　わざわざ使用人を買収し、隠し子をでっちあげてジョシュアの名誉をおとしめる？　さすがに無理があるように思えたが、それを言うなら、伯爵がエミリーと駆落ちしたのも、自分にとっては青天の霹靂《へきれき》だったのではないか？

意趣返しとしてはけちくさいが、効果は絶大だ。相手がほんとうに切羽詰まって嘘をついたのなら、チャリティに暴露するなどというおどし文句は出てこないだろう。もと召使いなら、ジョシュア自身にも財産があるのを知っているからだ。まずは妻に話しておこう。女が接触を図ったときにそなえて。

訪問して間もないのに、ジョシュアは沈痛な声で言った。「すまないが失礼する。できるだけ早く家に帰らなくては」

客がいるわけでもないのに正式な客間を使うというのは、なんだか妙に思える。でも、ジョシュアに呼ばれた場所はまさにそこだった。やや気おくれしながらチャリティが入っていくと、夫は暖炉の前に立ち、壁の絵にじっと見入っていた。聖母子像という不滅のテーマを、新古典主義の解釈で描いた作品で、巧緻な画風が部屋の優美さによく合っていたが、くい入るように見つめるほどのものかはさだかでなかった。

ジョシュアはすでに夜会服に着替えていた。ひきしまった体軀ぴったりに仕立てた上下。最新流行の形が肩のたくましさを強調し、褐色の髪が蠟燭の明かりに照りはえている。入ってきたチャリティを見ても、笑みは浮かばなかった。深緑の絹を基調に、胸もとをかわいらしい小さな薔薇結びで囲んだドレス。同色のリボンを髪にあしらって手のこんだ形に結い上げ、小さな巻毛の房をいくつも肩口に垂らしている。「とてもきれいだよ」

自分では、ドレスの色彩に肌つやを引きたてられ、ささやかな胸を大胆な襟ぐりでかさ増ししている印象だったが、ほめられると気持ちが明るくなった。ワイルハースト侯爵夫人のあでやかな姿を、記憶から消し去りたくてたまらない。気がつけば、ジョシュアの腕に抱かれた彼女を、それどころかベッドでからみ合うふたりを想像してしまう。このふたりなら、さぞ美しい組み合わせだろう。褐色の髪で颯爽としたジョシュアと、色白でたおやかな……。

「ありがとう」

飲むかと訊ねもせず、ジョシュアが窓ぎわの優雅な食器棚に歩みより、置いてあった水差《カラフェ》しの葡萄酒をふたりぶんついで、片方のグラスをチャリティに手わたした。結婚生活も一カ月を過ぎ、夫のこわばった口もとを見れば、何かあったのは察しがつくようになっていた。そのうち自分にも酒が必要になるということだろう。

「何か問題があったの？」

漆黒の眉がぴくりと動いた。「見てわかるのか？　動揺しても顔に出さない程度には人生経験を積んできた自負があったんだが。こんなにたやすく見ぬかれてしまうとは、なさけないな」

ジョシュアが心のうちをさらけ出すのは珍しいので、こちらも答えに詰まってしまう。しばらく考えてから、チャリティは言った。「あなたは、ひとつのことに集中するのが得意な人だから。いやな気分も倍になるんじゃないかしら」

「なるほど。今後はもっと気をつけないとな」ジョシュアはまだ座ろうとはしなかった。「だが、きみの言うとおりだ。いまのぼくは気分がよくない。葛藤してもいる。気がかりがひとつあって、どれくらい危険かもわかっていないんだ」

出る言葉出る言葉、どれも不穏なものばかり。やはり、葡萄酒が必要になりそうだ。「話してみて」チャリティはできるだけおだやかに、威厳をこめて言った。実際はみぞおちがこわばって、石のように重かったが。「何があったの？」

「きょう、若い女がぼくの叔母を訪ねて、ぼくの子どもを産んだと言ってきたらしい」

大聖堂の鐘がこわれたかのように、耳障りな音が室内にひびきわたり、いんいんとこだましているように思えた。

ジョシュアが無表情に話を続ける。「真っ赤な嘘だ。どうやら、ハンプシャーの公爵領で働いていた女中のひとりらしい。ぼくは召使いをもてあそんだことはないし、むかしから女性とかかわりをもつときは万全を期してきたから、そこは安心してくれ。だが、エミリーの話によると、女はきみにすべて暴露すると脅迫してきたそうだ。そうなる前に、ぼくの口から話しておきたいと思ってね」

五指の……いや、全身の感覚がしびれてきたので、チャリティはグラスを近くのテーブルにそっと置いた。うっかり落として中身を飛び散らせ、高価な敷物を汚しでもしたらたいへんなことになる。

夫が何も言わず、無表情で目だけを光らせ、こちらの出かたを待っているのが、よけい緊張感をあおった。

いくらなんでも無表情すぎると思ったとき、チャリティは気づいた。ジョシュアにとってもゆゆしき問題なのだと。

わたしにどう思われるかが、彼にとっては問題なのだ。

目のさめるような発見だった。それとともに、よその女性が彼の子どもを産んだかもしれないと考えたときの不快な衝撃は薄れて消えた。

「信じるわ」

安堵の色が凛々しい顔をよぎった。「文句を言うのもおかしいが、ずいぶんあっさり信じてくれるんだな」

〝愛しているからよ〟

決定的なひと言を口にする勇気は――いまはまだ――、なかったが、確信は強まるいっぽうだった。それに、結婚前の彼の生きかたをどう思うか、彼にどんな想いを寄せてきたかとは別に、ジョシュアを嘘つきだと感じたことは一度もない。その反対だ。こちらがとまどうほど率直なのがジョシュア・デインという男性だった。

「過去について、あなたが謝罪するのを一度も聞いた覚えがないからよ」ユーモアにわずかな棘《とげ》をしのばせて、チャリティは言った。「もしその女性が言っていることが事実なら、あなたは否定なんてしないでしょう」

ジョシュアの口がゆがんだ。「ほめられているのか、けなされているのかわからないな」

「もうひとつ、結婚してすぐ、あなたは子どもがほしくないと聞かされたわ。これも、あなたの言いぶんが正しいという証明でしょう」きわどい話題を口にのぼせるのはたやすくなかったが、いまは目の前の問題に対処するほうがたいせつだ。

「きみはまちがっている」ややあってジョシュアが言った。

チャリティは困惑して夫を見た。

「子どもがほしくないわけではないんだ」いつになく低い声、翳りをおびた灰色の瞳。

「単に、親になるという責任を投げ出しているのとはちがうんだよ」

どういうことか説明して、と言いかけたとき、戸口から控えめな咳払いが聞こえた。

「旦那さま?」

「どうした?」

「おじゃまして申しわけありませんが、お客さまがお見えです」ブッシュネルが、刻印入りのカードをさし出した。

20

大股で部屋に入ってきたストレイト伯爵の顔に、本来の快活さはなく、いまわしげに引きゆがんでいた。何も言われずとも、公爵屋敷での一幕と同じ、泥沼のように不愉快なやりとりが始まるのは予想できた。伯爵はまだ夜会服に着替える前らしく、簡易なベージュのズボンに濃紺の上着というでたちで、ジョシュアには一瞥だにくれようとせず、ひとり娘をくい入るように見つめた。「馬車は外に停めてある。いますぐわたしと家に帰りたいなら、そうしなさい」

予想外の言葉に、チャリティがあっけにとられた表情になった。

ジョシュア自身、かなりの衝撃を受けていた。

まったく、次から次へと……。「なぜ、チャリティが家に帰りたがるのですか？」暗澹たる思いを噛みしめつつ、こちらを見ない義父に、つとめて冷静に問いかける。

相手はなおも、ジョシュアなど存在しないかのようにチャリティに話しかけた。「どうか許しておくれ、かわいい娘よ。おまえに結婚を無理強いしたりして、ほんとうにすまなかった。こんな……こんな恥知らずの放蕩者と」

さあ、いよいよおほめの言葉が飛び出したぞ。

「いったいぼくが、どんな恥知らずのふるまいにおよんだのか、教えていただけませんか？」ジョシュアは炉棚に片方の肩をつき、あえてゆったりと問いかけた。内心は平静にはほど遠く、胸が苦しくてたまらなかった。

チャリティが出ていく？

だめだ。初めこそ彼女との結婚を望まなかったが、夫婦の縁を結び、彼女のキスを味わい、甘い吐息にくすぐられ、あらゆる曲線を指でたどり、ひとつになることを知ったいまは……そう、いまはもう、彼女が出ていくなど考えられなかった。

ストレイト伯爵が〝冷酷〟としか形容できない眼光をこちらに浴びせた。「きみがたぶらかした気の毒な娘が、わたしの屋敷を訪ねてきたのだ。いたいけな子を腕に抱いて……きみが子どもを認知せず、養育費も出さないと言っていたぞ」

なんとずる賢い、あくどい作戦だ。ジョシュアは愕然とし、胸が悪くなった。チャリティに直接会いに行くかわりに、義父を訪ねるとは。ぼくを破滅させる最短の道のりを知っているとしか思えない。もし、ストレイト伯爵夫人の耳に入りでもしたら……。

話はたちまち、ロンドンじゅうに広まるだろう。

「ぼくの子どもではありません」ジョシュアは、食いしばった歯の隙間から言った。

「誓ってもいい」

「ああ、向こうも言っていたぞ。きみは否定するはずだと」

名誉を傷つけられた側として、手袋を投げつけたいのはやまやまだったが、相手はほかでもない義父だ。ジョシュアは深呼吸し、必死におのれを落ちつかせた。「あたりまえでしょう。向こうが口にしているのは荒唐無稽な作り話なんだ。そもそも、ぼくはその謎の女性に会っていないし、硬貨一枚さえねだられていない。おかしいと思いませんか？　本来なら、産んだ本人のほかに真実を知るのはぼくひとりのはずなのに」

熱烈な弁明のあと、しばし誰も口をきかなかった。絹張りの壁と優雅な内装がみごとな調和を見せる客間に静寂が張りつめる。沈黙を破ったのはチャリティだった。父をまっすぐ見つめてこう言ったのだ。「その話なら、さっきジョシュアから聞きました。わたしはどこにも行かないわ」

「もしデインのところに来ていないなら、なぜその話がわかるのだ？」なおも不信の念と憤怒をあらわに、ストレイト伯爵がくってかかる。

「なぜなら」ジョシュアが割って入った。「その娘が、ぼく以外の身内ばかりを訪ねあいているからです。昼間には叔母のところへ行ったとか。教えてください。相手に金《かね》を渡しましたか？」

「ああ……それは、渡したさ。ほかにどうしろというのだ？」

ジョシュアは天井をあおいだ。「作り話で、相当かせいでいるらしいな」

「ねえ、お父さま」チャリティが押しころした声で訊ねた。決然とした、けれどやや青ざめたおももち。「お母さまは、この件をご存じないでしょうね？」

「先方が訪ねてきたときは、ちょうど外出していた」先ほどの激昂が少し薄れたのか、伯爵が肩を落とし、うなずいた。「申し出が嘘なのだとしたら、それでよかったわけだな」

これぞ不幸中の幸いというやつだ。ジョシュアはあごをさすり、打つべき手を考えた。

「ぼくの被害者とおぼしき娘から、どこに泊まっているとか、こちらから連絡する方法を何か聞きましたか？」

「いや。実を言えば、かっとなって訊きわすれた。その娘とチャリティがかわいそうでならなくてな」

「さぞ、もっともらしい話を並べたんでしょう。ぼくの叔母と妹の反応も、義父上《ちちうえ》と似たようなものでしたから」チャリティをおもんぱかって、なるべくていねいな口調でジョシュアは言った。

「いま思えば、あんなにやすやすと信じるべきではなかったのかもしれないな」伯爵も認めた。「だが、若い娘がきみをだしに使って金をせびりとるなど、思いもよらなかったのだ。まして、子どももいっしょにいたからな。悲しげな顔で、目をまんまるに見ひらいて……」

謝罪とまでは言えないが、場の緊張をやわらげるには十分な歩みよりだった。

「ぼくとは縁もゆかりもない子どもを連れてきて同情を誘おうというのは、相当たくみな策略ですよ」今夜、正装に着替えながら考えたことだ。この件の一部始終が腹立たしくてたまらなかった。「きょう、キューサックにばったり会ったんです」義父とチャリティの両方に、噛んでふくめるように言って聞かせる。「ぼくに言わせれば、一連のできごとに関していちばん疑わしいのはあの男だ。ぼくを毛ぎらいしているし、この件ではチャリティも恥をかくことになるから、復讐するなら一石二鳥というわけですよ」

チャリティが目をきらりとさせてこちらを見た。膝の上で両手を組み合わせている。

「そんなこと、考えもしなかったわ」

「さまよえる母親がたった一日のあいだに両家を訪ねあるくというのは、できすぎた話だと思いませんか？　それに、もしこれが事実なら、何年も前にジョンを訪ねたはずでは？」

「事実ではないとすれば、すべて説明がつくな」義父が重々しい顔になり、娘と並んでヴェルヴェット張りの椅子に沈みこんだ。

「事実じゃないわ」チャリティが父の手をとる。「事実じゃないのよ」

その瞬間、ジョシュアは恋に落ちた。

あまりにも単純で、それでいて気が遠くなるほど複雑な感情。

以前にも、これに似た想いがきざしたことはあった。肉体の結びつきは感情をも動かすからだ。だが、決め手になるほど強い想いではなかった……一度たりとも。男は、女性に強く惹きつけられても、ことが終われば平気で去っていける生き物だ。だが、今度のはちがう。チャリティの笑み、首のめぐらせかた、ジョシュアを最初から信じてくれたこと……それらがひとつになって、ジョシュアの心を根底から揺さぶったのだ。

思えば子どものころから、チャリティは無条件の信頼を寄せてくれたが、おとなの女性になったいま、その意味はずんと重みを増した。天真爛漫で世間を知らない少女が、分別のある聡明な女性になってもなお、自分の言葉を信じてくれる。それだけ、自分を深く理解してくれるということだ。

縁あって結婚した女性は、ぼくを知っ
て
い
てくれている。

なんと心ふるわされる発見だろう。

「おまえが信頼しているのは、もうわかった」チャリティの父は、まだ確信しきれていない声だった。

「ぼくにもわかったよ」ジョシュアは小声で言った。突き上げる感動が、どうか声に表われませんように……。この強烈な目ざめを、もう少し自分の中で消化したいからだ。「ありがとう」

「これからどうすればいいかしら？」チャリティが訊ねる。凛として落ちついたたたずまいの、なんと頼もしいことか。「まさかキューサック伯爵に直接、あなたが裏で糸を引いているかと訊ねるわけにはいかないし。もし事実でも簡単には認めないでしょうし、もしちがっていたら、それこそ手のつけられない騒ぎになるわ。それでも、何かしなくては。一日でこれだけすばやく動いたんですもの、この先誰に話を広めるか、わかったものではないわ」

自分ひとりだけの問題なら、ジョシュアもさほど気にかけなかっただろう。だが、身に覚えのない事件でチャリティまでもが世間からうしろ指をさされるのはごめんだ。上流社会の男性が、使用人を身ごもらせた前例がないわけではないが、けっしてほめられたことではない。知り合いのなかには、そうやって非嫡出子を産ませた男もいるが、実際につきあいのある友人で、そこまで不注意な、あるいは火遊びの結果に無関心な者はめったにいない。

「マイケルだ」ジョシュアはぼそりと言った。「真実を探りあてられる人間がいるとしたら、マイケルをおいてない」

「マイケル？」

「ロングヘイヴン侯爵です」ジョシュアは補足した。「いわゆる……まあ、ぼくの友人で」細かい説明は省略してほほえむ。「才能あふれる男でしてね。なかでも情報集めを得意としている。ぼくから話して、調べてもらうことにします」

「理にかなった手順に思えるな」義父の顔から、非難の色はおおむね消えていた。

「この手の言いがかりは、実に卑劣な恥ずべきふるまいだ。紳士がとるべき行動とは、とうてい思えないが」

「エミリーをそそのかして駆落ちに持ちこんだのですもの、キューサック伯爵を紳士だなんて呼ぶ気にはなれないわ。あの人がほしかったのはお金。エミリーと結婚してお金を巻きあげようというもくろみを、わたしたちふたりがじゃましたから、恨んでいるでしょうね」チャリティがワイングラスに手を伸ばし、品よくひと口飲んだ。そして、口をとがらせて考えこんだ。

ジョシュアはいつしか、彼女の唇に吸いよせられた視線を離せなくなっていた。これほどみずみずしく色っぽい唇をもつ妻がいたら、どんな男も、家の外で不義密通をはたらいたりしないだろうに……。

少なくとも、自分はそうだ。

いますぐチャリティを二階へ連れていって、美しいドレスを引きはがし、頭が真っ白になるまでキスしたい。こんな妄想にとらわれている場合ではないのに、ぼくは何をやっているんだ？　ジョシュアは無理やり意識を目の前の課題に引きもどした。「もし、その娘を見つけて取り調べられれば、黒幕の存在があるのか、あぶり出せるんですが」

「屋敷の者に、何かおかしな点がなかったか訊いておこう」伯爵が立ち上がり、折り目正しいところを見せた。「きみに罪があると決めつけてすまなかった、デイン。だが、正直なところ……」

「ぼくの悪評を知っていたから、つい信じてしまった」

「まあ、そんなところだ」

「ロンドンじゅうの人間が同じ憶測に走らないよう、祈るばかりですよ」ジョシュアはぼそりと言った。


父が帰っていったあと、チャリティは奇妙なとまどいに襲われた。ひとつには、ジョシュアが微動だにしないせいだ。ものうげに炉棚に寄りかかる夫の表情から、胸のうちは読みとれない。

おそるおそる、チャリティは言った。「父は、あなたを気に入っているのよ」

ジョシュアが短い笑い声をたてる。「その気持ちをうまく隠しているんだろうな。この部屋に入ってきたときと、ぼくを捨てるよう勧めたときは、特にそうだった」

「でも、あなたが否定したらちゃんと受け入れてくれたじゃないの」

「きみのゆるぎない信頼のおかげだよ。まちがいない」夫が声をなごませた。「教えてくれ。ぼくが嘘をついていないと、なぜそこまで言い切れる？」

「言ったでしょう。あなたは嘘をつく人じゃないって」

「だが、お互い知っているじゃないか」さっきと同じ無表情な声で、ジョシュアが反論した。「ぼくは、すべてに関して率直というわけじゃなかった」

ああ、いやになる。もし彼さえその点を見すごしてくれたら、わたしも見すごすつもりだったのに。もと女中と隠し子の件について、チャリティは夫を信じた。それ以外の問題は、まだ片づいていない。いまもち出すべき話題ではないかもと思いつつ、ためしにチャリティは言ってみた。「きょうの午後、ワイルハースト侯爵夫人に会ったわ」

「ほんとうに？」ひと呼吸おいてジョシュアが問いかえした。その瞳には今度こそ……いや、なんの感情もなかった。

とはいえ、話を始めてしまったのだからしかたない。後戻りをするには手遅れと見て、チャリティは覚悟を決めた。「レディ・ハートフォードのお茶会よ。わたしが招かれるよう画策したって、本人が認めたわ」

「いったいぜんたい、なぜ？」濃い眉がぎゅっと寄せられた。「そんなことをしてなんの役に立つ？」

男性には女性を理解できない……チャリティは声に出してそう言いたかった。だが、表面上は平然としていても、いわれなき疑いをかけられて傷つき、憤っているのはまちがいない。ここで追い打ちをかけるのはやめておこう。

「あなたが結婚した女に興味が湧いたんでしょう」

「それは、女性にしかわからない感覚だな」ジョシュアがつぶやきざまに、炉棚から身を起こした。「なぜ、気にかけるんだ？」

なぜ？　まだあなたを愛しているからじゃないの？

「わたしに代弁はできないわ。あなたのほうが、あの方をよく知っているでしょうに」

相手のあごに力がこもった。「侯爵夫人のことは、しばらく忘れないか？」

いっそ、永遠に忘れてしまえないかしら？

「異論はないわ」言い終わらないうちにチャリティは息をのんだ。ふいにつかつかと歩みよったジョシュアの腕に抱き上げられたからだ。とっさに夫の両肩をつかんで押しとどめる。「ドレスがくしゃくしゃになるわ」

ジョシュアの唇が、耳の下の感じやすい凹みをついばむ。「何か困るのか？」

五秒前なら、困ったかもしれない。このドレスはお気に入りだったし、中国産とおぼしき最高級の絹は、夫にとっても少なからぬ出費だったはずだから……。でも、彼の舌先で焦らすようにゆっくり愛撫されると、まともにものが考えられなくなってしまった。口からも、こんな声しか出なくなった。「ああ」

質問の答えからはほど遠い。

そもそも、なんの質問をされたんだったかしら？　熱い吐息に耳たぶをくすぐられ、力強い腕に抱かれたいまは、意識を集中させるのが至難のわざだった。

「きみは、ぼくの擁護をしてくれた」吐息まじりにジョシュアがささやく。「いや、ぼくを信じてくれたんだ」

「あたりまえじゃないの」チャリティは両腕をしっかりうなじにからめ、男っぽい香りを深々と吸いこんで、期待に身をふるわせた。

「ぼくはきみの夫で、ぼくの言うことに従うのがきみの義務だから？」湿った唇があごの輪郭をたどり、チャリティ自身の唇をかすめる。「女はいつも、支配者たる夫を信じなくてはいけないから、というわけか？　結婚の誓いにもそうあっただろう？」

レディらしからぬ行儀悪い音をたてて茶化しつつも、チャリティはジョシュアの少年っぽい笑顔に魅了され、まっすぐ目を覗きこまれたときは、苦しいほど動悸が速くなった。

堅苦しさを脱ぎすてたジョシュアは、いつもこんなふうに恋人の顔を覗かせ、そのまなざしはめくるめく官能のひとときを予感させる。もっとも、きょうはまだ時間が早かったし、ふたりは外出にそなえて正装していたが……。

吐息まじりのうわずった声で、チャリティは軽く聞こえるように言い返した。「支配者たる夫？　そうは思えないわね」

「ぼくのほうがきみより年上で、賢いからさ」妻を抱きかかえたまま、ジョシュアが戸口へ向かう。

「ジョシュア、下ろして！」チャリティは抗議した。「何してるの、みんなに見られてしまうわ。なんと思われるか……」

「きみの言うとおりかもしれないな」廊下に出るかわりに、ジョシュアが足で扉を閉める。

「何をしてるの？」

「忘れないでくれ。きみより年上で、比べものにならないほど賢いというだけじゃない。力も強いんだ、ぼくは」思わせぶりに、漆黒の眉がつり上がる。「たとえば、ぼくはその気になれば、いますぐこの客間できみの体を奪うことができる」

なんですって？

本気で言ったはずがない。

でも、彼の顔を見ると、ほんとうにやりかねなかった。

ぼくのものだと言いたげに抱きすくめる、筋肉質のたくましい腕。不敵なささやきがチャリティの背すじをびりびりとつらぬき、欲求をかきたてた。「大声で助けを呼ぶわよ」チャリティはかすれ声で訴えた。

「むしろ、大声をあげてもらわないと困る」ゆがんだ笑みとともに、ジョシュアが訂正する。「でないと、ぼくの奉仕が足りないということになるからな。それにさいわい、これまで誰かの助けを要したことは一度もない。さてと、長椅子か、敷物の上か？　長椅子の上で愛しあうのはなにかと不自由だし、われわれの用途を考えると、作りがきゃしゃすぎる。よし、敷物だな」

「二階に上がれば、わたしのでもあなたのでも、好きなほうのベッドを使えるじゃないの」夫がほのめかした内容に憤ればいいのか、恥じ入ればいいのか、あるいは……胸ときめかせればいいのか、チャリティは決めかねた。もしかすると、三つすべてを少しずつ、というのが正解なのかもしれない。「下ろしてちょうだい。まっとうな人間らしく、歩いて二階に行きましょう」

「二階は……遠すぎるんだ、いとしのチャリティ。そしてぼくはいま、粗野きわまりない衝動にとりつかれている」

〝いとしのチャリティ〟。本気で言ってくれたならどんなにいいか。でも、くよくよするのはやめよう。わたしに対して、熱くたぎる切羽詰まった欲求のみを感じるというのなら、喜んでそれを受けとめよう。夫がふかふかの敷物にそっとチャリティを横たえてから覆いかぶさり、むさぼるようにはげしい、濃厚なキスをした。

キスをつづけながら、妻の手を借りてクラヴァットを外し、上着を脱ぐ。ヘアピンを引きぬいて髪をほどいても、ドレスをめくって、ガーターのすぐ上に覗く太ももをなで上げ、脚の付け根のぬくもりを探りあてても、チャリティはいやがらなかった。それどころか身をそり返らせ、脚を開いて熟練の指先を受け入れた。指が一本、内部にもぐりこみ、親指の腹がゆっくりと円を描く。

「こんなに潤って、ぼくを求めている」

そのとおりだわ……チャリティは絶望にも似たおどろきにかられた。正式な客間で破廉恥に愛されてもあらがわないほど、彼を求めている。かすかな笑みにも応え、名誉を守るため父に立ちむかうほど、彼を求めている。なやましいのは、チャリティの望みが肉体だけにとどまらないことだ。これからの生涯、わたしは耐えられるだろうか。ジョシュアの側は肉体にしか関心がないというのに……。

もし奔放な高級娼婦を演じることで彼をつなぎとめられるなら、そうする覚悟だった。

チャリティは片手を伸ばし、極上な仕立てのズボンを押し上げるふくらみをまさぐった。ゆっくり握りしめると、夫がするどく息をのんだ。「こんなにこわばって、わたしを求めているのね」

「否定できないな」低くうなったジョシュアが、ズボンの前をはだけた。「二階まで何マイルもありそうに感じるんだから」

ひと息で中に入ってきたジョシュアが、チャリティに覆いかぶさる。なかば閉じたまぶた、力のこもるあご。彼が動き、チャリティも動き、ほどなく場所のことは意識からかき消えて、無上の悦楽だけがすべてを支配した。荒々しいジョシュアの息づかいが美しい旋律のようにひびき、わななく肉体をなめらかに出入りする彼の動きは、魔法使いの杖の動きのように魅惑的だった。欲望のたかぶりが次の段階へ移るのにあわせて、体が発する信号も変化するのがわかった。甘い酩酊が、まばゆい焦燥にとって代わられ、遠い星のように見えていた絶頂の予感が、ふいに流星群のごとくきらめきながら目の前に落ちてきた。

やがてそのときがおとずれ、すべてをさらっていった。ぼやけた意識の片隅で、チャリティはジョシュアのうめき声を聞き、長身がふいにこわばって、いつものように放出の寸前で硬直を引きぬくのを感じた。おろしたてのドレスを汚さないよう、おのれのクラヴァットで奔流を受けとめる配慮さえ示して。

だめよ。落胆したら、この瞬間が台無しになってしまう。

「思ったんだが」数分後、自堕落に片肘をついて上半身を起こしたジョシュアが言った。「この客間は、予想以上に使い勝手がいいな」

チャリティはこらえきれずに吹き出した。「この部屋を、いままでと同じ目で見られなくなるのは確かね」

「ドレスがしわくちゃになってしまったことについては、心からお詫びする」しおらしげな笑みを浮かべつつも、後悔はほとんど見てとれなかった。模様織りの敷物に並んで寝そべるジョシュアは、ズボンを膝まで脱いだ以外は正装のままだった。「お互いの衣服の乱れを、きちんとととのえて出かけるより、もっといい方法がある。このまま二階に上がって、夕食も寝室でとって、今夜はずっといっしょに過ごすんだ。侍女に頼めば、あすの晩までにドレスのしわを伸ばしておいてくれるさ」

思いもよらない提案に、チャリティは声を失った。

「その申し出は……」どうか声がふるえませんように、と祈りながら話しはじめる。「とても魅力的ね、わたしのご主人さま」

21

「お安いご用だ。やってみよう」マイケルがいつもの冷静な口ぶりで言ったが、つきあいの長いリアムは、ロングへイヴン侯爵の目がきらりと光るのを見のがさなかった。

ジョシュアもまた、兄弟同然によく知る仲だ。

そのジョシュアは、これまでとどこかちがって見える。

リアムはテーブルごしに旧友を眺め、どこがちがうのかをつきとめようとした。見知らぬ女が叔母と義父のもとに現われ、未婚の母にされたと訴えたとは思えないほど、いまのジョシュアは……気が楽そうに見える。

ふしぎなものだ。

「その女は、最初にハンプシャーへ行ったのか？」まだ早い時間帯なので、クラブは静かだった。議会はしばらく休会中だ。室内の数カ所から小声の会話が聞こえ、煙草の煙が細くたなびいているものの、おおむねがらんとしていて、作戦会議にはもってこいだった。

「もし金がほしいなら、真っ先に当たるべき相手は、きみの兄でありもと雇い主である公爵だと思うが」

「ぼくの知るかぎりでは行っていない。ジョンのことだから、もし女が訪ねてきたらすぐに知らせをよこすだろう。兄はぼくという人間を知りつくしているから、もしそんなことがあっても、チャリティと同じように身の潔白を信じてくれると願いたいが」

なるほど、あの可憐な奥方はジョシュアを信じたということか。愛情ではなく必要にせまられての結婚にしては、希望のもてる話だ。もっともリアム自身、先日の舞踏会でレディ・と庭園を散歩したとき、彼女のジョシュアに対する想いは予想したより強く深いのではないか、という印象を受けていた。

みずみずしい美貌と、何がなんでも夫の心を惹きつけようという決意。実に危険な組み合わせだ。たとえジョシュアが妻と距離をおいたつもりでいても、いったいどれだけ持ちこたえられるものやら。

〝教えていただけないかしら。男性をこの腕に誘いこむのに、いちばん効果的な方法を〟

一般論としてではあるが、あのときリアムが教えたのは男女の真髄だ。男は欲望をはっきり口にする女性、大胆にふれてくる女性、誘われるのを待つばかりでなく、ときには自分から誘いをかける女性に、強く惹きつけられる。

リアムは好奇心にかられた。うるわしのデイン夫人は、あの助言をどの程度まで活かしたのだろうか？

おそらく、かなりたくみに実践したのだろう。

放蕩貴族のはしくれとして、親友の奥方にあれほどの極意を伝受してよかったのかには疑問が残るが、美しいだけでなく聡明で愛嬌のあるレディ・ジョシュアに頼みこまれると、なんだか放っておけなくなってしまったのだ、

「奥方は、若いわりに分別のあるレディに見えたよ」マイケルが評する。「きみの兄上についてだが……遊ばれて捨てられた未婚の母にしてみれば、それこそ真っ先に頼る相手ではないのかな。高潔さと、使用人への手厚い待遇で知られる人物だからね」

「ただし、ジョンは誰にも口外しないだろう」ジョシュアは評した。

「ぼくも、そう思ったよ」マイケルが微笑したが、その目はきびしかった。「おそらく、そこが相手の意図なんだ」

「きみの叔母さんや妹だって、使用人をもてあそんで捨てただの、身ごもらせただのという話をぺらぺらしゃべるとは思えないが」

「だが、エミリーとチャリティは無二の親友だ」ジョシュアが説明する。「もしぼくが、この件を妻には伏せておきたいと言った場合、エミリーが同意するかな」

「結婚生活に不和の種をまきたいなら、これほどうまい方法はない、そう思わないか？」マイケルが目くばせした。榛色の瞳が好奇心にかがやいている。「ぼくの見立てちがいでなければ、犯人の心あたりがあるんだろう、ジョシュア？　情報は、なるべく多いほうが助かるんだが」

マイケルが見立てちがいをするなど、まずありえない。リアムもジョシュアの顔をじっ

と見た。

ジョシュアがグラスの酒をひと息に飲みほしてから、褐色の頭を横にふった。「きみの目をあざむける人間なんているのか？」苦笑まじりに、マイケルに問いかける。

「めったにいないね」

「だろうと思ったよ」ジョシュアが顔をしかめる。「ぼくが思うに、裏で糸を引いているのはキューサック伯爵だ。あの男が妹に求婚してきたとき、かなりはっきりと、口に出して反対したから。チャリティも、あの男がろくでなしの浪費家だと知っていた。ぼくたちふたりがエミリーに求愛をしりぞけさせたことを、キューサックは知っている」

「噂では、あの男はかなり貧乏らしい。悪事に人を使う金があるかな」リアムは口を挟んだ。

「だが、恐喝はそれ自体が金になる」マイケルがデカンタに手を伸ばし、グラスを満たしてあごに手をやった。「もしかすると、ほんとうに子どもをかかえて困っている娘に声をかけたのかもしれないな。あの男、裏社会にも出入りしているという噂だから」

「くわしいな」リアムは指摘した。マイケル自身も少なからずあやしい人脈につながっているのではないかと、幾度か疑ったことがあったから。

ロングヘイヴン侯爵がにやりとした「国家に仕える身として、ならず者と安酒をくみかわす必要も一度や二度はあったからね」

「一度や二度？」ジョシュアが眉をつり上げる。

「いちいち数えていられると思うかい？」マイケルが、得意の涼しい顔で答えた。「ともかく、手持ちの人脈を通じて、伯爵閣下の身辺をそれとなく探ってみるよ」

「キューサック伯爵は、たぶん手ごわいぞ」ジョシュアが顔を曇らせた。「あの男自身、あちこちに子どもをこしらえていると聞く。ぼく自身はいくら中傷を受けてもかまわないが、チャリティが邪悪な攻撃にさらされるのだけはごめんだ。馬の鞍の一件もある。もしかすると、もっと深刻なけがをしたかもしれないんだ」

想像しただけでリアムも憤りにかられた。男同士で争うならまだしも、かよわい女性に攻撃を加えるとは、卑劣にもほどがある。

もちろん、レディ・チャリティがまったくの非力というわけではない。彼女には女性特有の武器があり、リアムが見たところ、ジョシュアは目に見えない戦線でじりじりと後退をせまられている。だが、それはまた別の話だ。

「キューサックが黒幕だとわかったら、ぜひこの手で素っ首をねじ切りたいものだが、まずは共犯者を探し出さないとな。ロンドンは大きな街だ」

マイケルが軽く肩をすくめ、無言で酒を口に運んだ。

リアムは笑いださずにいられなかった。「わかったよ、人捜しはマイケルにまかせる。もし女が見つかって、キューサックとつながりがあるとわかったら、次はどうするんだ、ジョシュア？」

「痛めつけてやりたい気持ちはおおいにある」ジョシュアが重々しく答えた。「だが、それよりも世間に公表すると脅した方が効果がありそうだ。卑劣な策略が明るみに出たら、あの男は破滅する。早く結婚相手を見つけなければ、金が尽きてこれまた同じ道をたどるだろう」

「よかったら、キューサックの取り調べにぼくもついていくよ」リアムは申し出た。「レディ・チャリティを守る騎士はひとりではないと、わからせてやるために」

「嫉妬したほうがいいのかな？」ジョシュアの声は笑いをふくみつつ、かすかにとがっていた。「知り合って間もないわりに、妻をずいぶん気に入ったようじゃないか」

「前にも言ったとおり、きみの奥方のことは好きだよ」リアムは笑いながら答えた。「だが、本気になったところで玉砕《ぎょくさい》するのはわかっている。奥方がきみに向けるまなざしを見てしまったからね」

ジョシュアがぴたりと手を止め、声の調子を変えて訊ねた。「というと？」

ほら見ろ、きみはすっかり沼にはまりこんでいるじゃないか。

「何を言っているんだ。上流社会の連中はみんな、あの名高い笑みをまのあたりにしたんだぞ」リアムは指摘した。

「どの笑みだ？」

マイケルが静かに口を挟む。「とぼけるのはやめたまえ、ジョシュア。きみがようやくワルツを一曲踊って、そのまま奥方と姿を消した、あの夜の話だよ」

「ああ、あの笑みか」ジョシュアが落ちつきはらって葡萄酒を飲み、肩をすくめた。「ぼくらが少し早く帰った晩だろう？　それがどうした？」

ふたりの親密なダンスをすぐ近くで見ていたリアムは、指摘したくてたまらなかった。人でごった返す大広間、舞踏会の途中で帰る男女は大ぜいいるが、このままやわらかなベッドに倒れこむところまで想像させる夫婦はそういない、と……。だが、やめておいた。ジョシュアが結婚当初、花嫁を遠ざけた理由が、しだいにわかってきたからだ。

リアムもマイケルもそれ以上は言及しなかった。最後にマイケルが言った。「きみの妹は、訪ねてきた女中の顔を見たと言ったね？　すまないが、きみから話をして、特徴を書きとめてもらってもいいかな？　情報源にあたるときは、ペンと紙の力を借りると、効果が上がりやすいんだ」


家路を急いでいるのは、妻の身が心配だからだ。クラブをあとにしながら、ジョシュアは自分に言いきかせた。

一刻も早くチャリティに会いたいからでは、断じてない。初恋にのぼせあがった子どもでもあるまいし。

正面階段を下りる途中、見おぼえのある人影が馬車の横に立っているのに気づいて、思わずつまずきそうになった。ちょうど夕刻で、暮れなずむ空から舞いおりてくる霧雨をよけるためか、外套のフードをすっぽりかぶっていたが、ジョシュアにはひと目でわかった。どれほどぶ厚い布にくるまっていても、あの姿を見まちがえるはずがない。

背を向けて通りの反対側へ走りだしでもしないかぎり、彼女を避けることは不可能だった。相手はあきらかにジョシュアを待っている。用件を聞くほかないだろう。ジョシュアは無言で馬車に近づき、じっと待った。ふいにぎこちなくなった身のこなしから、内心の緊張を読みとられないことを祈りながら。

「ジョシュア」ディードリーの声はわずかにふるえ、フードの奥には蒼白な顔がぼんやりうかがえる。「どこかで、しばらく話せないかしら？」

「なぜ、そんな必要が？」ジョシュアはひややかに答えた。「しかもこんな場所で待ちぶせするとは、非常識にもほどがある。よりによって、ぼくのクラブの前で……きみの夫も同じクラブに属しているんだぞ。誰かに見られたらどうするんだ？」

「ジャレドは家にいるし、この外套を着ていれば人には気づかれないわ。ちょっとだけでいいの。お願い。通りを何本か渡ったところに、個室つきの居酒屋があるから」

よくもまあ、うってつけのお膳立てをしてくれたものだ。むかしの恋人と居酒屋へ入るところを目撃される、ときた。さすがのチャリティも、この噂を聞いたら全幅の信頼が揺らぎかねない。「頭がおかしくなったのか、ディードリー？　さあ、いいかげん帰らせてく……」

ディードリーが上着の袖をつかんだひょうしに、外套のフードがずれて、美しい顔にたたえた懇願の色がちらりと見えた。「わたしとあなたの仲じゃないの、ジョシュア。少しくらい話をさせてくれてもいいでしょう。こんなに冷たくされるなんて、信じられないわ」

「それ以外の対応を期待するほうがおかしいだろう」ジョシュアは相手の指をそっと外させた。たまたまクラブを出入りする会員がおらず、誰にも見とがめられずにすんだのが救いだった。

「手紙に一度も返事をくれなかったでしょう」ディードリーはその場を動かず、こちらをじっと見つめた。かつてジョシュアが夢中で覗きこんだ、藍色の瞳で。

「ぼくにどうしろと？　返事を書いて、きみの夫の領地なりロンドンの街屋敷なりに届けろというのか？　ふたりが手紙のやりとりをしていたら、侯爵が黙っているはずがない。当然のことだ」やっかいなのは、ディードリーが馬車の扉の前に立ちふさがっていることだった。彼女の体をかかえて横にどかせるのは、物理的にはたやすいが、こと礼儀作法と人目という観点から考えると不可能に近い。いまいちばん避けたいのは、ふたりの会話を第三者に聞かれることだから。

「ゲイブリエルは元気にしているわ」

「それはよかった」ジョシュアは硬い口調で言った。「侯爵家の跡取りが健在ということだからな。だが、ぼくにはなんの関係もない。そうだろう？」

「ジョシュア、わたし……」

「頼むから横にどいて、馬車に乗らせてくれ、ディードリー」ジョシュアは容赦なくさえぎった。自分のためだけでなく、彼女のためにも。醜聞を避けたいのはどちらも同じだろう。大むかしの求愛と婚約破棄を、いまさらむし返されてはかなわない。ジョシュアにしてみれば、いいかげん過去を忘れて先に進みたかった。

そう、本気でそうしたかった。消えない傷も少しはあるが、ようやくトパーズ色の瞳の美女とともに歩む未来が見えてきたところなのだ。

ディードリーは頑として動かず、押しころした声で言った。「あなたの奥方に会ったわ」

「本人から聞いたよ」通りを馬車が走りすぎていった。乗っていたのが誰であれ、義母や監視好きの隣人レディ・ダヴェンポートのような人種でないことを、祈るしかなかった。

「とてもきれいな人ね」

「知っている」

非の打ち所がない美貌に何かがよぎった。「そう」

「別の男と結婚しておいて、なぜ責めるような口調になるのか、わからないな」

「愛しているの？」

そうだ。困ったことに、そんな気がしてならなかった。いや、困るわけではない。少しとまどっているだけだ。「ぼくがどう思っていようと、それをきみに教える義理はない」礼儀作法のまねごとなど知ったことか。これ以上話していたら、わが身が危ない。「さあ、どいてくれ」

ディードリーの横を通りすぎ、力まかせに馬車の扉を開けて乗りこみ、ぴしゃりと扉を閉ざしてから天井をたたき、出発するよう合図する。さいわい御者のヘンリーは口の固い若者だった。馬車がほどなく走り出すと、ジョシュアはふうっと安堵の息を吐いた。

ワイルハースト侯爵夫妻がロンドンへ戻って以来、いつかはこんな日がくるのを覚悟していた。とりあえず再会はすんだから、これ以上気をもむ必要はない。なぜ話をしたがっているのかは謎だったが、そもそもディードリーという女性をきちんと理解できていたら、ワイルハーストに奪われることもなかっただろう。

脚を投げ出して座り、つくづくと考える。当時はふたりとも若く、お互いにのぼせあがっていた。二十二歳の自分……たった五年前なのに、太古のむかしのように感じられる。ディードリーは二十歳だった。社交界に出るのが遅かったのは、祖母を亡くして喪に服したためだ。大学を出たばかりだったジョシュアはディードリーにひと目惚れし、がむしゃらな勢いと冒険心のすべてを彼女にそそぎこんだ。

婚約が正式に発表されてからは、さらに愛情を出し惜しみせず、ロマンティックなやりとりにわれを忘れた。ディードリーが初めての女性ではなかったが、全身全霊でのめりこんだ。チャリティと結婚するまで、純潔を奪った相手は彼女だけだった。

妻のことを思いうかべると、ひとりでに口もとがゆるみ、ワイルハースト侯爵夫人は心の片隅に追いやられた。正式な客間で顔を上気させ、ドレスを腰までずり上がらせて、両手で男の首にすがりつく妻の姿がありありと浮かぶ。敷物の上で愛しあったあと、ふたりはジョシュアの居室に上がり、そこで夕食をとった。男物の部屋着をはおった妻は、巻き上げた袖から細い手首を覗かせ、ふたりで葡萄酒と香草のソースを添えた鶏の丸焼きやマッシュポテト、韮葱《にらねぎ》のタルト、焼きたてのパンに舌鼓を打った。食後に供された、とろりとした液状のチョコレートを、またとなく頽廃《たいはい》的で甘美な方法で味わいながら、このデザートを思いついた料理人に特別手当を与えたくなった。

あの晩以来、気がつくとジョシュアの脳裏には、ベッドに銀盆を並べた急ごしらえのテーブルごしにこちらを見るチャリティの笑顔が広がるようになった。なまめかしく肩に流れる乱れ髪、耳を心地よくくすぐる笑い声。

やっとわかった。自分はずっと、笑いに飢えていたのだ。

チャリティのおかげで、人生に笑いをとり戻すことができた。

22

部屋は暗く、あちこち布をかけているせいで、一見がらんどうに見えた。

だが、ちがう……室内を見まわすうちにジャレドは気づいた。広々とした床にはぶ厚い絨毯が敷かれ、手入れの行きとどいた家具が光沢を放つ。窓辺に立つ妻の姿は逆光で影になっている。薄手の部屋着がふんわりと体に寄りそい、ほどいた髪が亡霊のようにまとわりつく。

ジャレドは心のどこかで安堵した。いつの日かディードリーに捨てられるのではないかという恐怖が、そんなことはありえないと知りつつも消えなかった。

「入ったらじゃまかな？」妻に声をかける。ドアの開く音を聞いても、相手があえてふり向かなかったのはわかっていた。

「いいえ、とんでもない」

硬い口調そのままにこわばった肩の輪郭。思わず顔をしかめたくなるのをこらえながら、ジャレドは足を踏み入れ、うしろ手にドアを閉めた。「てっきり、もう寝てしまったかと思ったよ」

「まだ起きていたわ」ようやくふり向いた妻がほほえんだが、その瞳は用心深く光っていた。

あるいは、ジャレドの被害妄想だろうか。嫉妬にかられた男は往々にして頭に血がのぼるものだから。

そう、ジャレドは嫉妬していた。御者がためらいがちにした報告。奥さまが、紳士クラブ《ホワイツ》の何区画か手前で馬車を停めさせ、霧雨の中を歩いて、見知らぬ男を待ち受け、話をしていた……背が高くて黒っぽい髪の、見知らぬ男と。

デインだ。決まっている。

にっくき競争相手。あとにも先にも、ジョシュア・デインとはそういう存在だった。

のろのろと近づき、妻と並んで立ったジャレドは、絹糸と見まごう金色の髪を、指先でそっとなでた。「ベッドにおいで」

ディードリーがうなずき、おとなしく手を引かれてベッドへ向かった。侍女の手で、すでに覆いは外されシーツも折り返してある。ジャレドが部屋着を脱がせ、ナイトドレスの胸もとをとめるサテンのリボンをほどくまで、長い睫毛は伏せられたままだ。薄布が足もとに落ちると、ジャレドはいつもながらするどく息をのんだ。凹凸のはっきりした女性らしい体。細い腰回りが、はちきれんばかりに豊かな胸を強調する。子どもを三人産んだ現在は、前にもまして張りが増したようだ。珊瑚色《さんごいろ》のいただきはすでにこわばっていた。

ジャレドは片方のふくらみに手をあてがい、ずっしりとした重みを味わった。

ディードリーは睫毛をさらに伏せ、じっと身動きせずに愛撫を受けた。ジャレドはもう片方の手を妻のあごにやり、上を向かせてキスをした。なめらかな唇が舌につつかれて開いたが、自分からは夫に触れようとしない。黙従だけが、彼女の示す反応だった。

結婚して五年を数え、ジャレドは妻をたかぶらせる方法を会得していた。そう簡単には達しないし、ともすればジャレドは快楽を得るより与える側に偏りがちだが、だからといっておのれの欲望だけをそそくさと満たして終わる気にはなれなかった。ディードリーにくちづけ、下半身のこわばりを感じられるよう近くに引きよせる。頭をもたげたとき、相手の顔が上気しているのは勝利の手ごたえだ。

「横になって」みずからも部屋着を脱ぎすてながら、ジャレドはうながした。

言われるままにディードリーが横たわり、豊かな裸身をまっすぐに伸ばす。しだいに乱れていく息づかいが、乳房を小さくふるわせた。

妻がすぐ目を閉じてしまうのは、相手が夫ではなくジョシュア・デインだと想像するためだろうか？　体の曲線をくまなくたどり、開かれた脚のあいだに入りこんで熱い潤みをまさぐり、肉体が十分にたかぶったか確かめる指先を、もと恋人のものだと思いたいのだろうか？

準備ができたことを確認したジャレドは、妻に覆いかぶさり、脚を大きく開かせた。熱く、やわらかく、湿った感触。硬直の先を入口にあてがうと、ジャレドの分身が少しずつ受け入れられ、なめらかで狭い内部を、細心の注意をこめてゆっくりと進むにつれ、言葉にならない声が喉から漏れた。

「ひとつになった」ジャレドは耳もとに熱い息を吹きこんだ。甘い髪の香りにくらくらと酔いそうだった。「感じるかい」

返ってくるのは四肢のわななきだけだが、それで十分だった。ジャレドは長くゆったりと腰を使いはじめた。もはや青くさい若造ではないので、その気になればいくらでも放出の瞬間を遅らせられる。肩にわずかに食いこむ爪の感触が、ジャレドへの褒美だった。辛抱づよく、しかし熱烈に、はげしく、やさしく、ジャレドは動きつづけた。

なぜなら、愛しているからだ。理屈はないし、筋が通らないかもしれないが、ディードリーを愛していた。

彼女が絶頂に近づいたきざしは、いつも明確に感じとれる。それほどまでに一体化して動いているからだ。分身をつき入れたときの筋肉の収縮、抑えようにも抑えきれないかすかなうめき、より深く受け入れようとして、わずかに浮き上がる腰。そのときがくると、ディードリーは息を止めて体を弓なりにそらし、内ももで男の腰を挟みつけ、目を固く閉じて唇を噛み、声を漏らすまいとする。

それを確かめるとようやくジャレドは自制を解き、めまいにも似た興奮に身をゆだねて、低くうなりながら、彼女の奥深くに欲望をほとばしらせるのだった。

達したあとも、すぐにはしりぞかず、つながったままで汗だくの肌と肌を密着させ、ベッドに両肘をついて息がととのうのを待つ。妻が目を開けるまで、がまん強く待つ。いや、さほどがまん強くはないかもしれない。だが、とにかく待つ。

本来、話しあいには向かない姿勢かもしれないが、体と体を深くつなぎ合わせた状態で、女性の本音を引き出せないのだとしたら、きっと永遠に引き出せないだろう。いつまでたってもジャレドが離れないので、長い睫毛がようやく上を向き、藍色の瞳がいぶかしげにこちらを見つめる。いつもの手順、習慣だった。いつもならここで身を起こし、部屋着をはおって自分の部屋に戻るところだ。

だが、今夜はちがうもくろみがあった。

「デインとの話しあいはどうだった？」低い声で問いかける。「これだけ長い空白をはさんで、いったい何を言いたかったのか、教えてくれないか」

〝どうして知っているの？〟

声に出して訊ねる必要はなかった。大きく見ひらいた目だけで十分だ。

「御者さ」ジャレドは答えた。妻も、少し考えればわかっただろう。「あの男も、要はわたしの使用人だからね」

「離れて」ディードリーが両肩に手をつっぱり、目をうるませた。

ジャレドは動かなかった。かわりに妻の眉を、指先でゆっくりたどった。「むかしの恋人と、いったい何を話したんだ？」

「何も」

「何も、ということはないだろう？　さんざん手間をかけて、クラブから出てくる男を待ち伏せしたんだから。ぼくの好奇心を責めるかね、愛する奥さん？」

「わたしは、ただ……」

「うん、うん」言葉に詰まった妻を、ジャレドはうながした。「ただ、どうした？」

あたたかくやわらかい感触が分身を包み、情熱の残り香が空気中にただよっている。

「わたしに訊かないで」ディードリーがささやいた。「お願いだから、訊かないで」

「だが、もう訊いてしまった」いままで黙っていすぎたのだ。妻だけが悪いのではない。訊いただけで、要求しなかった自分。きた自分。本来手に入るはずのものを、なぜ見のがした？　それはわたしのものだ。他人に奪われてたまるか。

「わたしはきみの夫だ」青白い頬の輪郭をたどりながら、ジャレドは強調した。「きみが、わたしを選んだんだ」

「わかってるわ」

「そうだ」ジャレドは次いでひたいに触れ、皮肉めかしてうっすらと笑った。「きみのこと……」指先でこめかみからあごにかけてなで下ろし、ほっそりした喉を通って、最後に胸のあいだにてのひらを押しつけた。「ここでも理解してもらいたい」

「わたしたち、ハンプシャーのスタンフォード館に招待されたの」チャリティは従姉を見た。「パーティの招待状をまだ出していないなら、そちらを少し遅らせていただいてもかまわないかしら？」

オードラが即答した。「ええ、もちろんかまわないわ。結婚祝賀パーティの主役はあなただもの。都合がつくまで、いくら延期してもいいのよ。恐れ多くも公爵閣下、しかもお義兄《にい》さまのお招きだものね」

ふたりは居間に座り、窓ガラスを打ちつづける雨音に耳をかたむけていた。天気は冴えなくても、チャリティの心は浮きたっていた。結婚当初は冷たくよそよそしかったジョシュアの態度。いまも、あたたかく思いやり深い、とまではいかないが、以前のかたくなさはなくなった。そうよ、言葉で表わすならまさにそういう感じ……シェリーを口に運びながら、チャリティは小さくほほえんだ。劇的な進展ではなく、少しずつ変わりつつあるふたりの関係。寝室で熱烈に愛してくれるところだけは変わらない。結婚生活の一部分をこんなに楽しむのははしたないかもしれないと案じつつ、その点はうれしかった。

当初といちばんちがうのは、日常のなかでも会話をするようになったことだ。この一週間で、ジョシュアがクラブではなく自宅で夕食をとる回数はぐっと増え、その表情もくつろいで見えた。

「出発はいつ？」

オードラの問いかけで、チャリティは甘い回想からさめた。「出発？」

「ほら、スタンフォードへ発つ日よ。さっきからその話をしていたのに、あなたったらいきなり、うっとりほほえみながら黙りこんじゃうんだもの。いったい何を夢見心地になっていたの？」

自分が放心していたと気づくまでに、しばらく時間がかかった。「いやだわ、ぼんやりしてごめんなさい」

「あやまらないで」ブロンドを引き立てる淡いピンクのドレスをまとったオードラはいつにもまして美しかった。異国的な瞳がわずかに細められて光を放つ。「あなた、とてもきれいね……ううん、ちがう。もちろんきれいだけれど、それだけじゃ説明しきれない何か。これはね、恋する女性の顔よ。よかったわね。ほんとうにそう思うわ」

一瞬ためらってから、チャリティはうなずいた。「子どもっぽく思われるんじゃないかと心配だったの」

「愛や恋は、ままならないのがあたりまえ。わたしはリチャードに初めて会った瞬間、恋に落ちたのよ」美しい顔を悲哀がよぎる。「夫が死んだ日が、人生のどん底だったわね。知りあえただけでもしあわせだった、そう自分をなぐさめて立ちなおったの」

オードラとチャリティはだいぶ年が離れているので、従姉の夫に関する記憶はおぼろげだが、やさしくて笑い声が魅力的だったことだけは覚えている。夫が事故死したあと、オードラは社交界から完全にしりぞき、二年ほど前から、ようやく少しずつ復帰しつつあった。

「悲しいわね」チャリティはそっと言った。

「そうね。でも人として、神に与えられた嵐を切りぬけなくてはね」オードラが肩をそびやかす。「辛気くさい話をするつもりはなかったのよ、ダーリン。さっきの口ぶりじゃ、旦那さまに関するちょっとした悩みは解決したみたいね」

あいにく、〝ちょっとした〟悩みでは終わりそうになかった。チャリティはかぶりをふり、シェリーのグラスに口をつけた。「まだなの。あのあと少しだけ話してくれたわ。子どもがほしくないわけじゃないけれど、複雑な事情があるって。聞けば聞くほど、混乱してしまったけれど、もう少しすれば、正面きって話せる日がくるんじゃないかと思うわ」

「まだ無理なの？」

チャリティは悲しい笑みをたたえた。「ここから退却するのがこわいのよ。まるで、敵の攻略法を考える将軍みたいな言いかただけど……たぶん五年前、レディ・ワイルハーストとのあいだにあったことが引っかかっているんだわ。そもそも、なぜあの人がジョシュアを捨てたのかもわかっていないの」

オードラが唇を引きむすび、雨粒のつたわる窓に目をこらした。

チャリティははっとして相手を見た。「知っているのね？」

従姉がこちらを見つめかえす。「だいたい察しはつくわ」

「いやだわ、どうして前に教えてくれなかったの？」

「ごめんなさいね、チャリティ。あなたのことは大好きだけど、おたくのお母さまとちがって、ゴシップを広めて喜んだり、知り合いのあら探しで盛り上がったりするのがいやなの。そもそも、あの一件があったころは社交界にいなかったし……まだ喪中で田舎に引っこんでいたのよ。とはいえ、流れを追うだけでことの次第はだいたいのみこめたわ。ほかの人たちもそうだったんじゃないかしら」

「誰も、わたしには話してくれないんだもの」チャリティはぶつぶつ言った。夫の過去という名の暗闇を手さぐりで歩きまわるのは、もううんざりだ。

「憶測にすぎないわよ」

「それでもいいから、聞かせて」

「まずひとつ。あなたの旦那さまのフィアンセが婚約を破棄したのは、スタンフォード公爵夫人が息子を産んだ直後だった」

チャリティは従姉の言葉を反芻した。「それはつまり、ジョシュアが公爵位の第一継承者でなくなったとたんに、あっさり捨てたということ？　上流社会での地位を望めないというだけで、恋人の心を踏みにじったの？」

「むかしからよくあることよ。しかも、たいへんな財産がかかっていたことを忘れないで」

あまりに浅はかな決断に、腹が立ってたまらない。チャリティ自身は夫の資産など、まるで気にかけていなかったが、両手を大きく広げて、こう言わずにいられなかった。「いまのままでも、ジョシュアはたいへんなお金持ちなのよ」

「だけど、公爵に比べれば少ないわ。イングランドとスコットランドにいくつも領地があるわけではないし、称号も儀礼上のものでしかない」オードラが冷静に指摘する。「ワイルハースト侯爵には、ディードリーが望んだものすべてを与える力があったのよ。いわゆる、玉の輿ね」

「なんて計算高いの」これでも控えめな言いかたのつもりだった。

「とことん現実的だったんでしょうね。あれほどの美人なら、どんな相手でも選び放題だったでしょうし」

確かに絶世の美女だわ……チャリティは思いかえした。さっきまでのはずんだ気分が、すっかりしぼんでしまった。「ジョシュアは、そんな相手と縁を切れてよかったのよ」

「そうね」オードラが小首をかしげ、ふわりとほほえむ。「不実なディードリーに捨てられたおかげで、こうしてあなたと出会えたんですものね。愛と喪失を経験した同類として

——立場はだいぶちがうけれど——、ジョシュアには、二度めの幸福を手放さないでもらいたいわ。いたいわ。さっきのあなたの表情を見たかぎり、彼も気づきつつあるような気がするけれど」

そうかもしれない。でも、本人が認めるだろうか？

「ワイルハースト侯爵夫人は、わたしに会いたがっていたの」チャリティは打ち明けた。「わざわざ顔を合わせるきっかけを仕組んだのよ。てっきりあなたの気づかいだと思ったから、レディ・ハートフォードの招待をお受けしたのに……。帰りぎわ、侯爵夫人が外まで追いかけてきて、馬車を待つあいだいっしょにいたの。あんなことをしてなんの意味があったのか、いまだに理解できないわ」

オードラが考えこんだ。「ふたりが別れたあとも、ジョシュアがほかの誰とも本気でつきあわなかったから、きっと心のどこかで彼を自分のものだと思いこんでいたんでしょう。もちろん、筋が通らない話だけど。あなたと結婚したことで、今度こそ彼を失うと思い知ったんだわ」

「婚約者を捨ててワイルハースト侯爵に走ったくせに」チャリティは声を荒らげた。「傷ついたのはジョシュアのほうだわ。義理もなにもないはずよ」

「筋が通らない話だって、さっき言ったでしょう」

チャリティの脳裏を、辞めた女中と隠し子の作り話がよぎった。

もしかすると、裏で糸を引いているのはキューサック伯爵以外の誰かなのかもしれない。

ひどく不安を誘われる結論だった。

23

先祖伝来の家として、スタンフォード館はなかなか印象深い部類に入るのではないか……ジョシュアはそんな感慨にかられた。馬車の窓の外に広がるのは、石造りの前面《ファサード》と、左右へ翼状に伸びる住居棟、ゴシックからエリザベス王朝まで、数世紀ぶんの建築様式の集合体だった。きょうのようにうららかな陽光のもとだと、砂金石や窓硝子がきらきらとかがやいて、まるでおとぎ話のお城さながらに見えた。

「このお屋敷、大好きよ」隣に座ったチャリティがうっとりとつぶやいた。「ケントのストレイト伯爵領も悪くないけれど、ここほどの存在感がないのよ。わかってくださる？　単純な大きさの話でもなくて、ここには独特の……なんというのか……ゆかしさを感じるの。威厳があって、それでいてロマンティックだわ」

「威厳？　堂々とした既婚婦人《マトロン》のような？」

「わたしね、家にもそれぞれの性格を感じるの。建てた人の思いが反映されるんだわ。そう思わない？」

「きみを失望させたくはないが、ぼくには木材と煉瓦とモルタルの集合体にしか思えないよ。それに、偉大なるわが祖先にも、特にロマンティックなところはなかったと思う。祖母から聞いた話によれば、退屈でもったいぶった連中だよ」

「この家は退屈でも、もったいぶってもいないわ。だから、建てた人たちもちがうはずよ」

あまりにも自信たっぷりに言い切るので、ジョシュアは妻をしげしげと見てからかった。

「建物に人間性を重ねたがる手合いを見ると、どうしても〝お花畑〟という言葉が浮かんでしまうんだが」

「想像力を発揮して、何がいけないの？」チャリティが栗色の眉をつり上げてみせる。上品さと色っぽさを兼ねそなえるという、なかなかの離れわざだ。濃緑の旅行服が肌の色にしっくりなじみ、目の色をひときわ引きたてていた。

服の着こなしに目を奪われつつ、ジョシュアはこれを脱がせる瞬間が待ちどおしかった。以前にもよくあったことだ。これまでとちがうのは、これから数日間、都会の喧噪から離れて夫婦水入らずで過ごせるのが楽しみでたまらないことだ。

「いけないものか」ジョシュアは低く言った。「ぼくも、かなり想像力が豊かなたちでね。このあいだの夜は楽しかった。異論はあるかい？」

みだらなほのめかしに、妻が頬を染める。なんと可憐なたたずまいにジョシュアの胸はときめいた。数カ月前の自分なら、恥じらう女性になど一瞥もくれなかったはずなのに。

向かい側の席から、チャリティがわざとこわい顔でにらんだ。「そんな話題をもち出すなんて紳士らしくありませんわ、旦那さま」

紳士らしくないといえば、ベッドにおける自分のふるまいだ。近ごろは毎日のように、新しい型破りな体勢や、そこからもたらされる快感を、チャリティに手ほどきしていた。たとえば立ったままチャリティを背後からつらぬき、片方の腕を細い腰に巻きつけて支え、もう片方の手で秘所をやさしく刺激したり、お互いの脚の付け根に顔を埋め、口で愛撫しあったり、あるいは大きな鏡をベッドの横に立てて、鏡の中でうごめく自分たちを眺めながら愛しあったり……。

どれもいっぷう変わった方法ばかりなのは否定できないが、これほど美しくなやましい女性を妻に迎えたのだから、何がいけない？

ジョシュアは本心からそう思っていた。苦悩のどん底に落とされ、望まぬ結婚を押しつけられたあげくに、ようやく運命の女神が自分にほほえんでくれたのではないかと信じつつあった。

馬車ががたんと揺れて停まったとき、ジョシュアはにやりとした。「紳士と結婚したつもりでいたのか？　一度ならず、ぼくの評判は純白とは言いがたいと教えてくれたじゃないか。どうか、失望しないでもらいたいな、いとしいチャリティ」

ふいにチャリティがまじめな顔になった。「世間から見たあなたが紳士だろうとなかろうと、わたしにはどうでもいいの。あなたはいい人よ、ジョシュア。わたしにとってたいせつなのは、それだけだわ」

静かな宣言に度肝をぬかれたジョシュアは、従僕が馬車の扉を開けたことにもろくに気づかなかった。ものも言えずに妻を見つめる。

二十七年間の人生で、こんなことを言われたのは初めてだった。

自分のなかの庇護欲は、彼女の肩をつかんで揺さぶり、そう簡単に人を信じるものじゃないと説教したがっていた。ぼくはその言葉に値しない男だから、と。彼女が傷つくのを見たら、ぼくは死んでしまう……その発見もまた、チャリティの信頼と同じくらい衝撃的だった。

「おかえりなさいませ」

声がするほうに目を向けると、お仕着せをつけた若者が笑顔で馬車の扉を押さえていたので、ジョシュアはわれに返った。「ありがとう」口の中でつぶやき、ふらつく足で馬車の外に出てから、チャリティを助け降ろす。

「公爵閣下は、お子さまがたと庭園のほうにおいでです。よろしければ、旅の汚れを落としてさっぱりなさったあとで、お出向きくださいとのことでした」

「わかった」甥っ子たちには一年以上会っていないから、さぞ大きくなったことだろう。近ごろ家族に加わったばかりの小さな姪に至っては、まだ顔を見たこともない。

チャリティが若者を名前で呼んで気さくに挨拶し、みずからの明るさで、五年ぶりに帰省したジョシュアよりもはるかにすんなりとスタンフォード館に溶けこんでいくさまは、見ていてふしぎだった。妻に腕を貸して大階段を上がっていくと、わが家に帰ってきたというぬくもりが迎えてくれた。ジョンと奥方があまりに仲むつまじいので、ディードリーの裏切りに遭った直後はこの家にいるのがつらかったが、いまになってふり返ると、もう立ちなおったとおのれを納得させたあとも、自分はスタンフォード家から逃げつづけたのだった。

そしてイングランドから逃げ、人生からも逃げようとした。なんという愚か者だ。自分を臆病者だとは思っていなかった。この瞬間までは。

「ジョシュア？」

チャリティの顔を見下ろすと、美しい眉がかすかに寄せられていた。どうやら、妻の背中に手を添えたまま階段の途中で立ちつくしていたらしい。「すまない」ジョシュアは小声で詫びた。「少し考えごとをしていた。許してくれ」

「いいのよ。ほんとうにだいじょうぶ？」トパーズ色の瞳が、気づかわしげにこちらを見る。

「だいじょうぶだ。心配ない」あらためて妻に腕を貸し、ジョシュアは階段を上りはじめた。「わが家はなつかしいな。帰ってこられてうれしいよ。きみといっしょだから、なおさらうれしい」

妻が絶句し、目をしばたたかせてから、はっとするほどやさしい声で言った。「すてきなことを言ってくださるのね。あなたから聞いた言葉のなかで、いちばんすてきかも」

前にも賞賛したことはあるが、確かに彼女の言うとおりだ。肉体だけの関係から、自分たちは一歩前進したのかもしれない。「それなら、今後も最高記録を更新できるようがんばらないとな」

広大な玄関ホールは、なつかしいレモンの香りと蠟の匂いに包まれていた。行きかう使用人に小声で挨拶しながら、ジョシュアはチャリティを自室へと連れていった。居間に足を踏み入れたとたん、チャリティがこちらを向いて、茶目っ気たっぷりにほほえんだ。

「実を言うと、ずっと前からあなたのお部屋に入りかったの。二、三年前の夏、このお屋敷へ遊びにきたとき、忍びこんだのよ」

なぜチャリティはそんなことをしたのかといぶかしみながら、ジョシュアは室内を見わたした。母が選んだグリーンとブルーの内装は、自分にとっては居心地のよいものだったが、わざわざ見にくる価値があるとも思えない。

「なぜ、そんなことを？」

考えこむよりもチャリティ本人に確かめたほうが早そうだ。

「だって、あなたはスタンフォード館に来ると、かならずここに泊まるでしょう」

それを聞いてもまだぴんとこなかったが、チャリティのほうは、わかるでしょうと言いたげにひたむきなまなざしを投げている。

「あのころ、わたしは十五歳だったわ」

これだから女性は手ごわいのだ。まだ子どもだと思っていると、いつの間にかおとなの女性へと脱皮している。その境目を見さだめるのは、とてもむずかしい。ジョシュアは思わず声をあげた。「ああ」

妻が声をたてて笑った。笑ったときの彼女は美しい。眠っているときも。なんなら、朝食のトーストを食べているときさえ美しい。どうしたことだろう、自分はいつの間にか、二度となるものかと誓ったものになってしまった。恋のとりこに。

チャリティが噛んでふくめるように言ってきかせる。「たぶん、あなたは気づきもしなかったでしょうけど、ずっとあなたに片想いしていたのよ、わたし」

こういう告白は、一見たやすく思える。でも、ジョシュアのような——告白を聞いても喜ばないおそれがある——相手に、長年の恋わずらいを伝えるのは、ときに無謀だ。無謀と知りつつも、どうしても彼の反応が見たかった。

ジョシュアは愕然としていたが、さいわい不快そうな顔ではなかった。銀色の瞳が、初めて会ったかのようにチャリティを見つめる。「ああ」ようやく口をついて出た言葉はそれだった。「気づかなかった」

「わかっていただきたいの。若い娘はだいたい、外見がよくてちょっと年上で、外国を知っていて、ちょっと荒っぽい感じに日焼けしていて、もちろん美女にもてはやされる、そんな男性に弱いのよ」できるだけ無造作に説明しつつも、にわかに真剣みを増した夫のまなざしを浴びて、チャリティの胸は早鐘をついていた。

「いまでも、そうなのか？」ジョシュアの声からはまったく感情がうかがえず、姿勢もこわばっている。馬車の長旅に合わせた普段着は、白の長袖シャツに黒のズボン、手入れの行きとどいたブーツという組み合わせだ。ちょうど襟足にかかる褐色の髪といい、颯爽としてあか抜けた、あこがれの王子さまそのものだった。

「いいえ、もうさすがに卒業したわ」強いまなざしにいたたまれなくなり、チャリティはあわてて言い切った。

「残念だな」ジョシュアがあの危険な笑みを浮かべた。「もう、魅力がなくなってしまったということかな」

チャリティは考えるふりをした。「そうね、まだ少しは残っているかも」

「教えてくれ。この部屋に忍びこんで、何をした？」

「何も」嘘だった。ジョシュアのベッドによじ登り、彼の長身がここに横たわったところを想像し、シーツに残るぬくもりを感じとろうとした。衣装室にも足を踏み入れて、ところ狭しと吊るされた衣服を眺め、上着の生地や、きちんとたたんだクラヴァットに指を走らせ、室内にただようコロンの残り香を吸いこんだ。無作法で図々しいのはわかっていたが、同時にひどく親密でロマンティックにも感じられた。

「がっかりしたかな?」

「あなたがいないここは、ただの部屋だったわ。いま思えば、子どもっぽい好奇心ね」

「いまは、ぼくがいる」短い、けれど強烈な言葉。

そうだ。目の前に彼がいる。長身で男らしい、堂々たるたたずまい。

ジョシュアが意味ありげにつけ加えた。「そして、もはや子どもではないきみも、ここにいる。せっかくだから案内しようか? まずは、ぼくのベッドからだ」

銀灰色の瞳が独特のきらめきを放つのに気づいたチャリティは、かぶりをふった。「わたしたちの到着が、そろそろお義兄さまの耳にも届いているはずよ。お行儀よくしなさい、ジョシュア」

「もっと楽しい選択肢があるのに、つまらないな」

「どうせ、からかっていたんで……」

ジョシュアが大股でこちらに歩いてきたので、チャリティははっと口をつぐんだ。

「そうかな?」

「ジョシュア、ほんとうに。すぐ公爵のところに行かなくちゃ。もし遅れたら、もし……わたしたちが……」

「お荷物はすべてほどいておきますので、ご安心を」

声をかけられたおかげで、恥ずかしい言葉を口にせずにすんだチャリティはほっと安堵した。夫の従者に会話を聞かれていなければいいけれど……。年若い従者がきびきびと部屋に入ってきたのに続き、チャリティ付きの侍女と下男ふたりがトランクを運び入れた。悠然とそれを見まもるジョシュア。あいかわらず隙のないたたずまいは、さすがとしか言えない。

ほんとうに、ここで誘惑するつもりだったのかしら？

考えただけで胸が高鳴ったが、同時に少しひやりともした。

「話の途中だったな。いまのうちに着替えておいで。支度が終わったら、命令どおりジョンとコンスタンスのところへ行こう」

チャリティはうなずいた。ふたりの日常生活に、するりと入りこんできたこの幸福を、甘んじて受ければいいのか拒めばいいのかわからない。不安にかられるだけの賢さはある——と、自分に言いきかせていた——が、どこか未熟な自分が、希望にすがりたがっていた。

ばかなわたし。

「命令どおり？　皮肉を言ってるの？」チャリティは訊ねた。ジョシュアが唇をまくり上げて、ドン・キホーテ風の気取った表情を作っているのが気になる。「あなたと公爵は、仲のいい兄弟だとばかり思っていたけれど」

「仲はいいさ。きみも知っているはずだよ。だが、さっきの呼び出しはどちらかといえば命令に近かった」

チャリティは公爵家からの招待状を思い出した。それ自体に何もおかしなところはないが、ジョシュアの白けた表情が、なぜかひっかかったのだった。

「結婚してから、スタンフォード館に来るのは初めてよね」

「そもそも、結婚してまだ日が浅いじゃないか」

そのとおりだ。

「ドレスはブルーになさいますか、それとも菫色《すみれいろ》のラストリンになさいますか？」侍女が戸口に顔を覗かせた。公爵屋敷の大きさと豪華さに感じ入り、また圧倒されて、主人の話の途中と知りつつも割りこんでしまったのだろう。

濃密な空気が、ひとまず薄れるのがわかった。

おだやかに晴れた午後、芝生の上での集まりを想定して、ドレスはラストリンを選んだ。旅の汚れを洗いおとし、髪をとかしてから、うなじのあたりでまとめ、櫛を挿してとめる。

これまでに何度となくスタンフォード館をおとずれたが、それとはちがう。今回は人妻として、しかもジョシュアの妻として、ここに来たのだ。

夢がかなったんだわ。

そうでしょう?

確かに、想像力豊かな少女が思いえがいたロマンティックな光景とは少しちがうが、現実はしだいに、未来へのかがやきを増しつつあった。

24

「自分が何をしているか、わかっているんだろうな」両手をうしろ手に組み、きちんと刈りこまれたみずみずしい芝生を眺めながらジョンがつぶやいた。「きみの求めに応じたのは、長年の友情を重んじればこそだ。しかし、そのせいで弟に恨まれそうな気がしてならない」

並んで立つジャレドも、はしゃぎ回る子どもたちに目をやったが、その焦点はどこかぼやけていた。「協力してくれたこと、心から感謝するよ。ここならロンドンよりだいぶ人目につきにくい。正直なところ、きみの弟の悪評をこれ以上増やすのは本意ではない。もちろん、わたし自身も噂にはなりたくない」

ジョンの口もとがこわばった。「ふたりが会ったのは、確かなのか？」

「ああ、ふたりが内密に会ったのはまちがいない。手紙を書いて出した痕跡があったから」ことを面倒にしているのがディードリーの側であること、自分が手紙を盗み読みしていることは、まだ打ち明ける覚悟がなかった。ただ、この際に問題をすべて片づけようという覚悟だけは固めていた。

デインの妻に対しては中立の立場でありたい。一連の事件でたったひとり、なんの罪もない犠牲者がいるとしたら、それは彼女だ。ジャレド自身は、無罪とはとうてい言えない。他人の婚約者に横恋慕するのがそもそも誤りなのに、当時の自分は、おのれの意思ではどうにもならないことだと正当化した。そして、その罪のむくいを――身体面だけでなく――五年の長きにわたって受けつづけている。

あまりにも長い年月だった。

「過去にたいへんなことがあったのはわかっているが、少々疑問が残るな。結婚したての弟が、はたしてきみの奥方につきまとうだろうか？」

ボールを追いかける子どもたちのひとりが、みごと追いついたことに喜んで甲高い声をあげる。勤勉な乳母がすぐ近くで見まもっていた。ジョンに瓜ふたつの長男だ。そのあとをついてくる次男はまだ三歳で、ボールに追いつくのに苦労している。さらに、そのあとから走ってくるのはジャレドの娘だ。ぽっちゃりした脚の動きにあわせて白のドレスがはためき、くすくす笑いが漏れる。庭園にいる子どもたちは合わせて四人。そのうち三人は、のどかな日ざしのもとで子どもらしく駆けまわっているのに、ジャレドの長男ゲイブリエルだけが楡《にれ》の木の下で世話係に付き添われて座り、ほかの子たちが駆けまわって遊ぶのを見ては、ときおり笑い声をあげる。

あんなふうに笑えるなら……ジャレドは自嘲した。あんな無邪気な喜びをもう一度味わえるなら、大金をはたいてもかまわない。

「結婚したてだろうとわが身をかえりみず、禁漁水域に網を投げる輩は、世間にごまんといるだろうに」そう肩ごしに親友に返答する。

「だが、ジョシュアはちがう」ジョンが声をとがらせた。

「きみの弟ほど悪評にまみれていると、人の信頼を得るのはむずかしい。まして、向こうはわたしを好いていないし、こちらも同じだ」

「悪評にまみれていようと、少なくとも他人の妻に手を出したという噂はないと思うが」

「まあ、そういうことにしておこう」

「実に楽しいパーティになりそうだな」ジョンがつぶやいたあとでため息をついた。「だが、きみの言うとおりだ。うちの妻でさえ、きみの手紙を読んだあとは同意してくれた。いいかげん、すべてを清算しなくては。顔を合わせて話しあうことで問題が解決するというなら、われわれは場を提供するにやぶさかでない」

「ありがたいよ。きみの弟をワイルハースト領に招待しても、まず応じてもらえないだろうからね」

「弟を責められるのか？」

「もう、責めたり責められたりはうんざりだ」ジョンには言っていないが、自分のしあわせなどもはやどうでもよかった。日に日に重要性を増していくのは、子どもたちの健康と未来だ。そしてもちろん、ディードリーに心満たされた結婚生活を送ってもらうこと。それがジャレドの原動力だった。

その原動力があればこそ、はるばるハンプシャーまで足を運んだ。妻を悪霊と向き合わせるのもそのためだ。たとえ悪霊のひとりがジョシュア・デインだったとしても……。

「ことの一部始終を理解できればいいんだが」ジョンが懸念に顔をくもらせる。「劇場に遅れて到着したせいで、決定的場面を見のがした観客のような気分を禁じえないよ」

「だいじょうぶ」ジャレドはうけあった。「幕はこれから開くところだ」

「ジョン」

冷たくきびしい声がした。

ジョンとジャレドは同時にふり向くと、ジョシュア・デインがそこに立っていた。非難がましい顔で、ジャレドをにらみつけながら……。こわばった声で兄に話しかける。

「いったいなんの悪ふざけなのか、教えてくれるだろうな?」

「やあ、デイン」ジャレドが明るく話しかけた。「気持ちのいい午後じゃないか」

ジョシュアの視線が、芝生の上で遊ぶ子どもたちに向き、しばしとどまってからすると戻ってきた。「ああ、そうだな。公爵の呼び出しというやつが策略がらみだったと知るまでは、気持ちのいい午後だった。これ以上ことをややこしくしてどうするんだ、ジョン? なぜ、ぼくとワイルハーストを同時にここへ招待した?」

「ぼくの思いつきではない」ジョンが静かに答えたが、顔は引きつっていた。「決着をつけたいと、ジャレドが言ったからだ」

「言わせてもらうが、とっくのむかしに決着した話だ。きれいさっぱりと。頼むから、人生を先に進ませてくれないか？」

たんたんとした語り口に、ジャレド自身のいら立ちがひびき合うかのようだった。ジャレドは反論した。「ほんとうに片づいたのか？　そうでないことを、お互い知っているんじゃないか？　うちの妻と《ホワイツ》の前で会っていたんじゃないのか？」

「なんだと？　自分の妻に監視をつけているのか？」

「認めるんだな？」

「あんなのを〝会った〟とは言わない」

「自分の奥方にその話をしたか？」

ジョシュアが黙ってこちらを見た。

どうやら話していないらしい。あまりに紳士すぎて、ディードリーの異常さに言及できずにいるのか、あるいは本心から、新妻を気づかっているかのどちらかだ。過去の対立とお互いのあやまちにもかかわらず、ジャレドには相手が理解できるような気がしていた。いまいましいが、根っこのところで自分たちは似ているのだ。

ジョンが重々しく口を開いた。「この場でけりをつけるなら、すべて話してもらったほうがいいだろう」

「話なら全部終わったよ。五年前に」弟の顔が怒りにこわばっている。

「いや、終わっていない」ジャレドは打ち消し、強調のために杖で地面を突いた。無意識の動きだった。「わたしたちふたりのあいだでは終わったかもしれないが、三人のあいだでは、終わっていないんだ。きちんと話しあわなくてはいけない。きみと、わたしと、ディードリーとで」

デインがふたたび、芝生の上で乳母をまじえて跳ねまわる子どもたちに目をやった。ゲイブリエルへと視線が移ったとき、その顔から一切の表情が消えた。「好きにすればいい」それが、ようやく出た承諾の言葉だった。


先ほどの歓喜は、刺すような苦痛にとってかわられていた。

「ほんとうに、何も飲まなくていいの?」コンスタンスが訊ねる。彼女自身もいたたまれないようすで、ふだんのやわらかな表情は影をひそめていた。豊かな鳶色《とびいろ》の髪にすきとおるほど白い肌のスタンフォード公爵夫人は、上流社会でもとび抜けた美貌で知られている。緑の瞳が、申しわけなさそうに翳っている。それはそうだ。言うべきことを黙っていただけとはいえ、人をだましたことに変わりはないのだから。

「いいえ、だいじょうぶです」チャリティはほほえんでみせた。ワイルハースト侯爵夫妻とデイン夫妻を一堂に会させた理由がなんであれ、むかしからコンスタンスのことは大好きで、姉のように慕ってきた。

「では、シェリーを一杯いかが？」庭のはずれで芝生を踏みしめて立つ三人の男たちを見つめながら、コンスタンスが訊ねる。その腕には生まれたばかりの娘が抱かれ、すやすやと眠っていた。

チャリティは首をふり、コンスタンスと同じ方角を眺めた。ジョシュアのこわばった肩は怒っているしるしだ。やがて夫がきびすを返し、大股の早歩きで屋敷のほうに戻ってきた。ほんの数フィート先に座っていたワイルハースト侯爵夫人が、はっとするどく息をのむのが聞こえた。チャリティとジョシュアが屋敷の外に出てきたとき、聞こえるか聞こえないかの小声で挨拶したほかは、ひと言も発していない。自分たちと同じ衝撃と狼狽が、夫人の顔にも見てとれた。ジョシュアが男性ふたりに詰めよるいっぽうで、チャリティは、身にしみついた礼儀作法の悲しさで、コンスタンスと侯爵夫人のいるテーブルに腰を下ろすほかなかった。

女性三人は無言で、ジョシュアが近づいてくるのを見まもった。愛らしい縞模様の日よけが、テラスの石畳にやわらかな影を落とす。レディ・ワイルハーストは死人のように青ざめた顔で押しだまっているが、桃色のモスリンのデイドレスを着て、ブロンドをきっちりと結い上げ、ほっそりした手を膝に乗せて座る姿は相変わらず美しかった。

どんなに自分が気詰まりだろうと、もっと気詰まりな人がここにいる……そうチャリティは悟った。

　ジョシュアが階段を上がってテラスに戻った。すぐあとから、公爵とワイルハースト侯爵がついてくる。チャリティをちらりと見てから、夫が残りの面々に宣言した。「少し待ってくれ。ワイルハーストがどうしても必要だと言いはる話しあいに入る前に、まず妻と話がしたい」

　チャリティは立ち上がった。夫の陰鬱なおももちを見ると従わずにいられなかったし、何よりも、顔面蒼白の侯爵夫人と同じテーブルにいる緊張感は、もはや苦痛に近かった。さし出された腕をとって立ち上がると、たくましい筋肉が岩のようにこわばっているのがわかった。

「わたしたちは図書室で待っているよ」ワイルハースト侯爵が、さっきと同じ硬い口調で言った。「行こう、奥さん」

　意外にも、ジョシュアがチャリティを連れていったのは、先ほどとって返したばかりの庭のはずれだった。長方形の芝生が外へ向かって広がり、そこから広大な所領が始まっている。ちょうど、スタンフォード公爵位と財産の次期継承者が、弟に斜面の転がりかたを教えようとして、乳母をかんかんに怒らせていた。また別の年若い乳母が、ふたりの真似をする気まんまんの少女に目を光らせている。淡い金色の巻毛を見れば、少女がレディ・ワイルハーストの娘なのはあきらかだった。

子どもたちを眺めるうちに、チャリティの胸はずきりと痛んだ。いまは家族を増やすつもりがない、その件について話したくもないというジョシュアの気持ちを知っているから、なおさらだ。だが、それよりも気になるのは、よそよそしささえただよわせる夫のきびしい表情だった。

「不愉快きわまりないが」さっき公爵と侯爵が立っていたのと同じ場所で足を止めて、ジョシュアが言う。「すべて話さなくてはいけないらしい。せめて事前にひと言、きみにことわらせてもらおうと思ってね。ワイルハーストにはめられたんだ。意図はよくわからないが、おそらく奴もすべて話すつもりなんだろう」

いったい何が進行中なの？　誰か教えてくれないと、いまにも叫びだしそうだわ……。

チャリティは言った。「話すって、ワイルハースト侯爵との決闘について？　それとも、侯爵夫人との過去の関係につい……」

「侯爵夫人との、現在も続く関係についてだ」ジョシュアはこちらを見ようともせず、どこか遠くをにらんでいた。

顔を平手打ちされても、これほど痛くはなかっただろう。チャリティはたじろぎ、夫の袖をつかんでいた手を放した。「なんですって？」

「きみが思っているような意味じゃない」

「わたしがどう思ってるかなんて、あなたにわかるの？」憤怒がこみ上げる。ふたりの未来に関するおぞましい予感が、亡霊のごとくチャリティにまとわりつき、あざ笑った。

ジョシュアが静かに説明した。「もしきみに同じことを言われたら、自分がどう思うかを想像できるからさ」

なんと言っていいかわからず、チャリティは押しだまった。かたむきかけた午後の日ざしのやわらかさと、みぞおちにわだかまる不快感とが、ひどく不釣り合いだった。

そのとき、あることに気づいた。夫は単にわたしから目をそらしているのではない。わたしの背後で、ひとりだけ芝生の上を跳ねまわっていない少年を凝視しているのだ。楡の木陰、小さな椅子に座った少年は、一部始終をただ静かに見まもっているのだろうか。三人めの乳母が、かたわらに立っている。

「ヘンドリック子爵だ」訊かれる前にジョシュアが答えた。「ワイルハーストの跡継ぎさ。体が不自由で、誰かの付添いがないと生活できない。一生歩けない……少なくとも、専門家はそう見ている。それに耳も聞こえない。だが、すぐれた教師のおかげで、独特の対話法を身につけた」

チャリティは愕然とした。

あちこちで宙ぶらりんになっていた謎のかけらが、ひとつにまとまって、大きな真実をチャリティの目の前に突きつけていた。

今度こそ、チャリティはすべてを理解した。決闘、出征、深入りしない女性関係、子作りの回避……ああ、そういうことだったのね。

ふるえる声で、チャリティは訊ねた。「いま、いくつなの？」

夫がようやくこちらを向いた。あまりにも荒涼としたまなざしに、チャリティの胸ははり裂けそうだった。

「生まれたのは、ふたりの結婚から七カ月後だ。結婚してすぐ身ごもった計算になるから、いろいろな噂が流れたよ。ぼくも当初は、やはりディードリーに裏切られていたのかと憤慨したが、少し冷静になってからは、妊娠があまりにも早すぎる、もしかするとぼくの赤ん坊じゃないかと思うようになった。おおいにありうる話だ。きみには理解しがたい話かもしれないが、あのときは、とにかく真実を知りたいと思った」

チャリティに理解できるのは、ワイルハースト侯爵に愛する女性を奪われたばかりか、赤ん坊までも奪われたジョシュアの胸中だった。

「当然ながら、ディードリーに会わせてほしいと訪ねていったぼくを、ワイルハースト侯爵は追いかえした。ぼくでもきっと同じ行動をとっただろう。だが、ひとつ弁解させてもらうなら、ぼくは訪ねていった理由を言わなかった。新婚のベッドで生娘のふりをする……そんなまねを、ディードリーがするかどうか、確信がなかったからさ。裏切られてあれほど傷ついていたのに、心のどこかではまだ、愚かにも愛していたんだろうな」

「愚かなのは彼女のほうよ」チャリティは静かに言った。

「そのあとのなりゆきは、だいたい想像がつくと思う。ワイルハースト侯爵には、ぼくに決闘を挑むほかに選択の余地がなかった。ぼくは欠点だらけの男だが、人を殺したいと思うほど心がすさんではいなかった。だから、太ももを銃弾が軽くかするように撃ったんだ。運悪く、ワイルハーストはぼくが予期したのと反対側に動いて重傷を負ってしまい、その影響で足を引きずるようになった。それでもう、すべてにいやけがさして、なんの答えも手に入れることなく去ったんだ。ワイルハースト領から、そして英国から。

だいぶたったころ、休暇で帰国したら、ディードリーから手紙が届いた。子どもの健康状態が記してあったよ」いったん言葉を切ってから、うつろな声で続ける。「おとなになるまで生きていられるかどうか、医者の意見がまっぷたつに分かれている、そういう内容だった」

「ジョシュア……」なんと言えばいいのかわからず、チャリティはつぶやいた。

「ワイルハーストとディードリーとのあいだには、その後子どもがふたりできたが、完全な健康体だった。さぞ安堵したことだろうと思う」

思いもよらない風向きだった。確かに、すべてをはっきりさせたいと願ったものの、この答えはまったく予期していなかった。

人を愛するというのはどこか現実離れした感情だ。いまほどジョシュアをいとしく感じた瞬間はなかった。思えばこのとき初めて、ほんとうに彼を愛しているのだと気づいたのかもしれない。子どもっぽい初恋の君ではなく、気安げな笑顔とたくみな手練手管で、傷ついた心を押しかくしてきた生身の男性として。放埒で、外見がよくて、裕福で……血気さかんな若者なら誰もがうらやむはなやかなたたずまいの奥に、口にもできない痛々しい秘密が隠れていただなんて。

絶望のうちにイングランドを去ったのも無理はない。

彼に何か言いたいのに、いい言葉が見つからなかった。ジョシュアに望まれなかった子どもたちの幻影が心をさいなむ。でも、少なくともこれで理由はわかった。チャリティはためらいながら手を伸ばし、夫の手に触れた。「つらかったわね」

ジョシュアの指がチャリティの指をとらえ、しっかりとからみつかせた。「きみのほうこそ、つらかっただろう」

25

広く静かな一室は、ブランデーと古びた紙の匂いがした。ワイルハーストが急にこんな話しあいをもちかけた意図はまだつかめなかったが、ジョシュアにとってはもはやどうでもよかった。チャリティがすべて理解してくれたからだ。

彼女が理解してくれた。

そのことで、どれほど心安らいだか。感動さえしていた。

打ちふるえていた。

「わざわざ言うまでもないとは思うが、スタンフォード領でこの会合を開きたいと申し出たのはわたしだった」ワイルハースト侯爵が、法廷弁護士のようにひと言ひと言はっきりとした発音で話しはじめる。天井まである本棚の前に立ち、顔に深いしわをきざんで。「ジョシュア卿とわが妻は、議題が何かわかっているだろう。どうやらレディ・ジョシュアもお気づきのようだ」

この男は、自分たちに何を言わせ、何をさせたいのか？　ジョシュアは仇敵をにらみつけ、次の一手を読もうとした。この件をめぐって対峙したのは初めてではない。そう、忘れもしない決闘の場で。

「なんのつもりか、はっきりさせてくれないか」ジョシュアも立ち上がり、本棚のひとつに肩で寄りかかった。ゆっくり話すのは、自分には理解できない話の本流をつかむためだ。

ディードリーは背すじをこわばらせて革張りの椅子に座っている。シニョンからこぼれた巻毛をかき上げる手がふるえていた。

ジョシュアに答えるかわりに、ワイルハースト侯爵は、これも着席していたチャリティに向きなおった。「聞かせていただきたい。誰かを愛したことは？」

「ありますわ」ためらわずに答えたチャリティが、横目でそっとこちらを見た。

ジョシュアの心がふとなごんだ。こんな状況でなければ、妻を抱きよせられるのに。

「ほう。ならば、これからする話も理解してもらえるだろう。大むかしのように思えるが、たった五年前のことだ。わたしはある若い女性に会って、雷に打たれたような衝撃を感じた。初めは美貌に目がくらんだだけかと思って、ほとぼりがさめるのを待ったが、やがてもっと深い想いなのだと気づいて意気消沈した。なぜ意気消沈したかって？　彼女は別の相手と婚約していたからだ。さいわい、ジョシュア卿は甥の誕生によって、公爵位継承権一位から二位に下がってしまった。そのころはまだ祖母も存命だったから、バークシャーの領地を相続しておらず、資産額もたいしたことはなかった。さいわいと言ったのは本心だよ。意中の相手は、なにしろ若い娘だから恋人に夢中だったが、同時に、この上流社会に属する人間のご多分にもれず、地位と金《かね》に目がなかった。ほめられた話ではないが、これはと思って餌をちらつかせると、相手はすぐさま食いついた。もし婚約者を本気で愛していたら、ほかの男にあっさり乗り換えはしなかっただろう。いまでも、わたしはそう信じている」

ディードリーが、言葉にならない小さな声を漏らした。

ジョシュアも、苦悩のすえに同じ結論に至ったので、反論はしなかった。裏切られて落胆し、誇りを傷つけられ、世をすねて人間不信にもなったが、最後には、彼女と結ばれても幸福にはなれなかったと納得した。ゲイブリエルの存在がなかったら、ディードリーのことなどきれいさっぱり忘れてしまっただろう。

ワイルハースト侯爵は妻を一瞥だにしなかった。「妻への想いは誰にも負けないが、わたしも馬鹿ではない。〝年の功〟という言葉もあるだろう？　ディードリーのもと婚約者は若くてむこうみずだから、もう男女の関係になっていたのではと思ったのさ。よくあることだ。話の始めにも言ったとおり、どんなに高潔な男をも卑劣なおこないに走らせるのが、愛と情熱の奥深さだ」

「ほめ言葉ととっておこう、ワイルハースト」ジョシュアは皮肉をこめて言った。「だが、チャリティにはさっき真実を話した。だから、こんな話しあいになんの意味があるのかわからないね」

「じきにわかるから、安心したまえ」侯爵も見た目ほど冷静ではないらしく、話に戻る前にクラヴァットをゆるめた。「わが奥方よ、きみから言っておくことはあるか？」

ディードリーが首をふる。透きとおるほど白い肌に、藍色の目が暗く光った。

「まだ、ないのか？」夫がやさしく言う。「そうか。では、話を続けよう」

何かの警告らしい。顔をそむけたディードリーを見ながら、ジョシュアの心の奥で何かが動いた。

「妻となった女性にこそ公正な判断を下せずにいるとはいえ、わたしは本来実際的な男だ。婚約者を捨ててわたしの申し込みを受けたとはいえ、未練が残るのではないかと、最初から疑っていた。いやな予感は当たったよ。結婚したあとも、最初の恋人を忘れられなかったらしい」

ディードリーの動揺ぶりを見ると、自分は生娘だと夫をだましおおせたつもりでいたのだろう。ジョシュアは無表情に言った。「この五年間、ディードリーとはろくに顔も合わせなかったんだ。その勘ぐりは不毛だぞ、ワイルハースト」

「実際に不義密通があったとは言っていないさ。きみへの想いを捨てきれなかったというだけだ。根本的にちがう」

「それを説明したいんだろう」言いながらもジョシュアは、内心で首をひねっていた。ワイルハースト侯爵がこの会話をどこへもっていきたいのか、まったく見当がつかなかった。自分はディードリーの表情を見ながら、憶測で受け答えしているだけだ。

「うるわしのわが妻は、きみを生涯つなぎとめるために嘘をついたのさ。きみと結婚してもよかったのに、別の男を選んだ。ほんとうは両方手に入れたかったんだろう。きみという男と、わたしが与えるものと。相当な葛藤があったはずだよ。そう聞いて、きみの気が晴れるかどうかはわからないが……。だが、いちばん苦しんだのは、きみが別の女性と結婚すると聞いたときだった。今度こそ、きみを完全に失ってしまうと気づいてあわてたんだろうな。ずっと前から考えていたよ。いつか、きみが放蕩者を卒業してしまったら、妻はどんな反応を示すかと」

「ジャレド、もう十分よ」ディードリーがかぼそい声で言い、桃色の絹をひるがえして立ち上がった。「人前でわざとわたしを侮辱するなんて、あなたらしくないわ。失礼するわ」

「座るんだ、マダム」ワイルハースト侯爵がおどろくほど強い口調で制した。「きょうこそ、この件に決着をつけようじゃないか。嫉妬に燃える男たちのはげしい決闘ではなく、真実によって」

ディードリーが力なく座った。平静を保つのに苦労しているのが、ひと目でわかる。

侯爵がジョシュアに視線を戻した。「きみは、ゲイブリエルは自分の息子だと思いこんでいるんだろう？」うっすらと笑う。「そんなにおどろいた顔をしなくていい、デイン。五年前、なぜきみが何度もしつこく訪ねてきたか、理由を考えただけさ。わたしはね、ばかのふりはできるが、本物のばかではないんだ」

「申しわけないが、ぼくにも単純な計算はできる」ジョシュアはできるかぎり感情を抑えた声で言った。こと子どもの問題に関して、ワイルハーストの立場は自分と同じくらいつらく苦しいものだと、痛いほどわかっていたから。「ふたりが結婚する二カ月前、ぼくはまだディードリーと婚約中だった。知っているようだから隠さないが、そう、男女の関係はあったさ。軽はずみだったのはわかっているが、ディードリーとはどのみち夫婦になると思っていたから。ゲイブリエルが生まれたのは、最後に関係をもった九カ月後だ。そのことに気づいたとたん、自分の中で結論が出た。かねてからの疑問が実証されたんだ」

「実証？　どうやって？」ワイルハースト侯爵が眉をつり上げた。両手をうしろに組んで立ったまま、ひややかな笑みをたたえる。「相手は、愛よりも社会的地位を選んだくせに、あとになって愛も手放せないと気づいた手合いだぞ。わたしの憶測を言ってみようか？　いま話している問題を除けば、ディードリーは人をだましたりしない女性だ。真っ向から嘘をつくと良心がとがめるから、ゲイブリエルはきみの息子かもしれない、とほのめかすにとどめた。そうじゃないか？」

ジョシュアは、かつて心の底から愛した女性を見つめた。「ディードリーは手紙で、息子が生まれたことと、健康状態がすぐれないことを知らせてきた。そんな風に書かれたら誰でも、これは子どもの母親から父親にあてた手紙だと推測するだろう？」

「あなたに嘘はつかなかったわ」ディードリーが弁解がましく言う。

「侯爵さま」チャリティが初めて口を開いた。ぴんと背を伸ばして椅子に座り、美しい顔をくもらせながら、静かに話しはじめる。「わたしは傍観者にすぎないけれど、部屋にいるかたの誰にもひけをとらないほど、この件は重要なんです。生まれてきた子がジョシュアの子どもではないと、なぜそんなにはっきり言いきれるのかしら？」声をふるわせながらも、決然と言いきった。「お気にさわったらごめんなさい。でも、目の前に並べられた事実を見ると、逆の答えしか出ない気がするわ」

侯爵が、待っていたとばかりに即答する。「侍女というのはなかなか便利なものでね。ディードリーを妻に望みはしたが、わたしのような立場の人間には、爵位を守る責任がある。よその男の子種にくれてやる気はないし、事実を知らずに終わるのはもっと困る。これからする話はかなり下品だから、覚悟しておいてくれ。ディードリーが婚約を破棄したとき、わたしは侍女を買収して、愛する女性にまだ月のものがあるかどうかを確かめさせたんだ」

沈黙。ぬくもった空気中をただよう微細な埃、本の匂いと冬の熾火《おきび》の残り香が、屋外の緑の香りとまじりあう。ディードリーは顔面蒼白から一転、頬をあざやかに紅潮させていた。怒りと屈辱のにじんだ声をしぼり出す。「なんて目はしのきくかたなの、あなたは」

「見かたを変えてごらん。どちらにしろ、わたしはきみを娶るつもりだった」侯爵は悪びれずに言い、妻の目を覗きこんだ。「それほどきみに夢中だったことがわかるだろう？

さいわい、悪い予感は当たらずにすんだ。新婚初夜のベッドで、きみは純潔ではなかったかもしれないが、よその男の子どもを身ごもってもいなかった」ふいにひどく疲れた声になって言う。「ゲイブリエルの体については、妊娠期間が短かったせいであぁなったのだろうというのが医者の意見だった。あるいは、胎内でうまく育ちきらなかったからこそ、早めに生まれたのだろうとも。確かに、臨月で生まれる赤ん坊に比べると極端に小さかった。どちらにせよ、ゲイブリエルが助かったのは奇跡だ。多少欠点があろうと、たいせつなわが子をわたしはこよなく愛している。ほかの子とちがっているだけで、わたしにとっては非の打ちどころがない息子なのだ」

ほんとうだろうか？　ジョシュアはあっけにとられた。またしても裏切られた気分、そして、そこはかとない喪失感にかられていた。安堵すればいいのに、真実を知ったことで逆にむなしくなっていた。ゲイブリエルの人生にかかわったことは一度もないのに……。

「ワイルハースト、そこまで知っていて、しかもぼくが誤解によって苦しんでいるのを知りながら、どうして教えてくれなかった？」

「なぜ、そんな義理が？」相手の顔は沈鬱だった。「われわれの過去をふり返れば、きみにもわかるだろう。きみのせいでわたしは現在も足を引きずり、妻はいまだにきみに恋をしていると思いこんでいる。そんな相手に、そうそう親切にはなれないさ」

「過去に責任があるのは、そちらも同じじゃないか」ジョシュアは噛みついた。愛する女性をまんまと奪われたと知ったときの苦々しさが、まだ忘れられない。「五年前のふるまいは、高潔さのかけらもなかったぞ」

「いいえ。わたしなの」しゃがれて小さな、けれど凛とした声。「何もかも……何から何まで、わたしが悪かったのよ」

「あなたに枯れた花を送りつけたのはわたしよ。何年も前にジョシュアがくれたのを、とってあったの。ひどいいやがらせよね」

稀代の悪女が、ようやく懺悔する気になったかのようだ……。侯爵夫人がつんとあごを上げるのを見て、チャリティは言った。「誰がこんなことをしたのか考えたとき、なんとなく、犯人は女性のような気がしていたわ」

相手の目がきらりと光ったのは涙なのだろう。だが、侯爵夫人はきゃしゃな肩をそびやかし、大きく息を吸いこんで話を続けた。「わ……わたしのやったことにはなんの申し開きもできないわ。あなたにも、ジョシュアにも、夫にも。なにもかも、さっきの話のとおりよ。人の道にもとるおこないをしたけれど、誰かに説得されたわけじゃなくて、すべて自分の意志なの。ジャレドの気持ちに気づいたときも、抵抗はしなかったわ。息子がかわいくてたまらないのに、あの子をだしに人の心をあやつろうとしたわ」

声がしゃがれて嗚咽《おえつ》に変わった。ジョシュアと結婚直前までいったこの美女に、けっしてよい感情をいだいていなかったにもかかわらず、彼女の悲嘆をまのあたりにしたチャリティは胸が痛くなった。ジョシュアもワイルハースト侯爵も、それぞれ威圧感を放っている。ジョシュアはあふれる男らしさで、侯爵は、いかにも貴族らしい自信に満ちた態度で。そしてふたりとも、いまこの瞬間は、レディ・ワイルハーストに怒りをたぎらせている。

「何もかもあなたが悪かったなんて、そんなことないはずよ、レディ・ワイルハースト」チャリティは言った。「話を聞いていると、男同士の意地の張り合いに巻きこまれたようにも感じるわ。誇りというのは、ときには暴力になるから」

ディードリーがふるえる手を頭にやり、ほつれた髪を乱暴に押しもどした。「ありがとう」

「ぼくは、そこまで寛大にはなれない」ジョシュアの声はかたくなだった。暖炉の前に立ち、白のシャツの襟をくつろげている。くだけた服装と張りつめた表情とが対照的だった。「最初は裏切られ、次はだまされたんだからな」

とうとう涙がひと粒、磁器と見まごうなめらかな頰をつたい落ちた。「わかってる。さっきも申しあげたとおりよ。だけど、あなたを傷つけるつもりはなかったの」

「知ったことか、ディードリー。自分のおこないが引きおこす結果に思いが至らなかったのか？　ぼくを捨ててほかの男に走ったのは確かにつらかったし、そう、誇りを傷つけられもしたが、あのときはまだあきらめがついた。受け入れて先に進もうと思った。だが、ぼくとは無関係の子どもをだしに、ぼくが父親だと匂わせ……いや、思いこませたのは……」ジョシュアが言葉をとぎらせ、片手を荒っぽくふり動かした。

「あなたを苦しめようと思ったわけじゃないの」ディードリーが嗚咽のあいまにつぶやく。「そんなつもりはなかったと、誓ってもいいわ。むかしは愛しあっていたじゃないの。そんなあなたが離れていくのがつらかったのよ」

「離れていったのは、きみのほうだ」ジョシュアがぴしゃりと言った。「今のぼくは、別の女性を愛している。きみもそうすればいい。最高の伴侶がいるじゃないか。ぼく個人はワイルハーストと親友になれそうもないが、正直なところ、侯爵のほうがぼくよりはるかにきみを理解している。ぼくよりも侯爵に詫びたほうがいい。では、ぼくたちはそろそろ失礼する。四人で話しあうよりも、夫婦二組で話しあうことのほうがはるかに多いだろうから」

〝いまのぼくは、別の女性を愛している〟……。

チャリティは気が遠くなりかけ、にわかに両手が汗ばむのを感じた。夫が歩いてきて手をさし出したときは、なかば無意識で手をとり、立ち上がった。ジョシュアに連れられて図書室をあとにし、廊下に出る。

何か言うべきだろうか？

言わないほうがいいだろうか？

「気分はどう？」ひとまず別のことを訊く。「たいへんだったでしょう。息子がいると何年も思ってきたのに、ほんとうはいなかったとわかるなんて」

「慣れるまで、少し時間がかかりそうだな」うなずきながら、ジョシュアの銀色の瞳が翳った。「こうなってほっとしているだろう、と思われそうだが」

「ほっとできないのね」

「両方だな。自分の血に問題がないとわかったのは、確かにうれしい。ディードリーの産んだふたりめと三人めが、健康そのものかわいい赤ん坊だったのを知って、悪いのは自分だと思いこんでいたからね。ほっとすると同時に、何かを失ったような気がしている。どうにも気持ちの整理がつかないな。近ごろぼくの人生には、予測のつかないことばかり起きる」

「わたしもよ」チャリティはそっと指摘した。「エミリーの駆落ちをなんとか止めたくて、どしゃ降りのなかあなたを訪ねていった、あの夜からずっと」

優美な弧を描く彫刻入りの大階段を上り、二階の住居棟をめざす。先ほどの図書室での一幕のあと、夫がジョンとコンスタンスのところに戻ろうとしなかったので、チャリティは胸をなで下ろした。しばらくふたりきりで過ごしたかったから。

「どしゃ降りの雨のせいで、ここまで人生が変わってしまうなんて、誰に想像できただろう？」

「むかしから、どしゃ降りの雨は大好き。世界がみずみずしく生まれかわるから」

「何かのたとえ話か？」

「そうかもね」

「悪くない。みずみずしく生まれかわったぼくらの出発だ」

それ以上踏みこまないほうがいい……チャリティは自分に言いきかせた。ふたりは、仲よく寄りそって階段を上がっている途中だった。背中を支えるジョシュアの手が、薄いドレスの生地を通してぬくもりと強靱さを伝えてくれる。このすてきな気分だけで満足しなくては……。

でも、満足できなかった。

「本気だったの？」

ジョシュアがこちらを見た。「なんの質問なのか、教えてくれないか？　もし、ぼくに推察力というものがあったとしても、おそらくお粗末きわまりないし、それさえもきょうのできごとで使いはたしてしまったような気がしてね」

ためらったのちに、チャリティは言った。「ワイルハースト侯爵夫人に、いまは別の女性を愛しているって言ったでしょう」

「ああ、言った」

ジョシュアがその先を続けようとしないので、チャリティはこっそり相手の表情をうかがった。顔つきからは何もわからない。でも、あの瞳……。

「二度と女性にあの言葉を言うまいと誓ったんだ」

これほどしあわせなのだから、落胆などしてはいけない。それでも、落胆せずにはいられなかった。

「そんな顔をしないでくれ」夫の口調がやさしくなった。

「どんな顔？」

「ぼくに傷つけられたような顔さ。自分では気づいていないかもしれないが、きみの目は世界一美しい……そして表情豊かなんだ」

チャリティはこらえきれずに笑いだした。きょうの午後は神経をすりへらすことばかりだったので、緊張の反動だったのかもしれない。夫がきょとんとした顔になり、寝室へ通じる廊下の途中で立ち止まる。

「きみをほめていて……しかも、ぼくのせいで傷ついたという話なのに、なぜ笑う？」

「ほんとうね、変だわ」チャリティは呼吸をととのえた。「実はずっと、あなたの目についてそう思ってきたのよ。とても美しくて、ときおりあなたの心の奥底を映し出してくれるように見えるから」

「知らなかったよ」夫の口もとに笑みが浮かんだ。「そういうときは、本心を隠せ、と言ってくれ」

「そんな必要はないもの」

ふいに抱きしめられて、チャリティは息をはずませた。長い指があごに添えられ、上を向かせる。「わかってる」かすれ声で告白したジョシュアが、顔をかがめてキスをした。そして、唇ごしにささやいた。「きみの前では、もう何も隠さなくていいということを」

26

自分はカード遊びをめったにしないし、賭け事に向いた性格でもない。まして今回、倍率はとても低い。手持ちの札で、どう勝負しろというのだろう？

いままでに何度も、もう結婚生活など投げ出してしまおうと思った。自分が必死で築きあげた、か細い心の絆など断ち切ってしまえ、忌みきらってきた〝横暴な夫君〟の仮面をつけてしまえ……だが、こうして一度さいを投げてしまったからには、もう先延ばしにはできない。どのみち、ディードリーを失う危険があるわけではない……ジャレドは内心で自嘲した。そもそも、彼女を手に入れていないからだ。

「わたしを軽蔑しているんでしょう」こころもちうなだれて座る妻。重厚だが優雅な図書室の内装と、やさしい色合いのドレス、ブロンドの髪が、まるであつらえたようにぴったりだった。若々しく、はかなげで、何よりも……打ちひしがれていた。「肉体以外ではすべての面で、あなたに不義をはたらいていたんですもの」

一字一句そのとおりなので、どう答えていいかわからない。悩んだすえにジャレドは言った。「わたしのほうもこの五年、自分の身勝手のせいで、三人全員を不幸にしてきたんだ。あやまるべきはわたしかもしれない。デインの言うとおりなのは、お互いわかっていただろう？　わたしが追いまわしたから、きみは心揺らいでデインを捨て、ぼくのところに来た。きみは若かったから、軽薄なふるまいに出てもふしぎはない。だがわたしは、おのれの身分と資産を最大限利用した」

目を真っ赤に泣きはらして目尻に涙をにじませ、濡れた睫毛が束になっていても、妻はやはり美しく見えた。容貌だけに惹かれているわけではない――最初からそうだった――からだ。そもそも、あらためて考えてみても、なぜディードリーにあれほど惹かれたのか答えが出ないのだ。ディードリーは上品で美しく聡明だが、そういう女性ならほかにも周囲に大ぜいいる。ディードリーより十歳も年上の自分が、ようやく結婚への心がまえができたというわけでもない。彼女には婚約者がいた。本来の自分なら横恋慕などするはずがない。なのに、ある晩紹介されたとたんに、自分はディードリーをワルツに誘い、そして恋に落ちた。まさに、鼓動ひとつで恋に落ちたのだ。ふれ合う手、小さなおじぎ、かろやかな音楽……。

詩に綴られるようなひと目惚れなど、からきし信じていなかった。自分が体験するまでは……。一度落ちてしまったら、誰に説得されても思いとどまらなかった。恋のとりこを地でいくような状態だった。問題は、この恋が一方通行だったことだ。

「もし本気でいやがったら、あなたは紳士らしく引き下がったでしょう。お互い、わかっているはずよ」妻の声はしゃがれ、ふるえていた。

高潔さを過大評価されている気もしたが、この際そこはどうでもいい。反論するかわりに、ジャレドは静かに訊ねた。「なぜいやがらなかったんだ、ディードリー？　自分の胸に、訊いてみたことはあるか？」

「わたしが弱かったからよ」ディードリーが頰につたう涙をぬぐった。「あなたはなんだか……安心できた。頼もしく見えた。それに、迷いがなかった。そう、〝迷いがない〟という言葉がぴったりくるわ。わたしに何を求め、何を与えてくれるかに迷いがなかった。ジョシュアはわたしと二歳しか離れていなかったから、ふたりとも若すぎたの。あの人の颯爽としたところ、すてきな外見にひと目で夢中になったけれど、同時に血気さかんで無謀な人でもあった。でも、あなたはぜんぜんちがっていた、財産や地位だけの力じゃないわ」

ディードリーが口をつぐんだあとも、ジャレドは無言だった。初めて聞く事実に言葉を失っていた。自分は颯爽ともしていないし、とびぬけて外見がよくもない。〝感じのいい顔〟がせいいっぱいだ。中年にさしかかった現在は髪に白いものがまじりはじめたし、まだ太ってこそいないが、それは毎日、長い時間をかけて領地内を歩いているからだ。杖をついての運動は楽ではなかった。

若いさかりのころでさえ、女性の目を惹きつける強烈な魅力などなかった。ひと言で表わすなら、爵位と血筋を重んじる常識人だ。五年前のジョシュアとの決闘を除けば、人生に派手な瞬間など皆無だった。

「先に話しておくべきだったわね。わたしが……ふたりが……」

ディードリーがまた言葉に詰まったので、ジャレドは助け船を出した。「体の関係のことか？　別に話す必要はなかったさ。だいたい想像がついていたから。それに、さっきも言ったとおり、どのみちきみとは結婚するつもりだった」

涙に濡れた顔の中で藍色の瞳がきらりと光り、ほっそりした体が緊張にこわばるのがわかった。「もしジョシュアの子を身ごもっていても、同じことをした？」

「ああ」ジャレドは即答した。

「そこまで、わたしを愛しているの」問いかけではなく、断定だった。

「何ものにもまして。ぼくらの子どもたちは別だが、親としての愛はまたちがうからね」

ディードリーがうつむくと、膝で組み合わせた両手の上に、ぽたぽたと涙がこぼれた。

「今でも？」

せつないささやきに胸がはり裂けそうになったが、ジャレドはおのれの心に鞭打ち、泣いている妻に手をさしのべてふるえる肩を抱きよせたい、すべて許されたと伝えたい衝動をこらえた。ディードリーと結婚した日以来ずっと、手に入れたものに目を向け、手放したものは忘れてほしい、と願ってきた。献身的な夫、体は少し弱くても、喜びと生きがいを与えてくれる息子、かわいい娘たち、そして安定した豊かな暮らし。女性にとって初恋が忘れがたいのは承知していた。ましてデインは初めての男でもある。だが、目の前に幸福があるのに、これ以上一日たりとも無駄にしてもらいたくなかった。愛する彼女自身のためにも、夫を愛してほしかった。

ほんとうは彼女も愛してくれている、そう願っていた。心を焦がし燃やしつくすような、はげしい情熱を先に知ってしまったから、ぴんとこないだけだ。やさしく控えめで、安らかな愛もある。廊下ですれちがいざまの笑顔、赤ん坊の泣き声、料理人が腕をふるった鶏の丸焼きやチョコレートプディングを味わう、おだやかな食卓。言うなれば多面体の宝石だ。きらきらとかがやくかと思えば、光のあたらない箇所は暗く沈んで見える。同じ宝石だが、見かたによっていかようにも変わる。

ジャレドはゆっくり言った。「残念ながら、これからもずっときみを愛しつづけるだろうな。いっそやめたいと思ったこともあるが、心は変わらなかった。これから先のことは、きみの気持ちしだいだ」

ディードリーが顔を上げてこちらを見た。「ゲイブリエルが生まれたとき、つらかったの。言いわけのつもりじゃないけれど、これだけは言わせて。わたしの息子は完全じゃなかった。きっとジョシュアを捨ててあなたの贈り物を受け入れた罰だ……最初からそう考えたわけじゃないわ。でも、時がたって、あの子の問題が次から次へとわかるにつれて、じわじわ感じるようになったの。選択をまちがえたって」

妻の苦悩をジャレドも見てきたので、おどろきはなかったが、こうしてディードリー自身が意識するようになったのはいいきざしだ……そう思いたかった。「おそらく、デインとの思い出はきみのなかで理想まじりのおとぎ話に変わったのさ。いっぽうわたしとの結婚生活は、きびしい現実そのものだった。わたしが決闘で脚を悪くしたのも大きいだろうな。侯爵夫人という地位も、若くて剛健で、いまでも月明かりの下でワルツを踊れて、ゲイブリエルのように弱い子を作ったりしない男とのロマンスに比べれば、色あせて思えたはずだ」

「あの件をあなたのせいにしたことは一度もないわ」夫の葛藤に思いいたったのだろう、ディードリーの顔が恐慌の色を浮かべた。「どうか、そんなことは考えなかったとおっしゃって。あなたの人生に不幸を持ちこんだのはわたしよ。こんな女と結婚したことを後悔していると思ったのに」

なぜ、もっと早くこういう対話をこころみなかった？　いったい何を待っていたんだ、わたしは？「後悔は何もない」ジャレドはかすれた声で言った。「きみの望みをかなえられなかったという悔いはあるが。それでも努力はしたんだ。ほんとうに、最善を尽くしたんだよ」

妻が立ち上がった。唇をふるわせ、涙を次々と頬につたわらせながら。「ジャレド、あなたほど辛抱強い人はいないわ」

〝辛抱〟とはまた、夢もロマンもない言葉だ。いっそ〝責め苦〟のほうがぴったりくるかもしれない。「わたしはきみの夫だ。妻のあやまちを許すのが仕事だよ。だから、きみもわたしを許してほしい」

簡潔な申し出に、どれほどの意味がこめられているだろう。

「ええ、あなたはわたしの夫よ」ディードリーがためらいがちに進み出た。「わたしはいい妻じゃなかったけれど。もう、やり直すには遅すぎるかしら？」

安堵がこみあげた。胸がいっぱいになって言葉が出ない。「遅すぎる？　いや、とんでもない。ぼくらのあいだに、〝遅すぎる〟などという概念はないんだ」

結婚して初めて、ディードリーは自分から抱擁に身をゆだねた。すがりつく力の強さは、ジャレドだけを見つめているあかしだ。

五年の月日と、脚の自由を引き換えに、ようやく想い人を手に入れた……そんな感慨がジャレドを包んでいた。

「おまえあてに届いていた。午後の大行事があったから、うっかり渡しそびれていた」書き物机に積まれた書類の山から、ジョンが一通の封筒を手にとった。苦笑まじりに言う。

「平穏無事とはいかない一日だったな」

夜更けすぎ、ランプひとつの室内に、とろりと芳醇なブランデー。ジョシュア自身もとろりと酔っていた。こんな気分は何年ぶりだろう？　チャリティはすでに寝室へ上がった。もうしばらくしたら自分も合流して、このうえなく甘美な方法で起こしてしまおう。ワイルハースト侯爵夫妻も退出したあとだった。あすの朝早くにここを発つ、と挨拶して。

「ああ。控えめに言っても、激動の一日だった」ジョシュアは皮肉まじりに同意した。ジョンがグラスを手にとり、椅子に深くかけ直した。「まったく、どうなることかと思ったよ。二度めの決闘に立ち会う羽目になるか、あるいは地獄に堕ちろと弟から罵倒されるか。ジャレドからの手紙を読んだときは、おまえをここに招いていいものか本気で悩んだ」

ジョシュアは兄をちらりと見た。「同意した理由は？」

「わからない」ジョンがグラスをしばしにらんだのちに、ひょいとかかげた。「ジャレドの言い分に異論がなかったから、かな。手紙にはこう書いてあった。話し合いの場さえもうけてくれれば、すべて解決すると。おまえには話しあいが必要だった。ぼくに言わせれば、ジャレドにも」

認めるのはしゃくだが、事実、ワイルハースト侯爵の予見したとおりになった。「〝すべて〟とはまた欲ばりな宣言だが、おおむね解決したな」

「くわしく話すつもりはあるか？」

「いや」

ジョシュアが肩をすくめた。「好きにするといい。言っておくが、ぼくはおまえの肩をもったぞ。決闘前の事情はどうあれ、弟は人妻を追いかけたりしない、と」

「もちろんだ」ジョシュアは封筒をつまんで裏返した。「そんなことはしない。五年前だって、ディードリーを追いかけたわけじゃなかった」

「そうなのか？　おまえから説明を受けなかったから、そこは触れずにおいたんだが」

「今後も説明はしないだろう。もう解決したことだし」

「だったら、これ以上聞く必要はないな。ぼくも……」兄が言葉を切り、いかにも公爵然とした笑みを浮かべた。「……世間も。これにて閉幕というわけだ。ところで、ロングへイヴンの用件は？　郵便ではなく、わざわざ使者がここまで届けにきたから、重要な内容だろうと思ったんだ。封印もされていた。おまえが自分で開けたほうがいい」

そのとおりだ。マイケルはどうでもいい連絡などよこさない。ジョシュアは封印を開け、中身に目を通した。読みすすむうちに眉間にしわが寄る。やがて、小さな笑いが飛び出した。安堵ではないが、納得した笑いだ。「まったく、頭脳明晰な友人ほどありがたいものはないな。兄さんに手紙で警告したのを覚えているかい？　子連れの若い女が、この子の父親はぼくだと言ってくるかもしれない、という話さ。マイケルのやつ、いったいどんな手を使ったのか、みごと女をつきとめたそうだ。おかげですべて謎がとけたよ」

「ロングへイヴン侯爵はむかしから謎に包まれた男だった。聞かせてくれ。女の正体と、なぜそんな陰謀をめぐらせたのかを」

　ジョシュアはもう一度、手紙の内容を確かめた。「以前チャリティに仕えていたビアンカ・ブラウンという侍女の従姉らしい。結婚するときチャリティが、実家で使っていた侍女は連れてきたくないと言ったから、ブッシュネルに新しい侍女を雇わせたんだ。それでビアンカは職を失ったんだろう。マイケルの話によると、従姉はすっかり今回のぺてんを白状したそうだ。隠し子の一件は、小遣いかせぎのためだけでなく、チャリティへの意趣返しだったらしい」

「女が罪を認めたとは、おどろきだな」

「ぼくはおどろかなかった。マイケルを知っているから」ややあって、ジョシュアは言いなおした。「いや、あいつが何をするかわからない、ということを知っているのかな。その女がチャリティの鞍に刃物を仕込んだとしても、別におどろかないよ」

「キューサックが下劣なことに変わりはないが、もと侍女のしわざだと考えたほうがすっきりするな。駆落ちの件を恨んでチャリティにけがをさせるというのは、手法として不確かすぎるし、そこまで悪意にこり固まった復讐は、紳士らしくない」

「キューサックは紳士じゃないさ」ジョシュアは軽くいなした。「何年も前、カード遊びで手札をごまかす現場を見た。同じテーブルにいた若い連中は、みんなへべれけに酔っていたから覚えていないだろうが、ぼくは忘れなかったし、あいつもそれを知っている。エミリーにこそこそ言い寄ったのも……。もし、財産に関係なくどうしても妹と結婚したいというのなら、あの夜のことは忘れるほかないかと考えていたよ。義弟の恥を世間に知られたくはないから」

「キューサック伯爵のような男の心理は、誰にもわからないさ」ジョシュアが軽蔑をあらわに言った。「チャリティがあの男の魂胆を見ぬいて正しい手を打ってくれたおかげで、なんとか悲劇をくい止めることができた」

正しい手を打つ、か……。玄関の扉を開いたときのことは、死ぬまで忘れないだろう。全身ずぶ濡れで衣服も乱れ放題なのに、どんな淑女よりも美しかった、あの夜のチャリティを。

ジョシュアはほほえんだ。「すばらしい女性だ」

「どうやら意見が変わったようだと思っていたよ」ジョンがするどく指摘する。「おまえはあれほど結婚をいやがっていたが、蓋を開けてみると、さほど不快ではなさそうだ。てっきり、本気で一生結婚しないつもりかと思いかけていたから」

不快だって？　たったいまもジョシュアの脳裏には、つややかな髪をシーツに広げ、ほっそりした手足を投げ出し、安らかな顔でまどろむチャリティの姿が浮かんでいるというのに。姿の美しさだけではない。隠し子騒動のときに彼女が見せた気概や、ゲイブリエルにまつわる嘘を知ったときに、心でやさしく寄りそってくれたこと。チャリティほど聡明で思いやり深く、愛らしい女性はいない。外見も、中身も。

自分のように汚れた男はチャリティに値しない。それでも彼女はそばにいてくれる。そう考えただけで、凍りついた心が溶けていくようだった。

「本気で結婚しないつもりだったよ。だが、あんな女性がいるとも思わなかったからね」

ジョシュアは軽く肩をすくめた。無造作なしぐさではとうてい表わしきれない想いがあった。

兄が意外そうにまばたきする。

「ぼくは必死で、妻を押しのけようとした」ジョシュアは説明した。きょうの顚末を思いかえすと、まだ心が揺れる。「最初のころはチャリティもそれを受け入れて、遠ざけられても文句ひとつ言わなかった。だが、しばらくすると彼女は立ちなおった。小さな信念が、動かしがたい確信へと育っていったんだ」

「小さな信念？」

「もう何年も前から、ぼくに恋していたというんだ」

「ああ、なるほど、そのことか。どうやら、知らなかったのはおまえひとりらしいな」おどろいたことに、兄は口もとをほころばせた。「うちの奥方に訊いてみるといい。ぼくはお世辞にも観察力のある男ではないが、それでもストレイト伯爵令嬢がおまえを見るときのきらきらした目には気づいたぞ。ともあれ、終わりよければすべてよしだ」

「ああ」骨の折れる午後だったが、それだけの価値はあった。

ジョンがあてつけがましく時計を見やる。ちょうど深夜十二時を回ったところだった。

「がらりと人生が変わったのに、なぜこんな時刻までのんびり酒を飲んでいる？　さっさと……まったく、いつまで書斎にいるつもりだ」

低い笑い声とともに、ジョシュアは立ち上がった。「するどいね。では、失礼するよ」

「さっさと行け」

巨大な屋敷は寝しずまっており、迷いのない足どりで大理石張りの廊下を進み、いちどきに二段ずつ階段を上がるジョシュアの靴が、かつかつと音をひびかせた。

彼女は月明かりの中だった。眠ってはおらず、部屋着姿で窓辺に座り、カーテンを開け放って、銀色の光に包まれていた。部屋に入っていくと、彼女はふり向き、恥ずかしげにほほえんだ。「眠れなかったの。とにかくいろいろなことがあったから、頭の中で反芻していたのよ」

「手伝おうか？」ジョシュアは歩みよって訊ねた。自分の寝室で待っていてくれたのがうれしかった。淡いブルーの部屋着が、栗色の髪によく映える。

「反芻を？　それは、自分でやったほうがよさそうだけど……あなたに会いたかったわ」

あなたに会いたかった。

短い言葉にこれほどの力があるとは。

すべり出しは悪くない。あとは、言葉を少し入れ替えてくれれば……。

二度と女性に〝愛している〟とは言うまい。かつて自分はそう誓った。だからといって、彼女から聞きたくないわけではなかった。身勝手なのはわかっているが、自分との約束を破るべきときがきたのかもしれない。

「では、念のために知らせておこう……ただいま」ジョシュアはかがみこみ、だしぬけにチャリティを椅子からすくい上げて、胸もとで抱きしめた。「話の続きは、もっと快適な場所でしないか？」

ほっそりした指が、髪にさしこまれた。「なにをなさるおつもり、旦那さま？」

「横臥《おうが》での討論、かな」

「討論に、体の向きが関係あるの？」チャリティがあごにキスをした。無造作ななかにも心のこもったしぐさ。

「ぼくらのあいだでは、大ありだ」チャリティをベッドに運んで横たえると、ジョシュアは大急ぎで服を脱いだ。一枚、また一枚と乱暴に投げすてられた衣服。従者があす見たら卒倒しそうだが、気にしているひまはない。ベッドに乗ってみると、彼女も部屋着の下は裸だとわかった。願ったりかなったりだ。指先を、やわらかでなめらかな肌に走らせる。

「ぼくらのあいだでは」もう一度言う。最初とはまったく別の意味をこめて。

胸のふくらみをとらえると、彼女が身をすり寄せ、固くなったいただきをてのひらに押しつけた。腕を巻きつけてしっかりと抱きよせ、唇を重ねる。互いに求めあい、のめりこんでいくひととき。いますぐ中に入りたいという衝動をこらえるのは至難のわざだった。チャリティはキスや愛撫のすべてに歓喜した。ほどなくジョシュアは、なめらかな内もものあいだに体を割りこませ、太古のむかしから続く、結びつきの儀式を始めた。

心と心の結びつきだ。

燃え上がる快楽が限界までつのったとき、ジョシュアは熱いものを彼女のなかにほとばしらせた。妊娠への恐怖が消えたいま、何物もふたりをへだてることはできない。

あまりに鮮烈な快感に、息が止まりそうだった。

恍惚の余韻をたゆたいながら、チャリティの顔にかかった髪をかき上げてささやく。

「愛せるかもしれない」

言ったとたんに後悔した。上品でもやさしくもない、もちろんロマンティックでもない言葉。社交界に出たばかりの令嬢に受けるはずもない。

だが、チャリティにはしっかりと伝わったようだ。「わたしも愛してるわ。体がまた元気になったら愛してくれる、というだけの内容だったとしてもね。もっとも、いまのところはそんな元気がどこから湧いてくるか、想像もつかないけれど」

挑戦されたら受けるのが自分の流儀だ。ジョシュアは顔をほころばせ、ゆっくりと下唇に、官能的なキスをした。「喜んで」

エピローグ

静寂を、低い笑い声が破った。ジョシュアは頭をふった。「侍女を見つけ出した方法を、話してはくれないのか？」

テーブルの向かい側に陣取ったマイケルが、すました顔で答える。「単純な消去法と、ねらい定めた質問をいくつか、それだけさ」

リアムが、葡萄酒のおかわりをグラスについだ。「それはまた、数千頭の羊の群れからめあての一頭を探し出すようなものじゃなかったのか？　だが、きみのその表情には見おぼえがある。秘密を墓まで持っていくつもりだな」

「いろいろあったが、くだんの娘がジョシュアの悪評をもとにでっちあげた話を使って人さまの金銭をしぼり取ることはもう二度とない、そう思ってくれ」マイケルが椅子の背に体をあずけ、無造作に脚を組んだ。「手助けをできてよかったと思う。そのせいで、ジョシュアはぼくらの同盟からまもなく脱退することになるだろうが」

マイケル・ヘップバーンのような友人をもつと、こういうところがやっかいだ。あまりにも目はしがききすぎる。ジョシュアはうっすらと笑った。「なぜ、そう思った？」

「少々腹立たしいほど、きみの顔がかがやいているからさ」

リアムも目を躍らせた。「きみの言うとおりだ、ロングヘイヴン。どこかいままでとはちがうと、ぼくも思っていたんだよ」

「かがやいてなどいるものか」ジョシュアはつぶやき、酒を大きくひと口あおった。だが、残るふたりは、ジョシュアが存在しないかのように話を続けた。

「というわけで、彼女が勝ったから、ぼくからきみに千ポンドだ。ただし、きみが予想したよりジョシュアが長くもちこたえたことだけは、認めてくれたまえ」マイケルがため息をつき、さらに深く椅子に沈みこむ。

「それはそうだな」リアムが相好をくずす。「てっきり、悪いカードを引きあてた博打打ちのように、ゲームを降りるかと思ったのに」

「世をすねた独身貴族の生き残りとしては、自分たちが同じ轍を踏まないために、今回の件をよくよく検討する必要があるな。編成を変えて守りを固めなおそう。なぜ、ああいう展開になったのだと思う？」

「ジョシュアは感傷的なところがあるからさ。ぼくらには気概がある。だから、同じ轍を踏むことはない」

「ふたりとも、まさか今回の件で賭けをしていたのか？　ちなみに、ぼくは感傷的じゃないぞ。顔をかがやかせたりもしない」いら立ち半分、笑い半分でジョシュアは口をはさんだ。

予想どおり、そ知らぬふりは続いた。マイケルが、芝居がかったしぐさで遠い目をする。「事の性格をかんがみるに、彼は最初から心をわしづかみにされていたような気がするんだが、ちがうかな？　美貌の花嫁は、いわば嘆きの乙女だった。品位をおびやかされ、体面を失うかどうかの分岐点にいた。それもこれも、ジョシュアが誤った方向に引っぱってしまったせいだ。当然、ふたりの結婚はひどいことになった」

「未婚の若い女性には近づくな、という教訓を、われわれは肝に銘じておく必要があるね。ぼく自身、遠いむかしにその結論に至ったんだが」リアムが超然とした苦笑とともに言った。「ジョシュアは頭が切れるから、罠にはまらずにうまく逃げきれるかとも思われたんだが」

「ぼくは、ここに座っているんだぞ」ふたたびジョシュアは口をはさんだ。

「無理だったな」マイケルがうなずく。

「ああ、無理だった」リアムがあごをなでた。その笑みがいたずらっぽくゆがむ。「まあ、奥方は美人だからな。あのトパーズ色の瞳は当然として、ほかにも魅力にことかかない。たとえば、あのすばらし……」

「もう、十分だ」ジョシュアは断固としてさえぎった。「これ以上、妻の特性を語りあうのはやめてくれ。わかった、認めるよ。ぼくは妻に惚れこんで、放蕩者同士の絆にひびを入れた。言いわけがましいが、意図してこうなったわけじゃないんだ」

「それは、そうだろうね」マイケルが口もとをゆるめた。

そう、意図したわけではない。だが、後悔はひとつもなかった。醜聞になりかけてチャリティとの結婚に追いこまれたことも、さまざまな要素が重なって、ディードリーの二心《ふたごころ》が明るみに出たことも、自分を絶望のどん底に突き落とし、女性不信へと追いやった数年前の失恋でさえも。

「もし、きみたちふたりが同じ道をたどったら、そのときは大笑いしてやるからな」ジョシュアは椅子の背にもたれ、葡萄酒を口にふくんだ。

マイケルとリアムが目を見かわし、同時に言った。「絶対にない」

ジョシュアは黙って眉をつり上げ、酒を飲みほした。

訳者あとがき

エマ・ワイルズ・ファンのみなさま、お待たせしました！　ラズベリーブックスとしては四年ぶりとなる、リージェンシー・ロマンス『恋はどしゃ降りの夜に』をお届けします。

ロンドンの街を大雨が襲った夜、若い女性がスタンフォード公爵家の次男ジョシュア・デインを訪ねてきました。彼女の名はストレイト伯爵令嬢レディ・チャリティ。親友エミリーが、どこか信用できないところのあるキューサック伯爵と駆落ちしたため、手遅れになる前に引き止めたい一心で、エミリーの兄ジョシュアに助けを求めてきたのです。ジョシュアはすぐさまふたりを追いかけ、内密に連れもどします。

ところが、未婚のチャリティがひとりでジョシュアの家に入ったことを、おせっかいな隣人に見られていたのです。ロンドンの上流社会はふたりが恋仲ではないかという噂でもちきりになります。さらには、チャリティの両親にも知られることになってしまい……。

身の潔白を証明すれば、エミリーの駆落ち未遂が世間に知られてしまう。生涯独身をつらぬくと決めていたにもかかわらず、やむをえない状況に追いこまれたジョシュアは、騒ぎをおさめて両家の名誉を守るために、チャリティとの結婚を承諾することになってしまいました。

実は子どものころからジョシュアに淡い恋心をいだいていたチャリティ。まさかこんな形で夢が実現するなんて……。いっぽうジョシュアは五年前、恋人の裏切りによって、ひどいスキャンダルに巻きこまれたせいで、女性に心を開かなくなっていました。

こうして始まった、ぎこちない新婚生活。しかもチャリティの身の回りには、枯れた花が送りつけられたり、馬の鞍に細工されてふり落とされたりと、奇怪なできごとが次々と起こります。時を同じくして、ジョシュアのかつての恋人ディードリーが夫の領地からロンドンへ戻ってきて、ふたりに接近を図り……。

当初から意に染まない結婚だと断言していたジョシュア。初恋の人を結婚へと追いこんでしまったことに悩みつつ、なんとかして心を通わせたいチャリティのひたむきな思いは、ジョシュアの心を溶かすことができるのでしょうか？

親友が道を踏みはずすのを見すごせず、自分にふりかかる危険をもかえりみずにジョシュアのところへ行ったチャリティ。その行動力、相手が大の男でも思うところははっきり言う率直さ、初恋の人を一途に想う純真さをあわせもった彼女は、珍しいトパーズ色の瞳もあいまって、女性をいきいきと描くエマ・ワイルズ作品のなかでも屈指の魅力的なヒロインではないでしょうか。

対するヒーローのジョシュアは、世をすねた心冷たい放蕩者かと思いきや、チャリティの回想の中で思わぬ王子さまぶりがあきらかになったり、妻とは距離を置くと言いつつ、ふとした瞬間に本気で好きなのがばれてしまったりと、これまた読者をときめかせてくれるヒーローです。

ところで、本作で初めてエマ・ワイルズを知る読者のかたもいるかもしれません。ここであらためて、著者のプロフィールを紹介しましょう。

米国ミネソタ州で生まれ、ニューメキシコ州で育ったエマ・ワイルズ。子どものころから大の読書好きで、両親の本棚から冒険小説やミステリー小説を取っては読みふけっていたそうです。想像の翼をはばたかせ、ロマンティックな夢を見ることをこよなく愛した彼女が作家の道に進んだのは、自然のなりゆきというものでしょう。二〇〇五年度ウィスコンシンＲＷＡヒストリカル・ロマンス賞、二〇〇七年度Ｅｐｐｉｅ最優秀エロティック・ヒストリカル・ロマンス賞など、多数の賞を獲得し、二〇一〇年執筆の *Lessons From a Scarlet Lady*（邦訳『禁じられた「恋の指南書」』）でその人気を不動のものとしました。

はなやかな一九世紀の英国の上流社会を舞台に、二組の男女がそれぞれタイプの異なる恋愛模様をくり広げるヒストリカル・ロマンスを得意中の得意としてきたエマですが、もともとミステリー・ファンを公言していることもあり、二〇一〇年代に入ってからは、ケイト・ワッターソンという別名義でサスペンス色の強いロマンスを何作か発表しています。

また、こちらは日本未刊行ですが、アナベル・ウルフ名義でややハードな描写をふくむコンテンポラリーを執筆したり、愛犬ミスター・プーを主人公にした三歳児から七歳児向けの絵本を手がけたりと、幅広い創作活動を展開しています。

本作は *Isn't He Wicked* の原題で、二〇一四年七月にキンドルから出版された作品です。*Wicked All Night*（邦訳『放蕩子爵からの愛の花束』と合わせて、Wickedly Yours というシリーズにまとめられていますが、設定や登場人物がリンクしているわけではなく、単独の作品として楽しめます。

あえてシリーズとしての共通点を挙げるとすれば、過去作品の人気キャラクターが、いわばカメオ出演的に登場しているところでしょうか。『放蕩子爵からの愛の花束』では、威厳たっぷりの先代エディントン公爵夫人ユージニア・フランシスが、ヒロインとヒーローの距離を縮めるキューピッド役を務めていましたが、今作ではジョシュアの親友として、Notorious Bachelors シリーズ『見知らぬ侯爵と結ばれて』のヒーロー、マイケル・ヘップバーンが登場し、チャリティの身にふりかかる奇妙なできごとの解明に大活躍します。冷静で、おだやかなのにひと癖ありげなたたずまい。彼が国家のためにどんな仕事をしているのかに興味をもったなら、彼がサブキャラクターとして活躍する『月明かりの下でキスを盗まれて』『いつか恋に堕ちるとき』（いずれも竹書房、ラズベリーブックス）も、ぜひ手にとってみてください。

二〇一九年四月　大須賀　典子

恋はどしゃ降りの夜に

2019年6月17日　初版第一刷発行

著 ……………………………… エマ・ワイルズ
訳 ………………………………… 大須賀典子
カバーデザイン …………………… 小関加奈子
編集協力 …………………… アトリエ・ロマンス

発行人 ……………………………… 後藤明信
発行所 ………………………… 株式会社竹書房
〒102-0072 東京都千代田区飯田橋2-7-3
電話：03-3264-1576（代表）
03-3234-6383（編集）
http://www.takeshobo.co.jp
印刷所 …………………… 凸版印刷株式会社

定価はカバーに表示してあります。
乱丁・落丁の場合には当社までお問い合わせください。

ISBN978-4-8019-1937-2 C0197
Printed in Japan